中國語言文字研究輯刊

二 三 編

許 學 仁 主編

第 22 冊

李國正論文自選集
（第一冊）

李 國 正 著

花木蘭文化事業有限公司

國家圖書館出版品預行編目資料

李國正論文自選集（第一冊）／李國正 著 -- 初版 -- 新北市：
花木蘭文化事業有限公司，2022〔民111〕
目 4+172 面；21×29.7 公分
（中國語言文字研究輯刊　二三編；第 22 冊）
ISBN 978-626-344-036-4（精裝）
1.CST：漢語 2.CST：語言學 3.CST：中國文學 4.CST：文集
802.08　　　　　　　　　　　　　　　　　111010182

ISBN-978-626-344-036-4

9 786263 440364

中國語言文字研究輯刊
二三編　　　第二二冊　　　　　ISBN：978-626-344-036-4

李國正論文自選集（第一冊）

作　　　者　李國正
主　　　編　許學仁
總 編 輯　杜潔祥
副總編輯　楊嘉樂
編輯主任　許郁翎
編　　　輯　張雅淋、潘玟靜、劉子瑄　美術編輯　陳逸婷
出　　　版　花木蘭文化事業有限公司
發 行 人　高小娟
聯絡地址　235 新北市中和區中安街七二號十三樓
　　　　　　電話：02-2923-1455／傳真：02-2923-1452
網　　　址　http://www.huamulan.tw 信箱 service@huamulans.com
印　　　刷　普羅文化出版廣告事業
初　　　版　2022 年 9 月
定　　　價　二三編 28 冊（精裝）新台幣 96,000 元

李國正論文自選集

（第一冊）

李國正 著

作者簡介

李國正，籍貫重慶永川，1947 年農曆 4 月出生於四川瀘州。廈門大學中文系教授，漢語言文字學專業博士生導師，馬來亞大學客座教授暨博士生導師，東姑阿都拉曼大學中華研究院教授，韓國仁荷大學交流教授，國務院學位委員會第九屆博士、碩士授權點通訊評議專家，國家社科基金項目評議專家，教育部「高校青年教師獎」通訊評議專家，教育部學科評估專家，教育部人文社科項目評議專家。曾任中文系副主任、中國語言文學研究所副所長、福建省辭書學會副會長、福建省語言學會常務理事。

提　要

　　筆者挑選的 72 篇論文，內容大致有三類。第一類 46 篇基本上是傳統小學的繼承和推廣，文字、聲韻、訓詁的研究對象不限於經典；第二類 17 篇語言文學研究，主要是對語言學與生態學、語言學與文學交叉學科的創建，以及對生態語言學與文學語言學的研究；第三類 9 篇是對中國文化的研究。

文字聲韻訓詁研究

四川話流蟹兩攝讀鼻音尾字的分析

　　四川話流攝一、三等的好些唇音字和個別莊母字變為鼻音尾，少數縣市蟹攝開口二等的某些牙喉音字也出現了鼻音尾，這在全國各漢語方言中是一個特別引人注目的現象。本文分三個部分：一、介紹流、蟹兩攝鼻音尾字的分布情況；二、對這些鼻音尾字的產生作出理論上的說明；三、對「喘」「巖」二字特殊音讀的說明。

　　一、根據《四川大學學報》（社科版）1960 年第 3 期《四川方言音系》公布的材料，四川使用漢語的 150 個縣市中，除萬縣、開縣，雲陽、巫山、巫溪、秀山、墊江、大竹、開江、岳池等地流攝一、三等唇音字無-ŋ 尾而外，其餘 140 個縣市都出現了-ŋ 尾（其中酉陽-u、-ŋ 兩可）。

　　四川流攝一、三等幫、非兩系和莊母帶-ŋ 尾的常用字有：某畝牡茂貿否缶浮謀皺縐。但在 140 個縣市中這些字並非一律都帶-ŋ 尾，同一字的音值各地也不盡同。現以「某茂浮皺」為代表字，列舉 25 個代表點的讀音如下：

	某	茂	浮	皺
華陽	moŋˇ	moŋˊ	fəuˋ	tsoŋˊ
郫縣	moŋˇ	moŋˊ	foˋ	tsoŋˊ
五通橋	muŋˇ	muŋˊ	fuŋˋ	tsuŋˊ
眉山	moŋˇ	moŋˊ	fuˇ	tsoŋˊ
瀘州	moŋˇ	moŋˊ	fuˋ	tsoŋˊ

射洪	moŋˊ	moŋˋ	fuˋ	tsoŋˋ
南溪	moŋˊ	moŋˋ	fuˋ	tsoŋˋ
江津	məŋˊ	məŋˋ	fuˋ	tsoŋˋ
西昌	moŋˋ	moŋ˧	fuəˊ	tsoŋ˧
峨眉	moŋˊ	moŋˋ	fouˋ	tsoŋˋ
天全	moŋˊ	moŋˋ	fuˋ	tsoŋˋ
漢源	moŋˊ	moŋˋ	foˋ	tsoŋˋ
雅安	moŋˊ	moŋˋ	fuˋ	tsoŋˋ
成都	moŋˊ	moŋˋ	fuˋ	tsoŋˋ
渠縣	moŋˊ	moŋˋ	fuˋ、fəuˋ	tsoŋˋ
遂寧	moŋˊ	moŋˋ	fuˋ	tsoŋˋ
南江	məŋˊ	məŋˋ	fuˋ	tsoŋˋ
黔江	məuˊ	moŋˋ	fəuˋ	tsoŋˋ
青川	moŋˊ	moŋˋ	fuˋ	tsoŋˋ
重慶	moŋˊ	moŋˋ	fuˋ	tsoŋˋ
奉節	məuˊ	moŋˊ	xuˋ	tsoŋˋ
會理	moŋˇ	mauˋ	fəuˊ	tsoŋ˧
寧南	moŋˊ	moŋ˧	fəuˋ	tsoŋ˧
自貢	moŋˊ	moŋˋ	foŋˊ	tsoŋˋ
榮縣	moŋˊ	moŋˋ	foŋˊ	tsoŋˋ

　　四川話蟹攝開口二等牙喉音帶-n 尾的常用字有：介界芥疥屆戒械諧解~放懈蟹。150 個縣市中，僅瀘州、青川、榮昌、仁壽韻母為 iɛŋ，井研、屏山、丹棱、納溪、江安、資中為 iɛⁿ。在這些縣市中，並非十一個字全都帶-n，分配是不平衡的。此外，丟掉-n，主元音鼻化的有：五通橋、犍為、眉山、沐川、青神、敘永、古宋（該縣已併入古藺）、宜賓、長寧、珙縣、高縣、興文、筠連、南溪（以上縣市韻母均為 iɛ̃）、夾江（為 iẽ）。這些帶-n 尾的字從蟹攝開口二等分化出來，與來自咸山二攝的字合流，並且服從這兩攝字的音變規律，-n 正逐漸弱化。一般地說，四川各地的-n 尾並不那麼著實。-n 比較著實的重慶、瀘州、內江、永川、萬縣、達縣等地的 an、uan、iɛn、yɛn 四韻現在其實已經是 æⁿ、uæⁿ、iæⁿ˙yæⁿ。隨著咸山二攝字-n 尾的逐漸弱化乃至丟失，蟹攝開口二等牙喉音字的-n 尾，也表現出極大的不穩定性。現在列出 25 個代表點「皆、界、解~放、諧」四字的讀音，供比較。

	皆	界	解~放	諧
華陽	tɕiɛi˥	tɕiɛi˧˩	tɕiɛi˥˧	ɕiɛi˨
郫縣	tɕie˥	tɕie˧˩	tɕie˥˧	ɕie˨
五通橋	tɕiẽ˥	tɕiẽ˧˩	tɕiẽ˥˧	ɕiẽ˨
眉山	kai˥	tɕiẽ˧˩	tɕiẽ˥˧	ɕiẽ˥˧
瀘州	tɕiɛi˥	tɕien˧˩	tɕien˥˧	ɕien˨
射洪	kai˥	tɕiɛi˧˩	tɕiɛi˥˧	ɕiɛi˥˧
南溪	kai˥	tɕiẽ˧˩	tɕiẽ˥˧	ɕiẽ˥˧
江津	tɕiɛi˥	tɕiɛi˧˩	tɕiɛi˥˧	ɕiɛi˨
西昌	kai˥	tɕie˨	kai˧˥	xai˥˧
峨眉	tɕiɛi˥	tɕiɛi˧˩、tɕiẽ˧˩、tɕie˧˩	tɕiẽ˥˧、tɕie˥˧	ɕie˨
天全	tɕie˥	tɕie˧˩	tɕie˥˧	ɕie˨
漢源	tɕie˥	tɕie˧˩	tɕie˥˧	ɕie˨
雅安	kai˥	tɕie˧˩	tɕie˥˧	ɕie˨
成都	tɕiɛi˥	tɕiɛi˧˩	tɕiɛi	ɕiɛi˨
渠縣	kai˥	tɕiɛi˧˩	kai˥˧、tɕiɛi˥˧	ɕiɛi˨
遂寧	kai˥	tɕiɛi˧˩	tɕiɛi˥˧	ɕiɛi˨
南江	kai˥	tɕiɛi˧˩	tɕiɛi˥˧	ɕiɛi˥˧
黔江	kai˥	tɕiɛi˧˩	tɕiɛi˥˧	ɕiɛi˥˧
青川	kai˥	tɕien˧˩	tɕien˥˧	ɕien˥˧
重慶	kai˥	tɕien˧˩	tɕien˥˧	ɕien˨
奉節	tɕiɛi˥	tɕiɛi˥˧	tɕiɛi˥˧	ɕiɛi˨
會理	kai˥	kai˧˩	kai˥˧	xai˥˧
寧南	kai˥	kai˨	kai˥˧	
自貢	kai˥	tɕiɛi˧˩	kai˥˧	ɕiɛi˥˧
榮縣	kai˥、tɕiɛi˥	tɕiɛi˧˩	tɕiɛi˥˧、tɕiɛi˥˧	ɕiɛi˥˧

　　二、在 25 個代表點中,「浮」字的韻母有三種情況:

　　A. 韻母為單元音　o:郫縣、漢源。　u:眉山、瀘州、射洪、南溪、江津、天全、雅安、成都、遂寧、南江、青川、重慶、奉節、渠縣。

　　B. 韻母為復元音　əu:華陽、西昌、黔江、會理、寧南、渠縣。　ou:峨眉。

　　C. 韻尾為舌根鼻輔音　uŋ:五通橋。　oŋ:自貢、榮縣。

「某」：

A. 韻母為復元音 əu——黔江、奉節。

B. 韻尾為舌根鼻輔音 ŋ——五通橋為 ʊŋ，江津、南江為 əŋ，其餘二十縣市為 oŋ。

「茂」：

A. 韻母為復元音 au——會理。

B. 韻尾為舌根鼻輔音 ŋ——五通橋為 ʊŋ，江津、南江為 əŋ，其餘二十一縣市為 oŋ。

「皺」25 個代表點全帶舌根鼻輔音 ŋ：五通橋 ʊŋ，其餘為 oŋ。

這樣，我們不難看出，流攝一、三等唇音字在四川話裏音變的歷史層次是：

o —→ u —→ əu、ou —→ əŋ、oŋ、ʊŋ

流攝一、三等唇音除去帶-ŋ 尾的字以外，在今四川話裏韻母一般為 u、o 或 au。唇音聲母后準合口元音 o 為適應聲母必然繼續高化為 u，而 u 是後高元音，不可能繼續高化，因而極易帶出一個部位接近的音而變為復元音。由於這些復元音韻母的韻腹（u、o、ə）都不是前元音，發音時往往在舌根部位比較著實，氣流比較強，長期強化的結果，u 就變成了同部位的鼻輔音 ŋ。特別是明母字韻尾 ŋ 化的現象尤為突出，因為明母本是雙唇鼻輔音，這就加速了韻尾 ŋ 化的進程。單元音 u 變為復元音不一定非走韻尾 ŋ 化的道路不可；若側重聲母，發音部位前移，則 u 前面可帶出一個前低元音 a 而變為 au。長期強化聲母必然削弱韻尾，則 au 可能會變成 aᵁ，直至有一天會丟掉韻尾 u。事實上，四川話流攝一、三等唇音字除了繼續保持單元音韻母 o、u 的而外，正走著這樣兩條道路。普通話除保持單元音韻母 u（如「畝牡母婦浮富負戊副」）外，也分化成了 əu（如「剖否謀」）和 au（如「矛茂貿」）。不過，əu 由於韻腹為央元音，韻尾為後高圓唇元音，處於唇音聲母下發音是比較不自然的，因而也是相對不穩固的。普通話 fəu、məu 兩音節字數很少，原因也在這裡。如果沒有用拼音方案將 fəu、məu 音節固定起來，它們也可能會逐漸分化的。而 au 由於韻腹為前元音，u 比較弱，所以不易變為同部位的 ŋ。

四川話宥韻莊母「皺」「縐」兩字的韻尾也變為 ŋ 是一種孤立的特殊現象。它與唇音聲母下發生的成批字有規律的音變是兩回事。孤立的音變必有特殊

的出現條件。流攝三等莊組的其他字在四川話裏韻母是 ou、əu，其韻尾 u 發音部位與 ŋ 同，存在轉化的可能。但這些字都未發生韻尾 ŋ 化現象，惟「皺」「縐」變成了 ŋ 尾，這當是人們的社會意識作用的結果，是由於忌諱產生的變音。按正常音變規律，四川方言「晝」「宙」「咒」「皺」「縐」應當同音，「晝」「宙」二字多在書面使用，但口語中「咒」「皺」「縐」是常用詞。「咒」在四川人心目中是一個很厲害的字眼，不到痛心疾首的地步，誰也不願說這個字，而「皺」「縐」口頭上常會提到，容易與「咒」發生誤會，只好仿唇音字的例子，變 u 為 ŋ 替「咒」字讓路。

在 25 個代表點中，蟹攝開口二等牙喉音「皆」「界」「解」「諧」等字的韻母有這樣一些：ai、iɛi、iɛn、iɛ̃、iẽ、ie。這樣，我們可以看出，蟹攝開口二等牙喉音字的韻母，大抵遵循著這樣一條演變途徑：

ai ⟶ iai ⟶ iɛi ⟶ iɛn ⟶ iɛⁿ ⟶ iɛ̃ ⟶ iẽ ⟶ ie

iɛi 是四川方言裏一個很有地方特色的韻母，150 個縣市中就有 112 個縣市有 iɛi 韻。iɛi 只能與開口二等牙喉聲母相拼（「延」字例外），也就是說，它是中古《切韻》音系開口二等洪音牙喉聲母發生齶化變為舌面前細音的語言化石；另一方面，按漢語的發音習慣，韻尾與韻頭都是 i 是比較不自然的，這就決定了 iɛi 韻的不穩固性和韻尾發生分化的可能性。由於 i 介音與舌面前聲母相適應，它佔有明顯的優勢，而且必然有力地影響著韻母的分化。在韻尾不斷削弱的條件下，四川話選擇了韻尾 n 化的道路，i 變為部位相近的 n。根據 25 個代表點的語音比較，我們知道即使這個 n 尾，也只是過渡的暫時的現象。i 的高化趨勢不僅僅是使韻尾削弱以至於消亡，而且大有同化韻腹，最後吞而食之的可能。某些縣市 iɛi 已變為 ie，假攝三等普通話讀 ie 的字四川許多縣市已讀為 i。

不過，從語言生態的角度看，不能因為 iɛi、iɛn 等韻相對 i、iɛ 來說是四川話中過渡性質的語言現象，就忽視它們的語言價值。在目前普通話 iɛ 占絕對優勢的情況下，四川話有少數縣市也讀 iɛ 或 ie，但絕大多數縣市卻還保持 iɛi，這樣，自然就與普通話的 iɛ 劃清了界限而成為四川方言的一個語音特色。這實質上是四川話為保持方言特色、維持本方言的存在發展而在語音方面採取的一個生存避讓措施。在目前四川話 iɛi 韻占壓倒優勢的情況下，瀘州等四縣市又變 i

為 n，以 iɛn（或 iæn）區別於 iɛ、iɛi 而卓然獨立，這不能不說是一種發人深思的語言現象。

三、某些孤立的語言現象，僅僅靠音理的說明是不夠的。語言既然有極強的社會屬性，則某些特殊現象的產生，必有其特定的時空條件和社會環境。四川話裏「喘」「巖」二字的讀音，就是屬於這種現象。

山攝合口三等仙獮線三韻的章組字，在四川話裏韻母一般為 uan、uaⁿ、uã、uæ̃、uaŋ，總之，韻尾不出現 i。偏偏「喘」字韻尾大部分地區都為 i。150 個縣市中，除廣元、旺蒼、巫溪、梓潼、儀隴、南部、鹽亭、射洪、蓬溪、武勝、潼南、資陽、仁壽、眉山、漢源、石棉、鹽源、會理、屏山、南溪等二十個縣為 uan 外，其餘 130 個縣市「喘」的韻母均為 uai。

筆者曾經以「揣喘湍」三字詢問過好些四川人，大抵「喘」念-uai 的地方，也將「湍」念-uai；「喘」念-uan 的地方，也將「湍」念-uan。看來，「喘」的韻尾-n 之所以變-i，主要是習俗使之然。這種習俗當是由來已久，《廣韻》「㪥」有昌兗、初委二切，可見帶「𡬶」聲旁的個別字在唐宋時期就有收-n 收-i 兩種讀法。

四川話咸攝兩個二等的見系舒聲字，今韻母與三等同，都有 i 介音。韻母一般是：iɛn、in、iɛⁿ、iɛ̃、iɛ̃。而「巖」的韻母念-ai，沒有 i 介音，這是不符合咸攝二等字在四川話中的音變規律的。從聲母方面看，咸攝開口二、三等的疑母字，四川各地以n̩為最多，n 較少，零聲母極少，但根本沒有 ŋ 聲母字。可見，四川各地讀「巖」為 ŋai 是極可疑的。

筆者曾以「岩巖崖」問過許多四川人，其中包括受過高等教育的人，他們都讀 ŋai。在四川話裏，蟹攝開口一、二等平聲疑母字同音，「呆（呆板）」「磑（磑墨）」「捱（捱打）」「崖（懸崖）」都讀 ŋai。「巖」（岩）與「崖」既然被認為是同一字，自然也就被讀為 ŋai 了。

原載《中國語文》1984 年第 6 期。

「臣」字新論

　　《說文三下・臣部》「臣」字下云：「牽也，事君也。象屈服之形。凡臣之屬皆從臣。」許慎於「臣」之說解，可謂得其神髓，本無疑可舉，然自郭老釋「臣」為豎目以來，後學莫衷一是，至以許說為誤。細檢甲、金文及先秦古璽文字，方悟今世之「臣」，其字形由來有兩個源頭：「臣」像人被束縛之形是正宗主流；像豎目之形乃是旁支雜廁。「臣」於造字之初，與「目」在形、音、義三方面都完全無涉，但後來甲文橫寫之「目」有變豎者，字形與「臣」混而為一，豎寫之「目」原有的讀音遂為「臣」的讀音所取代，各自原有的意義卻在形、音統一的條件下保持下來。是以「臣」字不但字形的由來有兩個源頭，其語源亦一變為二：一由束縛義發端，一自「目」義伊始。由於「豎目」的間入，最初的造字源頭變得隱而不彰，後人反以「豎目」為「臣」之造字本意。

　　由於「臣」字在形、義兩個方面都是二元的統一體，因而《說文》中從「臣」之字也有兩種情況：一是從像束縛狀之「臣」；一是從像豎目狀之「臣」。這兩類從「臣」之字的語源也就完全不同，其義相去甚遠，不能混為一談。何以見得？試論如下。

　　「臣」甲文通常作𢀛（乙五二四），𢀛（鐵一七五・一），像一人手足對縛。中部圈狀物像繞繩之形。另有作𢀛（甲二八五一）、𢀛（甲二九〇四少臣）者，於繩圈中加一短劃特別指明縛處。又有未加短劃者：𢀛（前四・二七・四）、𢀛（存六〇一），多突出繩圈之形。此外，被縛之狀姿態各異。亦由字形表現

出來：臣（林一・七・四）、臣（佚七四二）、臣（前六・一七・六）、臣（粹一二五豐臣）、臣（京津一二二〇方人其臣商）。《甲骨文編》所收從「臣」的「瞋」作瞋（後二・二四・六），「壘」作壘（林一・二四・一八）、壘（乙五一一）。看來，除前四例勉強可以附會為豎目而外，其他各形無論如何是難以為「目」的。金文之「臣」，由於中部繩圈逐漸渾圓，不再作＜、匚、匚等形，於是多在圈中加圓點或短線。如：臣（臣辰父癸簋）、臣（易鼎）、臣（師酓鼎）。侯馬盟書作臣，中山王譽鼎作臣，《古璽文編》作臣（編號 4049）、臣（編號 1222），從「臣」的「臧」作臧（編號 2628）。「臣」字「綁縛」的意義在字形上表現得非常明顯。

太炎先生《文始》認為「臣」字當橫作⬭，臾縛伏地，前像其頭，中像手足對縛著地，後像尻以下，兩脛束縛故不分也。」考諸甲、金文，未見「臣」字如先生所言狀者。蓋「臣」若臾縛伏地，必與「目」混。如目（鐵一六・一）、目（余一一・一）皆為「目」。橫豎之別適為甲文中「臣」、「目」獨寫體之分野。《甲骨文編》中，「臣」之橫寫僅見一例，即前所舉「京津一二二〇方人其臣商」片之臣，像縛者仰天之狀。雖「目」之橫寫而甲文中竟無一例如「臣」之仰天者。甲文「目」橫寫乃通例，偶亦見斜而近豎之寫法；目（鄴三下・四一・三）、目（存七二四）。此種情況不能不令人倍加重視：「目」混入「臣」即發端於此。

太炎先生以「臣」之初義為「束縛」確係造字本意。許氏云「臣」訓「牽」，「象屈服之形」，亦殆由此也。黃侃先生云：「臣，即牽之最初字。」黃焯先生注云：「臣，說解云：牽也，事君也。象屈伏之形者，古文當作臣，象人跪而束其手足。此即牽之最初字矣。」（見《說文箋識四種・字通》第 92 頁）

案《說文二上・牛部》：「牽，引前也。从牛象引牛之縻也。玄聲。」「牽」字從牛，牛泛指牲畜，須以繩牽引，人之被縛如牲，亦須牽繫，故「臣」訓「牽」。「臣」，乃「臤」之初文。「臤」金文作臤（引鼎）、臤（鳥且癸簋）、臤（父癸簋）、臤（臤卣），楚帛書作臤，顯見為以手牽引所縛繩索之狀。古代將奴隸、牲畜視為重要財產，抓人愈多，財富愈多，聲望愈大，故加「貝」以為「賢」。《說文三下・臤部》「臤」下云：「古文以為賢字。《說文六下・貝部》：「賢，多才也。從貝臤聲。」可見「賢」之「多才」義乃是從「臣」的「縛、牽」之義引申而來。考其音聲，「臣」、「牽」上古同在真部。「臣」雖為舌頭

音，但從「臣」得聲的「臤、賢、堅、緊」等字俱是牙音，與「牽」之聲母發音部位相同，故「臣」、「牽」上古可能同音。黃侃先生以「臣」為「牽」之初文，不無道理。然則殷商甲骨卜辭中，何以又出現「臣、小臣、王臣」等不同稱謂呢？這是「臣」由「縛」而「牽」，由「牽」而稱被牽者亦為「臣」的引申所致。「臣」由「縛」、「牽」之義轉而代表人之身份並不為怪。蓋造字之初，即以♪形為主，將人之手足以繩對縛故成♪形。殷代卜辭中以加上繩索的人形代奴隸，乃是詞義發展的必然。可歎「臣」雖自殷（其實當更早）以來啟用為人，而此類人終未能去掉繩索，還其自由人之本來面目了。即令後世之王公大臣，雖已明明是騎在人民頭上的統治者，然仍須對最高統治者稱臣。人形上加的套索，正是階級社會人壓迫人的投影。「臣」之誕生是伴隨著階級的產生而來。

准此，則臣俘因恐懼而俯首，人首俯則目豎，以此豎目代臣俘其人之說似無必要了。「臣」至「小臣」到「王臣」的詞義嬗變，其線索是極明瞭的。世不乏專文討論，此處毋庸贅述。

持此以驗《說文》中從「臣」之字，絕大部分字的由來均可一目了然。如《說文三下．臤部》：「緊，纏絲急也。」倘以「臣」字為「目」，則無論如何也難說出個所以然。實則「臤」是以手牽牢、繫牢之意，故《說文》訓「堅」。下加以「繫」，其意尤明。「緊」字古鉢周緊作𦥑，《古璽文編》作𦥑編號（2623），更說明「臣」之本義為「束縛」，「臣」像人被束縛狀才是造字之本意。

「臣」像人被縛狀既是造字構形之所本，而語源也是由「束縛」義發端，照理，由「臣」作為造字基本單位的一類字在意義上都應當有一脈相承的聯繫。然而，以「縛」、「牽」義來分析「𥊀（甲文作𥄕）」、「監」等字則驢唇不對馬嘴，何以？

于省吾先生老早就看出其中蹊蹺，他在《甲骨文字釋林．釋臣》第 314 頁寫道：「𥄕頤二字可以理解為一般所說的舉目，這和獨體的臣字起源於縱目人有別。」這裡姑且勿論「臣」字是否起源於縱目人。于先生的意思很明白，獨體的臣字與𥄕、頤等字中的「臣」是絕不能等量齊觀的，因為它們的來源不同。不同的要害在於「舉目」。

如前所論，甲文中有些「目」字的寫法由橫變斜直，已經隱藏著「目」與「臣」混的契機。在由「目」作為建築單位的個別甲文中，這種相混的傾向更

為明顯。試看「見」字的幾種不同形體：⿰(林一・二五・一○)、⿰(燕二・〇二)、⿰(京津二二二一)、⿰(後二・一一・一)。「見」字頭上的「目」由平置而變為外眼角上翹，由刀法渾圓而變作似「臣」之有棱角，字形也為之傾斜，中間兩劃漸呈凸狀。這當是在刻寫過程中出現的微殊。這種微殊在一般情況下，不會越過「目」字橫寫的大限，至多不過是傾斜程度頗甚而已。因為一旦完全豎直，就會引起表意的混亂。然而問題總有它的兩面性。「見」字泛指「一般地看」，如果人類社會生活需要用文字形體來表示「看」的不同個性（比方說「舉目」）的時候，這種傾斜程度及中間兩劃的凸狀，就不能不予以特別的重視了。「望（冥）」、「監」二字的情況正是如此。據現在看到的甲文資料，「冥」字上部的「目」基本上都豎寫為「臣」，我們認為這主要是因望遠須舉目而與「見」產生異形辨義的需要。直言之，即「冥」是由「見」變化而來。理由有三：

A.「目」之為「臣」，其趨勢由來已久，積微而漸，終成突變；

B.「見」、「冥」意義一脈相承，構形相似；

C.「冥」之甲文字形，尚有不從「臣」而從「目」者：⿰(乙六七三三)、⿰(前七・四・三)、⿰(明藏四九九)、⿰(乙七四七三)。

「監」字中「目」之為「臣」，甲文已見端倪，「目」由平寫而變斜：⿰(寧滬一・五○○)、⿰(佚九三二)。至金文則乾脆將「目」豎寫，且進一步突出眼球之形。其字形與「束縛」義之「臣」已毫無二致，遂使後人多費猜疑。如⿰(應監甗)、⿰(善鼎)。然「監」字中「目」變為「臣」實為俯視故，與「望」（望、冥）中之「目」為「臣」條件稍異。

豎「目」與「臣」混，大抵發微於殷商以遠，至兩周金文則完全同形。但「目」之為「臣」畢竟是旁支雜廁，以形似而混一。我們認為像人束縛狀之「臣」才是造字的真正源頭。許慎《說文》分列部首大致能將兩類來源不同的「臣」加以區別，然亦有小誤。如《說文八上・臥部》：「臥，休也。從人臣，取其伏也。凡臥之屬皆從臥。」「臥」既「取其伏」，當是從「臣」之「束縛」義引申而來。人被輿縛則蜷曲，人憑几而臥，腰亦當彎曲。而「監、臨」從人從目，與「束縛」義無涉。《說文》將其列臥部，殊為不類。

原載《廈門大學學報》（哲社版），1985 年第 1 期。

「皇」字新解

　　「皇」字研究，是中國古文字學領域的一個著名課題。對於「皇」字原始意義的探討和形體構造的解說，向來爭論不一，迄今為止尚未得出一個公認的結論。本文在前賢研究成果的基礎上，作進一步的探索，對構成「皇」字的兩個主要成分「王」和「白」重新分析說解，從而認為「皇」的原始意義是孔雀尾翎。全文分為三個部分。

一、對各家說解的意見

　　許慎《說文·一上·王部》：「皇，大也。從自。自，始也。始皇者，三皇，大君也。自，讀若鼻。今俗以始生子為鼻子。」

　　「自」甲文作 🔠（甲三九二）、🔠（前六·五八·一），金文作 🔠（令鼎）、🔠（矢尊）等形。而「皇」字甲文未見，其上部金文一般作 凵、凵、凵……等形，顯見「皇」不從「自」。許慎僅僅根據小篆字形進行說解是靠不住的。

　　清季以降，各家根據金文字形另出新解。例如吳大澂認為 🔠 象「日出土」（《說文古籀補》第2頁）之形，林義光認為 🔠「象日光芒出地形」（《文源·卷六》第43頁），臆斷的成分很大，而且不切合「皇」字的其他形體，如：🔠（欒書缶）、🔠（杜伯盨）、🔠（陳厌午錞）……因而是不足憑信的。

　　劉心源認為「皇」即「眰」。主要依據是：（1）「《詩·楚茨》箋：『皇，眰也。』《泮水》箋：『皇皇，當作眰眰』」；（2）陳逆敔：「作為 🔠」，「皇祖」之

「皇」作「坒」；（3）「古刻皇作坒，從⊙即日，從塵即坒，合之實暀字。」（見
《奇觚室吉金文述・卷三》第 27 頁）

從字形上看，「坒」字甲文作坒（甲一九〇）、坒（前二・三五・一）、坒（前
二・二一・一）等形，與「皇」之金文形體相去甚遠。「皇」、「坒」下部形體
雖然同是「王（大・土）」，但上部的屮和屮卻是毫無關係的。劉氏把屮分割為
小、口兩部分，由丨和土組合成尘，加偏旁口以為吐。即使如此，「吐」與
「暀」（暀）的區別仍是很明顯的，與其他「皇」字的金文形體相較，差別更
大。

不過，它們在聲音上是相通的。「皇」、「往」在上古同為陽部匣母字，「暀」
從日往聲，當然可與「皇」字相通假。陳逆敢「作為坒祼」借「坒」以代「皇」，
《詩・魯頌・泮水》「烝烝皇皇」則是借「皇」以代「坒」，所以鄭箋「皇皇當
作暀暀，猶往往也。」「皇」、「暀」互替是古代極常見的通假現象，不能據此認
為「皇」就是「暀」。

朱芳圃以「皇」為「煌」之本字。他對字形的分析是：「其字下作呈，即
鐙之初文……上作丨或卅，象鐙光參差上出之形。」（《殷周文字釋叢》第 48
頁）他比照王筠對「主」（坒）字的說解，認為「呈」下之「土」像鐙檠，⊙
像鐙釭。

朱氏此說與林氏「象日光芒」說實質一樣，只是將「土」釋為「鐙檠」而
已。「皇」之上部無論釋為「日」還是「鐙釭」，都有一個明顯的缺陷，那就是
作為發光體，其光芒不會僅僅出現於上方，應當光芒四射才合情理。而且「主」
最下之橫畫絕不上翹，「皇」字金文下部則有不少成土狀和王狀，用「皇」比
附「主」就顯得牽強。

汪榮寶認為「皇」之本義是「冠冕」。他說：「皇者舜時宗廟之冠，與夏之
收，殷之冔，周之冕相當。……古文皇字即象其形，⊙象冠卷，丨象冠飾，土
象其架，與『主』之從土為象鐙足之形同例。鄭注《王制》云：『皇，冕屬，
畫羽飾焉。』……余考古文『弁』作覍，上形作屵，與古文皇上形極似，明其
同出一源，則皇之訓冕正其本義，不煩破字。覍字許書列之『皃』部，云：『從
皃，象形』。段注以為篆體之丨象皮弁之縫中。余謂縫中傳著弁體，不得聳擢
頭上。覍字當是從𠤎從皃省會意，非從皃從丨象形；籀文作𠌶，明是以⊗代屵，

以 🔣 代 🔣，此正與古文 🔣 之從 🔣 從土其理相同，🔣 與 🔣 並象實物，🔣 所以持之，土所以尊閣之也。」（北大《國學季刊》第一卷第二號第 387 頁《釋皇》）

汪氏不用籀文「🔣」，而拿它演變後的小篆形體「🔣」來與「皇」字的金文形體相比較，未免有舍本逐末之嫌。據目前所能瞭解的資料看來，「🔣」字上部的「🔣」與西周皮弁的形制極似，其形如後世的瓜皮帽。西周爵弁則平頂而無旒。無論爵弁還是皮弁，都不是汪說的 🔣 形。退一步說，假定 🔣 果真如汪說的實物形狀（實際上迄今未見到如 🔣 形的皮弁），把它拿來與「皇」的上部相比較，也不可能得到二者「同出一源」的結論。其一、「皇」字上部的 🔣、🔣、🔣、🔣、🔣……等形，中間或無點劃，或為圓點，或為粗短劃，不似 🔣 之一橫貫通；其二、「皇」字上部的形體，不僅僅是三豎劃，好些字形四豎、五豎不等，而且有的還在豎劃之上另加一短橫劃或三、四短橫劃不等；其三、「皇」字金文有的作 🔣（□作乓皇考尊）、🔣（欒書缶）、🔣（郘王義楚耑）、🔣（毛公曆鼎）、🔣（齊鎛）等形，其上部與 🔣 比較差異很大，有的金文形體上部像倒置的桃形，不似冠冕類物體。

「皇」字下部汪氏釋為置冠之架，與朱氏同出一轍。

于省吾先生認為：「周初器□作乓皇考尊的『皇』字作 🔣。此字是由甲骨文晚期的 🔣 形遞嬗而來，乃 🔣 字演化為皇的樞紐，所謂『中流失船，一壺千金』。周代金文諸皇字的上部變化繁多。總起來說，前引尊銘的皇字，已由契文 🔣 字開始變作 🔣，再變則作 🔣 或 🔣，三變則作 🔣、🔣 或 🔣、🔣，四變則省作 🔣 或 🔣。」（《釋皇》，一九八一年第二期《吉林大學社會科學學報》第 21 頁）

于先生考釋古文字，一向精審有據。若以為「🔣」是由甲文 🔣 訛變而來，卻不大可信，原因之一是缺乏有力的佐證。僅就字形而論，🔣 也作 🔣（前二·二一·一），即使是這個最與 🔣 相似的 🔣 也不可能誤寫為 🔣，因為 🔣 上部的三劃，中部膨大，每一劃都寫成流線型 🔣，顯然是刻意描摹，似有參照物，不像由腳的象形符號 🔣 抽象為 🔣 那樣刻寫隨便。其次，如 🔣 果真是由 🔣 訛變而來，則甲文 🔣 在卜辭中應該具備後起「皇」字的「大」、「美」等義項才合情理，否則「皇」字的語源就無法說明。

本來，「皇」之造字由來，已令人頭皮發麻，再加上 🔣 和 🔣 這兩個與一般金文「皇」構造迥異的字形，更是令人百思不得其解。于先生認為「皇」自 🔣 發端，「始變作 🔣，再變則作 🔣 或 🔣」，然 🔣 何以能夠一下子變為 🔣 或 🔣 呢？于

先生沒有講。因為山與凵、凶形象實在相去太遠，連附會的可能也不存在，更不必說訛變了。

　　郭沫若先生認為：「皇字的本義原為插有五彩羽的王冠，其特徵在有五彩羽，故五彩羽即謂之皇。後由實物的羽毛變而為畫文，亦相沿而謂之皇。引申之，遂有輝煌、壯美、崇高、偉大、尊嚴、嚴正、閑暇（做王的人不做事）等義。到秦始皇而固定成為帝王之最高稱號。」（《長安縣張家坡銅器群銘文匯釋》，載一九六二年第一期《考古學報》）郭先生「五彩羽即謂之皇」的看法是非常有見地的。不過，他僅僅停留於推論，沒能從文字結構入手分析「皇」之為羽的造字本原，這是很可惜的。

二、「王」為聲符說

　　「皇」字下部的「王」，就目前所見的金文形體，不外寫作這樣三種類型：

- A. 𡈼或𡉚　如作冊大鼎作皇、令簋作皇、
- B. 土或𡈼　如杜伯盨作皇、弔皮父簋作皇
- C. 王或王　如禾簋作皇、王孫鐘作皇

　　A、C 兩種類型在獨體的甲文「王」的寫法中，能找到它們的來源。A 類寫法顯然是由𡈼（甲二四三）、𡉚（甲三三五八反）演化而來的；C 類寫法基本上是王（前五‧一五‧五）、王（前一‧二○‧七）的繼承。惟 B 類寫法獨體甲文未見，但「王」寫作「土」當是 𡉚 → 𡈼 → 土的簡化所致。甲文𡉺（往）的聲符就有這三種寫法：𡉺（佚一一五）、𡉺（京津五二八四）、𡉺（林二‧一八‧一五）。「皇」之金文下部亦復如是：周初器媓觚的「媓」，其聲旁「皇」作皇，作冊大鼎作皇，杜伯盨作皇。這些不同的寫法保留了作為構形元素的「王」在不同歷史階段的演化軌跡。尤其是「王」寫作「土」這種情況只在上形下聲的形聲字裏才會出現，這就有力地證明了「皇」下之「王」是聲符，不是意符。

　　這樣，「皇」字聲符形體演進的基本線索就比較清楚了：

$$
\begin{array}{c}
\nearrow \; 𡈼 \cdot 𡉚 \longrightarrow \; 土 \cdot 𡈼 \searrow \\
𡉚 \qquad\qquad\qquad\qquad\qquad 王 \\
\searrow \; 𡉚 \longrightarrow \; 王 \longrightarrow \; 王 \nearrow
\end{array}
$$

其中 、 兩種形體是理論性質的，僅見於「王」的獨體甲文，作為「皇」的金文聲符目前尚未發現。

三、「白」像孔雀尾翎說

在討論「白」的構形依據之前，必須充分重視鄭玄對「皇」字的有關意見。《周禮・春官・樂師》鄭玄注：「故書皇作翌。」《地官・舞師》注：「鄭司農云：『皇舞蒙羽舞書或為翌或為義』。玄謂皇析五彩羽為之，亦如帗。翌音皇。」

鄭玄這兩條注文明確地指出了以下三點：

A.「翌」是「皇」較古的書面形體；

B.「翌」與「皇」同音

C.「翌」、「皇」義與「五彩羽」有關。

現在對以上各條略加討論。

據先鄭所云，皇舞字還有作「翌」作「義」兩種寫法，可知後鄭「故書皇作翌」的注文是有歷史依據的。一般說來，文字較古的形體，在後起的異體新字出現之後，後人在傳寫徵引過程中，往往會以新替古，但有的古字也會因偶然的原因保存下來。通過此類異文的比較，往往會發現文字遞嬗的軌跡。「皇」、「翌」就是這種新舊文字異形的關係。汪榮寶卻認為它們是一般的通假關係，且以為《周禮》皇舞之「皇」有別於《禮記》冕屬之「皇」。他在《釋皇》中說：「若皇邸皇舞，依先鄭說，並翌之假借，與冕屬之皇自是兩事。」殊不知《經典釋文》引《禮記・王制》「有虞氏皇而祭」之「皇」正是作「翌」。《舞師》孫詒讓正義：「《王制》『有虞氏皇而祭』，彼《釋文》亦作『翌』。……此《舞師》注當云：『鄭司農云：翌舞蒙羽舞書或為皇』。鄭君經文從皇，引仲師說則先翌后皇。今本淺人所改也。」阮元《校勘記》「皇舞蒙羽舞書或為翌」條云：「《漢讀考》作翌舞蒙羽舞書或為皇」。這樣一來，皇舞之「皇」冕屬之「皇」就完全是一回事了。「翌」的意符為「羽」，「皇」為畫有羽飾的冕，都與羽毛義有不同程度的聯繫。如果依汪氏「皇」為借字之說，那麼「翌」作為本字在形體結構上顯然沒法與小篆 相比附，這就等於否定了「皇」（翌）的上部為冠冕象形符號的假說。

《說文・四上・部》：「，樂舞。以羽自翳其首以祀星辰也。從羽王聲，讀若皇。」「，鳥長毛也。象形。」「翌」字上部之「羽」是鳥類長羽毛

的象形符號，標示著「翠」的本義應是指某種鳥類的長羽毛。從這個意符上，看不出「翠」造字之初與舞蹈有什麼關係。許慎訓「翠」為「樂舞」是引申義，不是本義。「翠」之為樂舞，是因執翠而舞得名。這與旄舞以執牛尾、干舞以執兵器得名同理。《樂師》鄭玄注云：「旄舞者氂牛之尾，干舞者兵舞……皇雜五彩羽如鳳皇色持以舞。」《舞師》孫詒讓正義云：「劉注引《周禮》曰：『翠舞，帥而舞旱暵之事』，鄭玄曰：『翠，赤皁染羽為之也』。」其實，染羽為翠亦是後起之事。「皇」既然與「翠」為一字之異構，則其所有金文字形上部都應是以羽毛作為原始依據來構形的。

《樂師》賈公彥疏引《山海經》云：「鳳皇出丹穴山，形似鶴。首文曰德，背文曰義，翼文曰順，腹文曰信，膺文曰仁。」所謂德、義、順、信、仁，不過是以人的主觀意念來給鳳皇各部位的羽紋命名而已，與造字法無涉。儘管如此，由於「皇」與「義」聲音迥異卻能替用，在意義上不可能毫無關係。「義」既為鳳皇背紋的稱呼，則「皇」亦當是鳳皇某部位的稱謂。然而，「翠」、「皇」作為上形下聲的同一形聲字，意符先後異形，而且金文意符更迭翻新樣，是何原因呢？

這是由漢字形聲字的性質及「皇」字構造過程中的特殊條件決定的。

漢字形聲字在尚未定型的時候，聲符、意符的更換都是常見的情況。其中意符的變換遵從一條基本準則，不同意符所指代的事物、意義應該相同或相關。如甲文「牡」以「牛、羊、豕、鹿」為意符，「牝」以「牛、羊、豕、犬、馬、虎」為意符。

同樣的道理，「皇」字的所有意符都表示著羽毛一類的事物。只是因為同一字處於不同的歷史時期或不同的地域，意符所反映的對象有形體上的差別，或造字的人們社會心理意識的不同，才導致了「皇」字意符構形複雜紛繁的局面。這些眾多的意符儘管構形不一，但由於它們都標示著同一類事物，所以還是有規律可循的。

《舞師》賈公彥疏：「《禮記‧王制》：『有虞氏皇而祭』。皇是冕，為首服，故以此皇為鳳皇羽。蒙於首，故云蒙羽舞……鍾氏染鳥羽象翟鳥鳳皇之羽，皆五彩，此舞者所執，亦以威儀為飾。言皇是鳳皇之字，明其羽亦五彩。」賈氏這段話點明了「皇為鳳皇羽」、「皇是鳳皇之字」。黃侃先生云：「鳳凰本作翠。」（黃焯編《說文箋識四種‧說文段注小箋》156 頁）這對於弄清「皇」字的語

源，是很有啟發意義的。

「鳳」與「皇」連類並舉，關係密切。要弄清「皇」造字之所本，就不能不對這兩個字的文字形體進行具體的分析比較。

《甲骨文編》收「鳳」字共 50 例。鳳尾作ψ或ᛉ狀的 18 例，作ᛉ狀的 10 例，無一定規則的 9 例，尾端有裝飾符號的 13 例。這 13 例中有兩例同一字尾端符號形狀不同。按形狀特徵大致可分為以下四種類型：

A. ᛉ（甲六一五）、ᛉ（粹八三一）、ᛉ（粹八四四）、ᛉ（京都三〇二）、ᛉ（續四・二三・七）

B. ᛉ（佚六八）、ᛉ（粹八三九）、ᛉ（粹八二九）、ᛉ（簠天七）

C. ᛉ（前二・三〇・六）、ᛉ（乙一八）、ᛉ（續四・二三・七）

D. ᛉ（京津二九一五）、ᛉ（京津三八八七）、ᛉ（粹八三九）

香港中文大學周法高主編的《金文詁林》收「皇」字金文共 65 個。茲按其意符的形狀特徵分類列表如下：

編 號	意符類型	例　字	數 目	百分比
1	出、出	皇（作冊大鼎）、皇（榮伯簋）	33	50.8%
2	出、出	皇（㝬鐘）、皇（彔伯簋）	11	17%
3	出、出	皇（弔角父簋）、皇（陳㦰午錞）	4	6.1%
4	出、出	皇（齊陳曼簠）、皇（鄘㦰簋）	3	4.6%
5	出、出	皇（禾簋）、皇（齊鎛）	4	6.1%
6	出	皇（弔皮父簋）	4	6.1%
7	出、出	（況兒鐘）、皇（王孫鐘）	3	4.6%
8	山、ψ	皇（□作乖皇考尊）、皇（欒書缶）	2	3%
9	出	皇（齊鮑氏鐘）	1	1.5%

從上表可以看出，除去 6、8 兩類而外，其餘各類儘管筆劃多少不一，但總的構形格局和「鳳」尾的 A、B 兩類是基本一致的。因此，「皇」的意符和「鳳」尾端的象形符號在現實世界中無疑有著共同的參照物。只是兩者構形側重有所不同：甲文「鳳」的尾端符號僅僅作為象形字「鳳」（其中有 21 例已加「凡」為聲符，成為形聲字）的一個構成單位，自應趨於簡約概括；而金文「皇」的意符是整個字核心所在，形體理當較為細緻逼真。特別是第 1 類

意符占的比重最大，這是因為它是最基本最接近自然物象的意符。這類意符具備「皇」字金文意符的主要構形特色，左右著意符形體的發展趨勢。

西周早期，「鳳」尾的凵狀物雖已冒頭，但遠未普遍化（甲文 50 例中僅 9 例作凵、凸），長尾羽仍是鳳皇的主要特徵，這就是標示鳳皇長尾羽的「㞢」、「翌」產生的特定條件。「㞢」的意符「屮」，在結構上與甲文「鳳」字尾端的「屮」格局一樣，不過結體方整些，描畫更形象些。「翌」字的意符「羽」，依《說文》為「鳥長毛」，這正是鳳皇尾巴的顯著特點。隨著鳳鳥的尾巴普遍綴上圈狀裝飾物，能形象反映這一特徵的後起字「皇」便應運而生了。「皇」字一方面承接了「㞢」、「翌」的聲符及其意符所表示的意義；另一方面又在文字形體上借鑒了甲文「鳳」字尾端的凵形而作凵，更加突出了鳳鳥尾翎在新時代的顯著特點。於此可見，金文「皇」在形音義三方面都是有歷史繼承性的。由於「皇」字的廣泛流行，「㞢」、「翌」實際上就被排斥開去，只是作為歷史的陳跡遺留下來。

弄清了造字之源，對「皇」字各種形體之間的相互關係也就有了較為清楚的認識：

A. 意符像尾羽之形：㞢 ⟶ 㞢（加指事符號）

　　　　　　　　　 |→ 望（增筆）→ 望（加指事符號）

　　　　　　　　　 |→ 望（加指事符號）→ 望（減筆）

B. 意符像尾翎之形：㞢─|→ 皇（加指事符號）→ 皇（減筆）

　　　　　　　　　　 |→ 望（斷寫）

　　　　　　　　　　 |→ 㞢（減筆）

從這個示意圖可知，除第 8 類自成體系而外，其餘各類意符都是在第 1 類意符的基礎上或添加指事性輔助符號，或斷寫，或減省筆劃而成的。這是因為第 1 種類型的意符是最切合自然物象的基礎意符，所以它的生命力最強，最經得起社會的檢驗。秦以後各種金文廢置，小篆皇仍然是以第 1 種類型的金文為基礎增添筆劃而成的。

鳳皇雖是古人虛構的神鳥，但它身體的每一部位都是自然界裏現實事物的折射，都取材於自然。由於時代不同，地域不一，鳳鳥形象在歷史發展過程中就呈現出某些差異。例如，殷代和西周早期銅器紋飾上的鳳就只有長尾未見尾翎，西周晚期銅器紋飾和戰國漆器裝飾圖案的鳳已見尾翎，「皇」字的

誕生也就有了實物為據（參看顧方松《鳳鳥圖案研究》附圖部分）。可見文字的演進與物質文明的進化是基本同步的。筆者認為：無論銅器紋飾上的鳳鳥圖案尾翎，還是金文「皇」字的表意符號，它們在自然界裏的原始素材都是孔雀尾翎。孔雀尾翎端部的凷狀物，只要稍為抽象便可成為甲文「鳳」字裏的凵、凷、凼、凷、屮等形。至於金文「皇」字上部的凷，對凷的摹寫就顯得比甲文更逼真些。同時，𦥯（善夫克鼎）等幾個金文字形上部圈狀符號作倒置桃形的問題，也就渙然冰釋了。

總而言之，「皇」，從「白」象形，從「王」得聲，其原始意義是孔雀尾翎。尾翎稱皇，則綴有這種尾翎的神鳥也叫做皇（在此之前稱鳳不稱皇）。執皇而舞，是謂皇舞。因尾翎色彩絢麗而又不易得，故後來凡色彩絢麗的羽毛及人工染製的五彩羽都稱皇。原始部落的人們將皇插在頭上為飾，逐漸演化為冠，這種羽冠也就謂之皇。文明進化，冠的式樣多起來，為與其他形制的冠相區別，而僅把其上繪有羽飾的冠稱為皇，即鄭玄所謂冕屬，畫羽飾焉者也。然「冕」並非「皇」之本義。而僅僅是本義的引申。這種舜時祭祀之冠，漸為王者所獨用，後世最高統治者因之稱皇。「皇」之訓「大」，殆始於彼時。至「美」、「煌」諸義，則由皇之形象色彩引申而來。

［附記］廈門大學黃典誠教授在看過本文初稿後，加案語云：「閩南漳州民俗，家中多祀觀音、灶君、土地神。觀音居中座，頭戴孔雀尾翎冠，俗稱『佛祖花園』。一年一易，易冠之期，為送神前一日，農曆十二月二十三日也。證本文謂『皇』為孔雀尾翎，確有所見。」謹記於此，以申謝忱。

原載《語言研究》，1986 年第 2 期。

四川話兒化詞問題初探

提　要

　　本文從四個方面探討四川話兒化詞的特色：一、兒化範圍；二、兒化引起的韻母變化；三、兒化詞的構成手段；四、兒化詞的功能。人名末音節的兒化，姓氏用字與「老」「小」所構成的雙音詞末音節的兒化，是值得注意的語音發展的新動向。四川話有的兒化詞能表達厭惡、輕慢等感情色彩，某些兒化詞還體現了人們對言語的審美心理。對於兒化，應當從多角度去不斷拓展研究面。

　　兒化是北方話區域內普遍存在的語流音變現象。本文試圖通過對四川話與北京話兒化的比較，勾畫出四川話兒化的基本面貌。在此基礎上，對其中某些現象進行理論上的探討。為此，有必要對四川方言音系作一扼要介紹。

　　《四川大學學報》（社科版）1960 年第 3 期《四川方言音系》一文歸納的四川話聲類為 24 個：p p‘ m f t t‘ n ts ts‘ s z tʂ tʂ‘ ʂ ʐ tɕ tɕ‘ ȵ ɕ k k‘ ŋ x ∅。在四川 150 個漢語方言點中，灌縣等七點有 24 個聲母。自貢等 18 點無 z，有聲母 23 個。其餘各點一般沒有 tʂ tʂ‘ ʂ ʐ 一套舌尖後音聲組，有的點還沒有 ȵ 聲母。因此，四川話絕大多數方言點的聲類是 19～20 個。歸納的韻類有 42 個：ɿ a æ ɔ o ɤ ɚ ai ei au əu an ən aŋ oŋ i ia iæ ie iai iau iəu ian in iaŋ u ua uæ ue uai　uei　uan　uən　uaŋ　y　yu　yæ　yo　ye　yan　yn　yoŋ。這裡有兩點需要說明：1. æ　iæ　uæ 是入聲韻類（峨嵋「蔗、射、社」等舒聲字的韻母念-æ 例外），其出現條件正與舒聲韻類 a　ia　ua 構成互補，似可歸入 a　ia　ua 三個音位；2. 四川南部瀘州市、瀘縣、納溪、合江等地保持入聲的方言點，有入聲韻類 uə。這樣，四川話韻類總數應該是 40 個。黔江無ɔ、uə，有 38 個韻母，是全省韻類最多的點。屏山沒有ɔ　aŋ　iai　iaŋ　ue　uə　uən　uaŋ　yæ　ye　yu　yn，只有 28 個韻母，是全省韻類最少的點。絕大多數的方言點韻類在 36 個左右。四川話有陰平、陽平、上聲、去聲、入聲五個調類。瀘州等 48 個點五個調類齊備，其餘 102 點只有陰平、陽平、上聲、去聲四個調類。

四川話內部兒化音變較為一致。不過，為了較為清楚地瞭解四川話聲類、韻類、調類不完全一致的幾種不同類型次方言點的兒化音變現象，筆者選取了成都、自貢、瀘州三點作為四川話的代表來與北京話進行比較（比較表限於篇幅略去）。根據比較，我們不難看出，四川話與北京話兒化音變的區別在於：

韻母部分的韻頭，四川話部分改變北京話一律不變；韻腹，四川話一律為ɚ，北京話部分為ɚ；韻尾，四川話一律丟失，北京話部分丟失。可見兩地韻母部分發生的兒化現象共通是主流，大同之中見小異。這些差異表明：四川話與北京話在語音方面的發展變化表現在兒化問題上是不平衡的。

四川話兒化的特點，大致表現在以下四個方面。

一、兒化的範圍

1. 從兒化在韻母系統的分布情況看，四川話除去ɚ韻之外的 35（成都、自貢）——36（瀘州）個韻類中，iai　yoŋ 兩個韻類不兒化。北京話 39 個韻母除ɚ韻外，僅ɛ韻不兒化，而ɛ韻常用字只有一個語氣詞「誒」。因此，不妨認為北京話的全部韻母都能兒化。

2. 從每一韻類兒化情況來看，有好些音節在四川音系中能發生兒化，在北京音系中卻不能兒化。在四川話和北京話裏，詞形和意義完全相同的一個詞，它的末音節分別在兩者中的兒化情況並不完全一致。例如「暗花」「八哥」，北京話兒化，四川話不兒化；「電燈」「辦事員」，四川話兒化，北京話不兒化。少數詞形和意義本來相同的詞，在四川話和北京話裏一旦發生兒化，即產生意義上的區別。例如「愛人」一詞，不兒化時，都是「配偶」的意思。兒化之後，

四川話裏仍指配偶，北京話裏則是「逗人喜愛」的意思了。

還有少數詞形相同、意義不同的詞，兒化情況也有參差。例如「板眼」，四川話裏是「花樣、竅門」的意思，一定兒化；北京話裏指「節拍、條理層次」，不兒化。

意義和文字符號都相同的音節，出現在性質類同的言語環境中，有的能兒化，有的不能兒化，例如：「膾巴、鹽巴、泥巴」與「嘴巴、臉巴、角巴」中的「巴」，都是名詞詞尾，語法意義完全一樣；「臁二杆」的「杆」與「腳杆、手杆」的「杆」，都是「棍狀物」，詞彙意義一樣，前者不兒化，後者能兒化。究其原因，除了人們的社會意識和言語習慣的影響之外，主要是語音制約規律要求把兒化音節的數量控制在一個適當的限度內。這裡當然還有一個約定俗成的言語習慣問題。不能過分強調社會觀念對語音變化的影響，但也不能完全不考慮這種影響。使用方言的人們是方言系統的能動的主體因素，因而社會環境反映到人們頭腦中所形成的社會群體思想結構，也不能不對語言系統施加程度不同的影響。基於這樣的認識，「藥媽巫婆」「老媽女傭」的「媽」能兒化，「媽媽」「姨媽」「姑媽」的「媽」不能兒化，就不能簡單地認為僅僅是語音規律的制約作用，而應當考慮到社會因素，考慮到人們約定俗成的社會觀念對兒化的影響。在四川話裏，作為有密切親屬關係的長輩稱呼，原則上是不能兒化的。例如「爸爸」「媽媽」「公公」「婆婆」，絕不兒化。在以疊音名詞廣泛兒化為顯著特點的四川方言裏，這幾個詞在兒化浪潮中顯示了不可動搖的穩定性，並非純粹出於語音制約原因，很大程度上是由於人們在觀念上認為它們不能兒化。「爸爸」和「粑粑」，「媽媽」和「藥媽」，「公公」和「老公公」，「婆婆」和「老婆婆」，在概念上是不容混淆的，在感情色彩上是大相徑庭的。「粑粑」作為一種兒童喜歡的糕點，倘使同「爸爸」在發音上相似，是同孩子對父親尊崇親愛的感情相牴觸的，這就必然從語言心理上引起避諱。從語音環境來看，四川話裏有「粑粑兒」 ꜀pa ꜀pɚ、「屉屉兒」 ꜂pa ꜂pɚ糞便；髒物、「把把兒」pa꜄ pɚ꜄ 柄、蒂、「八八兒」pa꜆ pɚ꜆ 排行第八的孩子等兒化詞，「爸爸」 ꜁pa ꜀pa 在語音上沒有不兒化的理由。但卻不兒化，這就不能不使我們從其他方面進行思考。

「藥媽兒」꜁yo（yə꜆）꜀mɚ帶有鄙夷的色彩，「老公公兒」꜂nau ꜀kon ꜀kuɚ、「老婆婆兒」꜂nau ꜁p‘o ꜀p‘ɚ帶有輕慢的色彩。這種情況表明，不但「媽媽」等

詞不兒化有著觀念上的原因，就是「藥媽」等詞兒化也罩上了一層社會觀念的輕紗。

3. 從兒化在詞類範圍的分布情況看，四川話裏名詞、動詞（如「敲兒」「打滾兒」）、形容詞、代詞、數詞、量詞、副詞（如「剛剛兒」「下下兒」）、象聲詞（如「叮噹兒」「平啵兒」）都能兒化。語氣詞除個別情況（如「粢哪夥兒」）外，基本上不兒化。介詞、連詞不兒化。

名詞的兒化極為普遍。這裡特別指出五十年代以來才逐漸發展起來的重要兒化現象——人名的兒化。

四川大部分地區凡能兒化的韻，如果出現在人名的最末一個音節，原則上也能兒化。但實際上某個具體的人名是否兒化要受當地社會群體觀念以及語音制約規律的束縛。這樣，人名末音節的兒化就必然壓縮在一個有限的範圍內。筆者曾經把四川地區常用人名末音節的兒化情況分韻類列表比較，發現兒化字出現密度最大的是帶有舌尖中鼻輔音韻尾的八個韻類。帶舌根鼻輔音 ŋ 的五個韻類的人名末尾字極少兒化。

姓氏能與「老」「小」結合構成雙音詞，它作為雙音詞的末音節也會發生兒化。雖然範圍較為狹小，但確是一種值得注意的語音發展的新動向。（筆者亦嘗作過詳細統計，這裡從略）

四川話裏具有疊音詞尾的多音節形容詞的末音節往往兒化。例如：瀼酥酥兒、薄菲菲兒、窄絡絡兒；圓圓子子兒、恰恰子子兒、大大子子兒，等等。

代詞的兒化情況如下：（漢字下加短線表示寫的是同音字）

（1）人稱代詞：別個兒別人、自家個兒自己。

（2）指示代詞：指處所：近指（這裡、這兒）：遮兒 ꞏtsə、支點兒 ꞏtsʅ ꞌtiə、勒點兒 neꞏ ꞌtiə、勒下兒 neꞏ Ꞌxə、皆點兒 tsʅꞏ ꞌtiə、皆跟堂兒 tsʅꞏ Ꞌkən ꞌtꞌə、皆跟兒 tsʅꞏ Ꞌkə、皆堂壩兒 tsʅꞏ Ꞌtꞌaŋ pəꞏ。遠指（那裡、那兒）勒點兒 ꞏneꞏ ꞌtiə、那點兒 naꞏ ꞌtiə、那衡兒 naꞏ Ꞌxə、訥點兒 naꞏ ꞌtiə、訥跟堂兒 naꞏ Ꞌkən ꞌtꞌə、訥跟兒 naꞏ Ꞌkə、訥堂壩兒 naꞏ Ꞌtꞌaŋ ꞏpə。指時間：近指（這會兒）：遮會兒 ꞏtʂei Ꞌxə、勒陣兒 neꞏ Ꞌtsəꞏ、勒會兒 neꞏ ꞏxə、者會兒 ꞏtʂe ꞏxə、列會兒 nieꞏ ꞏxə、縱陣兒 tsoŋꞏ ꞏtsuə、皆會兒 tsʅꞏ ꞏxə、皆時兒 tsʅꞏ ꞏsə。遠指（那會兒）：乃會兒 ꞏnai ꞏxə、勒會兒 neꞏ ꞏxə、那會兒 naꞏ ꞏxə、那陣兒 naꞏ Ꞌtsəꞏ、浪陣兒

naŋ˞ ⸊tsuə˞、<u>拉會兒</u> ⸊na ⸊xə˞、<u>訥會兒</u> na˞ ⸊xə˞、<u>訥時兒</u> na˞ ⸊sə˞。指方式：近指〔這樣（辦）〕：<u>弄個兒</u> noŋ˞ kə˞、<u>弄根兒</u> noŋ˞ ⸊kə˞。遠指〔那樣（辦）〕：<u>浪個兒</u> naŋ˞ kə˞、<u>浪根兒</u> naŋ˞ ⸊kə˞。

（3）疑問代詞：問人（誰）：哪個兒 ⸌na kə˞、啥個兒 ⸊sa kə˞、誰個兒 ⸊sei kə˞。問事物（什麼）：<u>娘根兒</u> ⸊ȵiaŋ ⸊kə˞、<u>娘兒</u> ⸊ȵiə、<u>啥梗兒</u> sa˞ kə˞、<u>賞件兒</u> ⸌saŋ ⸊tɕiə。問處所（哪裏、哪兒）：哪點兒 ⸌na ⸌tiə、懶會兒 ⸌nan ⸊xə˞、哪衡兒 ⸌na ⸊xə˞、啥點兒 ⸊sa ⸌tiə、啥跟兒 ⸊sa ⸊kə˞、啥跟堂兒 ⸊sa ⸊kən ⸊t'ə˞、啥堂壪兒 ⸊sa ⸊t'aŋ pə˞、哪跟堂兒 ⸌na ⸊kən ⸊t'ə˞、哪跟兒 ⸌na ⸊kə˞、哪堂壪兒 ⸌na ⸊t'aŋ pə˞。問時間（哪會兒）：哪會兒 ⸌na ⸊xə˞、哪陣兒 ⸌na tsə˞、哪時兒 ⸌na ⸊sə˞、啥會兒 ⸊sa ⸊xə˞、啥時候兒 sa˞ ⸊sɿ xə˞。問方式〔怎麼（辦）、怎樣（辦）〕：<u>唧個兒</u> ⸌naŋ kə˞、怎個兒 ⸊tsa kə˞、<u>唧個兒子</u> ⸌naŋ kə˞ tsɿ、<u>從個兒</u> ⸊ts'oŋ kə˞。（參看甄尚靈《四川方言代詞初探》，《方言》1983 年第 1 期）

四川大部分地區，兄弟姊妹排行用的序數詞能兒化。例如：三兒、老三兒，四兒、老四兒，五兒、老五兒（四川話排行第一的稱為「老大」或「老幺」，排行最末的也稱「老幺」，都不兒化。沒有「老一」的說法）其中「三」「五」「八」「九」可以重疊，表示兄弟姊妹的稱謂，且能兒化：三三兒、五五兒、八八兒、九九兒。

四川話常用單音量詞大都能兒化。例如：一支兒、一隻兒，一斤兒、一錢兒、一塊兒、一份兒、一張兒、一堆兒、一根兒，一墩兒、一杳兒、一鏟兒、一包兒、一隊兒、一對兒，一把兒、一間兒、一個兒、一盤兒、一碗兒、一壓兒、一窩兒、一絲兒、一轉兒，等等。

有的量詞重疊後前面加表概數的詞，其末音節能兒化，表示「量少」的意思。如：幾斤斤兒、幾根根兒、幾顆顆兒、幾條條兒、幾項項兒、兒瓢瓢兒、幾筷第兒、幾串串兒、幾撮撮兒、幾張張兒、幾把把兒、幾瓣瓣兒、幾窩窩兒，等等。

有的量詞可以同「把」一起構成「×把×」格式，表示「量少」的意思，其中的單音量詞一般能兒化。如：塊兒把塊兒、斤兒把斤兒、分兒把分兒、包兒把包兒、把兒把把兒、間兒把間兒、個兒把個兒、盤兒把盤兒、絡兒把絡兒、圈兒把圈兒、本兒把本兒、件兒把件兒、句兒把句兒、窩兒把窩兒、根兒把根

兒、張兒把張兒、顆兒把顆兒、砣兒把砣兒、墩兒把墩兒，等等。

二、兒化所引起的韻母變化

四川話兒化音變基本上遵守如下的規則：

1. 單元音 i　u　y 兒化，加捲舌元音ɚ。

2. 韻尾一律脫落。

3. 兒化後介音基本不變，主要元音變為ɚ。但某些開口呼韻類在特殊情況下會變合口呼，少數合口呼韻類會變開口呼。具體說來，就是：

（a）o 韻發生兒化，在唇音聲組條件下保持開口，主要元音變為ɚ。在 k、k‘聲母下各地開合不一。如成都、自貢均可兩讀：豆角兒 təu ko —→ təu kɚ / təu kuɚ；蛋殼兒 tan k‘o —→ tan k‘ɚ / tan k‘uɚ。但由於 k、k‘聲母字構成的疊音詞發生兒化，其末音節則變合口 uɚ。例如：果果兒 ko ko —→ ko kuɚ；顆顆兒 k‘o k‘o —→ k‘o k‘uɚ。o 在除去唇音及 k、k‘而外的其他聲組下，無例外地都變為合口 uɚ。

（b）oŋ 韻除唇音聲組保持開口而外，其他變為合口 uɚ。如：縫縫兒 foŋ foŋ —→ foŋ fuɚ；筒筒兒 t‘oŋ t‘oŋ —→ t‘oŋ t‘uɚ。

（c）u 韻在唇音聲組變開口。如：蘿蔔兒 no pu —→ no pɚ；媳婦兒ɕi fu —→ ɕi fɚ。

（d）部分入聲地區的 uə 韻在 k‘聲母及唇音聲組條件下變開口。如：蛋殼兒 tan k‘uə —→ tan k‘ɚ；缸缽兒 kaŋ puə —→ kaŋ pɚ。但由 k‘聲母字構成的疊音詞發生兒化，其末音節也一律保持合口。如：殼殼兒 k‘uə k‘uə —→ k‘uə k‘uɚ。

三、兒化詞的構成手段

四川話有豐富的疊音詞，而疊音名詞尤為豐富。這些疊音名詞主要是由單音名詞重疊產生的。有一部分也是由單音動詞和單音形容詞重疊而來的。其中絕大多數疊音詞能兒化。由單音動詞重疊而成的，如：攪攪兒糊狀物、沉沉兒沉澱物、抽抽兒抽屜、箍箍兒籬子、吹吹兒口哨、跩跩兒跛子、架架兒架子；背心、爬爬兒竹籬；如意、滾滾兒輪子、拐拐兒轉彎處、搭搭兒辮子、撈撈兒搞頭；好處、咒咒兒塞子、轉轉兒髮髻、絆絆兒繫扣兒、手鐲等等。由單音形容詞重疊而成的，如：尖尖兒尖子、方方兒呈方形或長方形的塊狀物、悅悅兒糊塗人、空空兒空隙、香香兒點心果品之類

的零食；便宜、好處、**胖胖兒**胖子，多指小孩、**酸酸兒**醋；酸味食品，等等。

有些單音節詞素在作為普通雙音詞（與疊音詞相對而言）的末音節或單獨成詞時不能兒化，在構成疊音名詞後便能兒化。如：單音詞素「馬」──➤單音詞「馬」；普通雙音詞「母馬」；疊音詞「馬馬」；兒化詞「馬馬兒」。單音詞素「刀」──➤單音詞「刀」；普通雙音詞「菜刀」；疊音詞「刀刀」；兒化詞「刀刀兒」。有些疊音名詞在五十年代尚未廣泛兒化，現在四川不少地區已經兒化了。例如：嘎嘎兒、厄厄兒、邊邊兒、縫縫兒、蟲蟲兒、棍棍兒、包包兒、瓶瓶兒、蓋蓋兒、罐罐兒、腳腳兒、灰灰兒、篼篼兒、旗旗兒、板板兒、尿尿兒、湯湯兒，等等。

和北京話的情形相彷彿，四川話兒化的範圍還有逐漸擴展之勢。但是，四川話兒化的重點主要不在於相異詞素構成的複合詞的末音節，更不是由單音名詞直接兒化，而是側重於相同詞素重疊構成的疊音名詞的末音節。試看同一個單音詞素（表中加短劃者）在四川話和北京話裏成詞的情形：

四川話				北京話			
單音詞	普通雙音詞	疊音詞	兒化詞	單音詞	普通雙音詞	疊音詞	兒化詞
	瓷罈	罈罈	罈罈兒		酒罈	罈罈	罈兒
	酵頭	頭頭	頭頭兒	頭	布頭	頭頭	布頭兒　頭兒
絲	鐵絲	絲絲	絲絲兒	絲	鐵絲		鐵絲兒　絲兒
花	鮮花	花花	花花兒	花	鮮花		鮮花兒　花兒

顯然，四川話單音詞素重疊構成雙音節兒化詞是一個顯著特點。靠著這一特點，它可以在詞形和詞的語法結構兩個方面與北京話的普通雙音節兒化詞以及單音節兒化詞劃清界限。由於兒化使音節結構發生了本質上的變化，這就勢必不同程度地影響到語言系統的其他方面，從而可能在詞彙方面和語法方面引起連鎖反應。首先是大部分兒化詞的構成法與非兒化詞的構詞法顯示出區別，其次是由於音節的兒化在書面上也對詞形提出了新的要求。把四川話與北京話的兒化詞作一比較，就可以發現：四川話擁有大量的疊音兒化詞，少量的普通雙音節兒化詞，極少單音節兒化詞；而北京話正好相反，它擁有大量的普通雙音節兒化詞和單音節兒化詞，只有少量的疊音兒化詞。

四、兒化詞的作用

四川話的兒化除與北京話相似的一些作用之外，還有兩點與北京話不同的作用：

1. 能用兒化表示厭惡、鄙夷、輕慢、戲謔等感情色彩。

帶有厭惡、鄙夷色彩的兒化詞如：編方兒佔便宜的方法、抱腳兒笨蛋、騷客兒熱衷女色的人、屁娃兒出賣男色的人、刁氣兒挑剔，過分講究、悚瓜兒糊塗蟲、逗腳兒吝嗇鬼、殺殺生兒從中阻撓的人、推屎婆兒蜣螂、鬧官兒姘夫、爛條兒壞主意、爛癮兒生活無著，在社會上胡混的人；耽於某種嗜好者、跩客兒自鳴得意的人、甩棒兒游手好閒的流氓、闡經兒多話；講人是非、日厭兒可惡；搞亂。

帶有輕慢色彩的兒化詞如：暴蔫老者兒半老的男人、偏份兒非正式的身份；因便承受的一份、老媽兒老婦人；女傭；婆母、老姑娘兒老處女、疙巴女兒粗野的姑娘、船老闆兒船工、謇巴郎兒口吃的人、寡母母兒寡婦。

帶有戲謔色彩的兒化詞如：抱雞婆兒孵蛋雞；引申指潑辣而體態臃腫的婦女、來尿狗兒尿床的小孩、癲殼兒癲頭、坐雞圈兒坐牢、屎肚千兒大肚子，不指孕婦、尖腦殼兒妻子有外遇的男子、燒火佬兒燒火的廚工；騷老頭兒。

2. 四川話裏有些兒化詞，既不區別意義也不表達感情色彩，而只是體現了人們對言語的審美心理。四川大部分地區舌尖前、後聲組已歸併，n、l 也並為一個音位。輔音音位的減少，使四川話比較富於音樂感。在連續的語流中，人們欣賞捲舌元音音質的柔和優美，在不妨礙表意的前提下，有些詞的末音節自然ə化。反過來加強了語言的表達效果。這樣的兒化詞例如：蚌殼兒、白鰱兒、鼻樑骨兒、皮衫兒、羅漢兒、菜豌兒、拼盤兒、跑灘兒、打蹬蹬兒、白鶴兒、攤販兒、大漢兒、腦花兒、凝冰兒、栗爆兒、布殼兒、鯽殼兒、秋老虎兒、吃晌午兒、黃水溜兒，等等。前面所舉代詞的兒化，同樣體現了這類兒化詞的樂感即言語審美功能。

原載《中國語文》，1986 年第 5 期。

「鳳皇」探源

提　要

　　本文根據「鳳」、「皇」兩字的各種古文字形以及古代文獻，結合大量的出土文物，對「鳳」、「皇」的原始構擬及其演變作了比較深入的考證。文章從詞源學的角度指出鳳皇得名的由來和依據，並為「皇」的字源研究，提出了一種新的解釋。

　　鳳皇並非實有其物，它只不過是我們祖先虛構的一種神鳥，但由於數千年來籍載口傳，鳳皇已經成為象徵東方古老文明的一個典型藝術形象。它在中國文化史上的這種特殊地位，不能不引起學者們的矚目。

　　前輩學者從詞源學和文字學的角度，對「鳳」和「皇」進行過多方考釋，做了許多有意義的工作，但也還存在若干問題尚待深入研究。例如，鳳皇究竟是以現實生活中的什麼物象為基礎構想的？這一構想的歷史發展線索如何？鳳皇得名的由來和依據是什麼？對前一個問題，學術界至今沒有求得比較一致的看法。後兩個問題，則迄今尚無專文討論過。

　　筆者近年來潛心研究「鳳」、「皇」兩字的形音義及其相互間的複雜關係。根據古代有關典籍的記載和地下出土文物的印證，逐步形成了個人的一點看法。茲試述於下。

一、自然崇拜與祖宗崇拜的統一體——玄鳥

　　上古人們對於自然的崇拜是多方面的，飛鳥是其中的一種。是什麼力量使

得鳥能在天空自由翱翔而人卻無法飛昇呢？在荒古的年代，人們把不能理解的事物和現象，都歸之於神力。在這種意識支配之下，對鳥的神化也就成為很自然的事了。

《山海經》的多處記載比較真實地反映了原始社會時期人們對鳥類的崇拜心理和神化。《大荒北經》：「大荒之中，……有神，九首人面鳥身，名曰九鳳。」《南山經》：「凡鵲山之首，……其神狀皆鳥身而龍首。」《海內北經》：「西王母梯几而戴勝杖，其南有三青鳥，為西王母取食。」《河圖括地象》亦云：「有三足神鳥，為西王母取食。」《西山經》：「有神焉，其狀如黃囊，赤如丹火，六足四翼。」這是把鳥類神化的證據。

鳥既為神，則能貽人禍福。《西山經》：「女牀之山，……有鳥焉，其狀如翟而五采文，名曰鸞鳥，見則天下安寧。」「鹿臺之山，……有鳥焉，其狀如雄雞而人面，名曰鳧徯，其鳴自叫也，見則有兵。」崇吾之山有鳥，「見則天下大水」，崦嵫之山有鳥，「見則其邑大旱。」《中山經》：「復州之山，……有鳥焉，……見則其國大疫。」可見我們的祖先把人類禍福與各種鳥類出沒相聯繫的思想是由來已久的。

此外，《山海經》中還有鳥、人一體化的記載。《海外南經》：「羽民國在其東南，其為人長頭，身生羽。」《大荒南經》亦云：「有羽民之國，其民皆生毛羽。有卵民之國，其民皆生卵。」《海外南經》：「讙頭國在其南。其為人人面有翼，鳥喙，方捕魚。」《大荒南經》亦云：「驩頭人面鳥喙，有翼，食海中魚，杖翼而行。」《海外東經》：「東方句芒，鳥身人面，乘兩龍。」《海內經》：「又有黑人，虎首鳥足……有嬴民，鳥足。」就連《山海經》裏有的神也是鳥和人的統一體。例如，《中山經》：「濟山之首，……其神皆人面而鳥身。」「荊山之首，……其神狀皆鳥身而人面。」《大荒北經》：「北海之渚中，有神，人面鳥身。」

鳥人合一的思想之所以產生，一方面是遠古人們對鳥類的崇拜，另一方面則是出於對自己祖先的崇拜。無論是在原始游牧時期，還是農耕定居時代，鳥類與人們的勞動生產和生活都有著密切的關係。各種鳥雀的來去出沒，標示著氣候季節的變遷。人們把自己在事業上的成敗或生息的衰榮往往與鳥的出沒相聯繫。遠古傳說中的部落首領少昊（即少皞），便是以鳳鳥至而立國的。《山海經·西山經》以少昊為神：「長留之山，其神白帝少昊居之。其獸皆文首，其鳥

皆文尾。」這是由崇拜祖宗而導致神化的結果。《左傳·昭公十七年》載郯子的一段話：「我高祖少皞摯之立也，鳳鳥適至，故紀於鳥，為鳥師而鳥名。鳳鳥氏，歷正也；玄鳥氏，司分者也；伯趙氏，司至者也；青鳥氏，司啟者也；丹鳥氏，司閉者也……」郯子自稱是少皞之後，而少皞則是黃帝的子孫（《世本》載少昊為黃帝之子，《路史》謂少昊為黃帝之孫）。《山海經·大荒東經》：「東海之外大壑，少昊之國。」袁珂《山海經校注》在此句下加注云：「少昊在東海所建立之鳥國，以鳥名官之，諸官實皆鳥也。少昊名摯，古摯、鷙通（《史記·白圭傳》：『趨時若猛獸摯鳥之發』。摯鳥即鷙鳥也，可證），則為此百鳥之王而名『摯』之少昊，神話中其亦鷙鳥之屬乎？」袁先生的說法不是沒有道理的。前舉《山海經》諸條，人亦鳥，鳥亦人。我們認為，這是先民思想意識中透露出來的對鳥的崇拜和對祖宗崇拜的自然融合。

中原地區的殷民族是以玄鳥為圖騰的。這玄鳥正是殷人對祖宗崇拜和對自然崇拜的融合體。《史記·殷本紀》載：「殷契，母曰簡狄，有娀氏之女，為帝嚳次妃。三人行浴，見玄鳥墮其卵，簡狄取吞之，因孕生契。契長而佐禹治水有功。……封於商，賜姓子氏。契興於唐、虞、大禹之際，功業著於百姓。」簡狄因吞食玄鳥卵而生契，故契的功業和殷民族的興起便與玄鳥有密切關係。在殷人看來，玄鳥自天而降，絕非偶然，而是天命所歸，是老天讓殷民族發達昌盛的。對不可知的冥冥上天的崇拜和對功業卓著的祖先的崇拜的融合，是導致玄鳥神化的思想根源；古代社會勞動生產力低下，人們不得不在很大程度上依賴自然條件而生存，希望神靈賜福以改善惡劣生活環境的迫切要求，是玄鳥神化的社會根源；從遠古以來就一直在中原各氏族部落中存在的祀神習俗，是玄鳥神化的歷史根源。

《詩··商頌·玄鳥》：「天生玄鳥，降而生商。」《白虎通·姓氏篇》：「殷姓子氏，祖以玄鳥，子生也」。足證玄鳥是殷人自然崇拜和祖宗崇拜的統一體。卜辭：「其告於高祖王亥。三牛。」（滬一·一四一）「亥」作𢆶，朱芳圃先生指出：「亥上作一鳥形，蓋圖騰也。」（《殷周文字釋叢》第129頁）朱先生的看法是不錯的。所以後世仍為玄鳥立祠而祀。《禮記·月令》和《呂氏春秋·仲春紀》俱有記載：「是月也，玄鳥至。至之日，以大牢祀於高禖。天子親往，后妃率九嬪御。乃禮天子所御，帶以弓韣，授以弓矢，於高禖之前。」《月令》鄭注云：「高辛氏之世，玄鳥遺卵，娀簡吞之而生契。後王以為媒官，嘉祥而

立其祠焉。」

　　殷王朝在中國歷史上曾經是一個強大的王朝。殷文化的影響遠遠超出了中原地區。這從近代出土的殷商文物分布區域之廣可以得知。從殷代出土銅器上的圖案來看，玄鳥紋飾已很普遍。由此可以推斷玄鳥藝術形象的產生，最晚不會超過原始社會末期。實際上，在原始社會的彩陶紋飾上，已經發現了 ✹ 狀圖案（顧方松《鳳鳥圖案研究》圖版 2），這種圖案已經具備了後世典籍中所記載的鳳皇的某些基本特徵。

二、「玄鳥─雉雞─孔雀」的融匯發展線索

　　我們認為，作為殷人圖騰的玄鳥以及彩陶紋飾、銅器紋飾上的玄鳥，都是以現實物象為基礎經過藝術加工的，也就是說，加進了人的主觀想像和創造。

　　《說文十一下・燕部》：「燕，玄鳥也。籋口布翅枝尾，象形。」上舉原始彩陶紋飾上的鳥形，鳥喙變長，已不為籋口了。試與甲文 ✹（前六・四四・五）、✹（前六・四四・八）、✹（燕六〇八）相較，顯見陶紋圖案已經藝術化。至於殷商銅器上的玄鳥，不但喙長，而且絕大多數鳥頭上已經加冠，不過鳥尾仍分兩枝，整個形象與燕相去尚不為遠。目前所能見到的殷代銅器上的玄鳥，一律為側面形，尚未見如甲文作正面形的。試舉數例略作介紹：鼎方彝：長喙，無冠，尾垂；酐亞方罍：長喙下鉤，有冠，長尾上卷；戈卣：長喙下鉤，兩小冠一大冠，長尾一枝上卷，一枝下卷（此三器載於《中國古青銅器選》第 18、16、21 圖）。

　　這樣一來，經過藝術加工的玄鳥就與自然界的實際物象燕子分道揚鑣了。作為藝術形象的玄鳥，它在古代典籍以及神話傳說中有了另外一個名稱，這就是「鳳」。

　　《爾雅・釋鳥》：「鶠，鳳。其雌皇。」《說文四上・鳥部》：「鶠，鳥也，其雌皇。從鳥匽聲。一曰鳳皇也。」「匽」、「鶠」、「燕」上古都是寒部影母字，同音。《董鼎》銘文：「匽侯命董饒大保方於宗周」（轉引自王宇信著《西周甲骨探論》第 186 頁）。文中「燕侯」作「匽侯」。據此，「燕」、「鶠」也可通用。《楚辭・離騷》：「望瑤臺之偃蹇兮，見有娀之佚女。……鳳鳥（一本作『皇』）既受詒兮，恐高辛之先我。」《天問》：「簡狄在臺，嚳何宜？玄鳥致貽，女何喜？」《九章・思美人》：「高辛之靈盛兮，遭玄鳥而致詒。」同一作者記同一神話傳

說，或為玄鳥，或為鳳鳥，可證玄鳥即鳳無疑。

作為神祀的玄鳥（鳳）與實際物象玄鳥（燕）之間，由於各自包含的意義產生分化，在字形上也就各有所屬。就目前我們所能看到的甲文，「鳳」字一律為側面、象形（有的已加上聲符「凡」）。大部分象形符號的鳥尾已變長，且出現三分枝或圈狀綴物。除個別甲文（如𩾏［佚七〇］）外，鳥頭幾乎都已加冠。

鳳既然脫去凡胎成為神鳥，它自然會按照人們的審美標準逐步理想化藝術化。其他鳥雀和各種動物的某些特徵隨著歷史文明的進化，也就逐漸集大成於一身。玄鳥理想化的明顯特徵是加冠、文飾、長尾。商代彝器除極少數鳳形（如鼎方彝）缺少冠飾特點而外，絕大多數圖案中的鳳冠都如錦雞頭上的〰、〰狀形。根據冠形、鳥身文飾及尾部延伸等特徵，顯見是吸收了雉雞的某些外形特色。《山海經·南山經》：「丹穴之山，……有鳥焉，其狀如雞，五采而文，名曰鳳皇。」《西山經》：「女牀之山，……有鳥焉，其狀如翟而五采文，名曰鸞鳥。」《說文四上·鳥部》：「鸞，亦神靈之精也。赤色，五采，雞形。鳴中五音。」據《大荒西經》：「有五采鳥三名：一曰皇鳥，一曰鸞鳥，一曰鳳鳥。」可知鸞、鳳乃是同物異名。其狀如雞似翟（《說文》：「翟，山雉尾長者」），羽紋五彩，與商代彝器上的鳳鳥形象是一致的。

又《大荒西經》：「有五采之鳥，有冠，名曰狂鳥。」《爾雅·釋鳥》：「狂，䳫鳥。」《海內西經》：「孟鳥在貊國東北，其鳥文赤、青、黃。」聞一多在《爾雅新義》第 228 頁中指出：「孟、䳫一聲之轉」，「皇、狂音亦同。」故皇鳥、狂鳥、鳳鳥、䳫鳥、孟鳥、鸞鳥均是同物異名，是一種鳥紋赤、青、黃且有冠的五采鳥。這種鳥與實際物象玄鳥相較，確是在理想化藝術化的道路上邁進了一大步。商代彝器上普遍出現類似雉雞的鳳鳥圖案，表明這一現象非自殷商始。當在原始社會末期，玄鳥的形象就已經吸收了雉雞的某些特點。只是目前還缺乏足夠的實物資料來加以印證。

但殷人並沒有把玄鳥的美化僅僅停留在模仿雉雞的水平上。試看甲文「鳳」的字形結構，顯著的特點有二：1. 除個別字形還殘留著雉雞的影響而外（試比較𩾏［後二·三五·三］與𪇗［前二·八·五雉眾］），絕大多數字形的鳥頭上已呈丫、屮狀冠；2. 長尾的末端除部分有兩個或三個分枝而外，不少字形尾端已綴上𠙵、𠙶、𠙸狀物。考諸商代彝器，我們發現有的銅器紋飾上的

鳳冠作 ♥ 狀，有的尾部出現了圈狀裝飾物（參看顧方松《鳳鳥圖案研究》圖版 10）。顯然雄雞不具備這兩個特點。這就意味著鳳鳥在藝術化理想化的演進過程中，又有了新的參照物。

《逸周書·王會》：「西申以鳳鳥。氐羌以鸞鳥。方煬以皇鳥。方人以孔鳥。」晉孔晁注：「鸞大於鳳，亦歸於仁義者也。皇鳥，配於鳳者也。孔，與鸞相配者。」《山海經·海內經》「孔鳥」郭璞注：「孔雀也。」鳳、皇、鸞本是一物，《逸周書》把它與孔雀歸為同類，且兩兩雌雄相配，這說明鳳鳥在形貌上已經吸收了孔雀的某些特點。殷墟卜辭僅有「鳳」未見「皇」，周代金文僅見「皇」而未有「鳳」。從這兩字出現的互補關係來看，西周時期還不大可能出現雌雄相配的說法。儘管如此，根據甲文「鳳」的字形結構和出土文物的證據，可以斷定鳳鳥藝術形象的演進，從殷末直到戰國時期都受到了孔雀某些特徵的影響。這種影響主要表現在頭冠和尾翎上（請參看顧方松《鳳鳥圖案研究》圖版 10、15、16、17、19，21、26、28）

玄鳥從凡鳥脫胎變為神鳥並逐漸美化的過程，也就是古代人們的思維方式、審美標準不斷進步、不斷提高的過程，這也從一個側面反映了中國古代文明不斷前進、不斷發展的過程。

當然，這絕不是說，玄鳥只吸收了雄雞和孔雀的某些特點，就形成了鳳皇這一藝術形象。所謂「玄鳥—雄雞—孔雀」的融匯發展線索，是就其大要而言。我們今天所熟知的鳳皇形象，大致在東漢就已基本定型（參看《鳳鳥圖案研究》圖版第 32～58）。在從原始社會到東漢這一漫長的演進過程中，玄鳥還將其他各種動物的特色集於一身。《說文四上·鳥部》：「鳳，神鳥也。天老曰：鳳之象也，鴻前麐後，蛇頸魚尾，鸛顙鴛思，龍文虎背，燕頷雞喙，五色備舉，出於東方君子之國。」許慎之說，比《韓詩外傳》卷八所引天老語「夫鳳象，鴻前麟後，蛇頸而魚尾，龍文而龜身，燕頷而雞喙」更為豐富。東漢的鳳皇，除「燕頷」算是老祖宗的「遺產」而外，餘則面目皆非了。

三、鳳皇得名的理據

「鳳」、「皇」兩字連文，最早見於《詩經》。《詩·大雅·卷阿》：「鳳皇于飛，劌劌其羽。」又《左傳·莊公二十二年》：「鳳皇于飛，和鳴鏘鏘。」《山海經·南山經》：「有鳥焉，其狀如雞，五采而文，名曰鳳皇。」《楚辭·離騷》：

「鳳皇翼其承旂兮，高翺翔之翼翼。」這樣看來，鳳皇的說法普遍出現的時代不會晚於戰國時期。

要弄清鳳皇得名的理據，首先必須探討「鳳」、「皇」兩字的字源，也就是先得尋求這兩字造字的原始依據。

從甲文「鳳」的字形來看，我們認為是在「鳥」字的基礎上以加冠延尾的手段來構成新字的。試比較 （佚二九八）與 （鐵四三‧三）； （後二‧四二‧二）與 （簠遊一〇〇）； （存下七三六）與 （前四‧四二‧五）。既然「鳳」是以玄鳥為底本來構想的神鳥，何以不用甲文 來作為造字的基礎呢？這是因為：一、玄鳥經過神化，在意義和形貌兩方面都與實際物象燕子拉開了距離。為了異形辨義，避免在書面交際中引起混亂；二、古人崇拜風，而風是無形的，最能體現風勢的物象是鳥。燕子只出現於一定的季節，用通名「鳥」的字形作為構形基礎可以滿足古人在意念上的要求；三、構造新字除形義而外，還須借音，神鳥鳳正可借呼嘯的風聲作為字音。

從語音角度看，「鳳」與「風」上古同屬侵部，「鳳」是「並」母字，「風」是幫母字，兩字的聲母發音部位相同，僅發音的清濁有異。我們知道，漢語的濁聲母是比較容易清化的，從古老的甲文「鳳」到後起字「風」，兩者在語音上的關係是：「鳳」[bium]〔註1〕——→「風」[pium]。顯然，「風」的讀音是從「鳳」的讀者分化出來的。反過來我們可以這樣推測：當上古的先民們尚未造出「風」字，而借「鳳」作「風」使用時，很可能是用神鳥振翅飛翔時的風聲作為字音的。上古「鳳」擬音為[bium]，而今四川涼山彝語讀「風」為[brum]〔註2〕，兩者的讀音非常接近，取音的方式是相同的。《山海經‧大荒北經》：「蚩尤請風伯雨師縱大風雨」。《楚辭‧離騷》「前望舒使先驅兮，後飛廉使奔屬。」王逸注：「飛廉，風伯也。」可知古人是以飛廉為風神的。古人以「風」、「鳳」為神，表明了「風」與「鳳」的相互密切關係。從語音上看，「飛廉」上古擬音為[piuiliɛum]，急言之則為[pium]，「飛」、「廉」二字的合音正是「風」字的讀音。顯見「飛廉」不過是「鳳」的另一種書面形式罷了。

《說文四上‧鳥部》稱「鳳」「翺翔四海之外，過崑崙，飲砥柱，濯羽弱水，

〔註1〕本文所標上占音，均依黃典誠先生《漢語語音史》（1981年9月廈門大學油印本）所擬上古音系。

〔註2〕轉引自《語言研究》創刊號，張永言《關於詞的「內部形式」》。

莫宿風穴。」《韓詩外傳》謂「鳳」「延頸奮翼，五采備明，舉動八風，氣應時雨。」《莊子·逍遙遊》載：「有鳥焉，其名為鵬，背若太山，翼若垂天之雲，搏扶搖羊角而上者九萬里。」古文「鵬」即「鳳」，鳳飛則振翅鼓風（所謂「扶搖」即颶風，「羊角」即旋風）。這些材料表明古人確實是把鳳與風作為密切相關的事物來看待的。

「風」與「鳳」的一體化關係從甲文字形上也可看出端倪：𩿞（前四·四三·一）、𩿞（存下八八），鳥形周圍的短豎線，正是表示風勢的象徵符號。

遠古時期的先民，限於當時的社會條件、生產、科學水平，普遍有著鳳鳥飛翔，鼓翅成風的思想意識。[註3]這樣，殷代甲文普遍以「鳳」作「風」就是非常自然的現象了。據目前見到的甲文材料，卜辭中凡涉及風這一自然現象的文字，都以「鳳」作「風」。[註4]為節省篇幅，只引數例如下。[註5]

卜辭中記有四方風的名稱：

「東方曰析，鳳（風）曰劦。南方曰夾，鳳（風）曰𡹬。西方曰彝，鳳（風）曰彝。［北方曰］夕，鳳（風）曰𠩵。」（《掇二》一五八）

此四方風名亦即四方風神名。

由於暴風能造成災禍，故殷人有「寧（停）風」之祭：

「丙辰卜：於土（社）寧鳳（風）？」（《掇一》三四九）

「甲戌貞：其寧鳳（風）？三羊、三犬、三豕？」（《續》一·一五·三）

這表明了殷人對風神的崇拜。

由此可見，鳳不但是殷人崇拜的祖宗神，而且也是他們崇拜的風神。甲文中「鳳」、「風」同字，從文字學的角度印證了鳳在殷代確是祖宗崇拜和自然崇拜的統一體。殷人對鳳的崇拜，在甲文字形上也有所表現，如：𩿞、𩿞（侯六甲一一九·一二○），試與𩿞（甲七四三）、𩿞（佚六五二）比較，顯見是像人張口向鳳祈禱之狀。

根據以上分析，我們認為「鳳」雖從玄鳥脫胎神化，但它在造字之初實際上兼顧表達「風」的音義，所以它得名的理據應是「御風的神鳥」。

〔註3〕請參看溫少峰、袁庭棟著《殷墟卜辭研究——科學技術篇》第155頁。四川省社會科學出版社1983年12月第1版。

〔註4〕卜辭中另有疾病名稱「禍風」，是以「凡」代「風」，但「禍風」一名的考釋學術界尚有爭議，這裡存而不論。

〔註5〕均轉引自《殷墟卜辭研究——科學技術篇·大氣運動的稱呼和觀察》，（P155～160）。

對「皇」字原始意義的探討和形體構造的解說，向來爭論不一，迄今尚無定論。筆者已在《「皇」字新解》（載《語言研究》1986 年第 2 期）一文中進行了詳細考釋，這裡只作簡要介紹。

「皇」較早的字形，大約是殷末周初「囗作乇皇考尊」上的「屮」。另外，絕大部分銅器銘文上部都作屮、屮一類的形狀。「欒書缶」作「屮」，「毛公層鼎」作「屮」，字形變化紛繁複雜，令人頭皮發麻。長期以來，對「皇」字的研究已成為古文字學領域的一個著名課題。

前輩學者多以為「皇」字下部的「王」是象形符號，其實是聲符。就目前所見的金文形體，「皇」下之「王」的寫法大致有這樣三種類型：A. 土或土。如作冊大鼎作皇，令簋作皇；B. 土或土。如杜伯盨作皇，弔皮父簋作皇；C. 王或王。如禾簋作皇，王孫鐘作皇。A、C 兩類都可以在殷契中找到大量同形材料，證明它們確是繼承了甲文「王」的寫法。惟 B 類寫法獨體甲文「王」並不作土或土。但「王」作「土」當是由山或土簡化所致。甲文屮（往）的聲符就有這三種寫法：屮（佚一一五）、屮（京津五二八四）、屮（林二·一八·一五）。「皇」的金文下部亦復如是：皇（周初器媓觚之「媓」的聲符「皇」）、皇（作冊大鼎）、皇（杜伯盨）。這些不同的寫法保留了作為構形元素的「王」在不同歷史階段的演化軌跡。尤其是「王」寫作「土」這種情況只在上形下聲的形聲字裏才會出現，這就有力地證明了「皇」下之「王」是聲符而不是意符。

「皇」字上部的「白」，自許慎以下，各家解釋不同。汪榮寶據《禮記·王制》鄭玄注「皇，冕屬也。畫羽飾焉」而認為「白」是冠冕的象形符號，且以為《周禮》「皇舞」之「皇」是「翌」的同音假借字，與《禮記》「有虞氏皇而祭」之「皇」是兩回事。其實《禮記》之「皇」，《釋文》正作「翌」。《周禮·春官·樂師》鄭玄注：「故書皇作翌。」《地官·舞師》注：「鄭司農云：『皇舞蒙羽舞書或為翌或為義』。」阮元《校勘記》云：「《漢讀考》作：『翌舞蒙羽舞書或為皇』。」孫詒讓正義：「《王制》『有虞氏皇而祭』，彼《釋文》亦作『翌』。……此《舞師》注當云：『鄭司農云，翌舞蒙羽舞書或為皇』。鄭君經文從皇，引仲師說則先『翌』後『皇』。今本淺人所改也。」可見皇舞之「皇」與冕屬之「皇」完全是一回事，「翌」是比「皇」更古老的字形。

《說文四上·羽部》：「翌，樂舞，以羽翟自翳其首以祀星辰也。從羽王聲，

讀若皇。」「翠」的意符為「羽」，《說文》：「羽，鳥長毛也，象形。」這就標示著「翠」的本義應是指某種鳥類的長羽毛。從這個意符上，看不出「翠」造字之初與舞蹈有什麼關係。許慎訓「翠」為「樂舞」是引申義，不是本義。「翠」之為樂舞，是因執翠而舞得名。這與旄舞以執牛尾、干舞以執兵器得名同理。《樂師》鄭玄注云：「旄舞者氂牛之尾，干舞者兵舞⋯⋯皇雜五采羽如鳳皇色持以舞。」《舞師》孫詒讓正義云：「劉注引《周禮》曰：『翠舞，帥而舞旱暵之事』，鄭玄曰：『翠，赤皂染羽為之也。』」其實染羽為翠亦是後起之事。「皇」既然與「翠」為一字之異構，則其所有的金文字形上部都應是以羽毛作為原始依據來構形的。然而，「翠」、「皇」作為上形下聲的同一形聲字，意符先後異形，而且金文意符更迭翻新樣，是何原因呢？

一、這是由於早期的形聲字在尚未定型的時候，對於意符和聲符的要求並不嚴格。意符只要能達意，聲符只要能寄音就行。常見的有這樣兩種情況：1. 意符不動變聲符。如：翅、狐；朕、凌；霰、霓（分別見於《說文》羽部、欠部、雨部）。2. 聲符不動變意符。如：靈、靈；鼯、貓；雱、弻（分別見於《說文》玉部、鼠部、雨部）。從這幾例可以看出，形聲字意符雖然兩作，但它們代表的意義必須指同類事物或意義相關的事物。這是形聲字變換意符的一條準則。

二、由於「皇」字在構造過程中意符描摹的對象在變化。同一字處於不同的歷史時期或不同的地域，意符反映的對象有形體上的差別，或造字的人們社會心理意識的側重點不同，終於導致了「皇」字意符構形複雜紛繁的局面。這些眾多的意符儘管構形不一，但由於它們都標示著同一類事物，所以還是有規律可循的。《金文詁林》收「皇」字金文共 65 個。筆者在《「皇」字新解》一文中按意符的形狀特徵將其分為九類，其中上部作凵、凷、凷的金文有 37 個，佔總數的 56.9%。這類意符體現了「皇」字金文意符的主要構形特色，左右著意符形體的發展趨勢。

如本文第二部分所述，上古鳳、皇乃是同物異名，所謂雌雄相配是後起的事。到目前為止，我們尚未發現「皇」字的契文，而「鳳」字在卜辭中卻比比皆是。這樣不難斷定：「皇」字的產生比起「鳳」來晚得多。但鳳、皇既是指同一事物，描摹的對象相同，後起的「皇」在構形上不可能與「鳳」的字形毫無關係。《甲骨文編》收「鳳」字共 50 例，風尾作丫狀的 10 例，作丫或丫狀

的 18 例，無一定規則的 9 例，尾端有象形符號的 13 例。這些象形符號按形狀特徵可分為四種類型：凵、凵、凵、凵，它們與金文「皇」上部的象形符號凵、凵、凵等同為一物之標誌是不言而喻的。只是兩者構形各有側重：甲文「鳳」的尾端符號僅僅作為象形字「鳳」（其中有 21 例已加聲符「凡」成為形聲字）的一個構成單位，不是表義的核心部件，自應趨於簡約概括；而金文「皇」的意符乃是整個字意義核心所在，形體理當較為細緻逼真。凵類意符占的比重最大，這是因為它是最基本最接近自然物象的意符，最適於明確表意，所以出現的機會也就最多。

殷末周初，「鳳」尾的凵狀物雖已冒頭，但遠未普遍化（甲文 50 例中僅 9 例作凵、凵），長尾羽仍是鳳皇的主要特徵。當時彝器圖案上的鳳鳥也多是無綴的長尾。這就是以長尾羽為意符的「㞢」、「翌」產生的特定條件。㞢的意符屮，在結構上與甲文「鳳」字尾端的屮、屮格局一樣，不過結體豐滿方整些，描畫更形象些。「翌」的意符「羽」，依《說文》為「鳥長毛」，這正是當時鳳尾的顯著特點。隨著鳳尾普遍綴上圈狀裝飾物，能形象反映這一特徵的後起字「皇」便應運而生了。「皇」字一方面承接了「㞢」、「翌」的聲符，另一方面又借鑒了甲文「鳳」尾的凵形而作凵，更加突出了鳳鳥尾翎在新時代的顯著特點。由於「皇」字在表意方面更明確更形象，「㞢」、「翌」實際上就被排斥開去，只是作為歷史的陳跡遺留下來。

弄清了造字之源，對「皇」字各種形體之間的相互關係也就有了較為清楚的認識：

A. 意符像尾羽之形：㞢 ⟶ 㞢（加指事符號）
　　　　　　　　｜→ 㞢（增筆）→ 㞢（加指事符號）
　　　　　　　　｜→ 㞢（加指事符號）→ 㞢（減筆）
B. 意符像尾翎之形：㞢－｜→ 皇（加指事符號）→ 皇（減筆）
　　　　　　　　　　｜→㞢（斷寫）
　　　　　　　　　　｜→㞢（減筆）

我們認為，「皇」、「風」兩個後起字的出現，都是異形辨義規律作用的結果。「皇」只表「神鳥」義，與「風」義無涉；「風」則只表「風」義，與「神鳥」義無關。「風」字產生以後，鳳，皇均指神鳥，雌雄相配之說也就產生了。

如前所述，鳳鳥在歷史發展進程中，吸收融匯了孔雀的某些特點，甲文「鳳」尾的山和金文「皇」的意符山，顯然是孔雀尾翎的象形符號。這一點已為西周彝器及戰國金銀錯上的鳳鳥圖案所證實（見《鳳鳥圖案研究》圖版15、21）。總而言之，「皇」，從「白」象形，從「王」得聲，其原始意義是孔雀尾翎。尾翎稱皇，則綴有這種尾翎的神鳥也叫做「皇鳥」。執皇而舞，是謂皇舞。因尾翎色彩豔麗而又難得，故後來凡色彩絢麗的羽毛及人工染製的五彩羽都稱皇。原始部落的人將皇插頭為飾，遂逐漸演化為冠，這種羽冠也就稱皇。文明進化，冠式增多，為區別起見，僅把其上繪有羽飾的冠稱皇。這種舜時祭祀之冠，漸為王者所獨用，後世最高統治者因之稱皇。「皇」之訓「大」，殆始於彼時。至「美」、「煌」諸義，則由皇之形象、色彩引申而來。

《周禮·地官·舞師》鄭玄注：「玄謂皇析五彩羽為之。」賈公彥疏：「言皇是鳳皇之字，明其羽亦五彩。」可見「皇」以「孔雀尾翎」為意符，意在表現羽毛的色彩，因孔雀尾翎實為孔雀羽毛中最為金翠斐然者。所以，「皇」得名的理據當是「有彩色尾翎的神鳥」。

這樣看來，鳳皇得名的理據也就是「能御風的有彩色尾翎的神鳥」。

原載《廈門大學學報》（哲學社會科學版），1987年增刊。

聯綿字研究述評

　　對漢語詞彙，特別是對古漢語詞彙的系統研究，是漢語各分科研究中的一個最為薄弱的環節。整個漢語詞彙的發展史，斷代詞彙發展史，以及專書詞彙、特殊詞彙的研究，進展非常緩慢，有的研究項目甚至無人問津。這種情況應當引起學術界朋友的共同關注。

　　聯綿字是我國古代書面語言中出現的一種特殊現象。根據目前我們對先秦漢語詞彙的瞭解，商代甲文和西周甲骨卜辭中尚未發現所謂聯綿字，但在《詩經》、《楚辭》和諸子散文中卻比比皆是。這是很可令人疑惑、非常值得探究的問題。

　　古漢語詞彙中的這一現象，有一個發生發展，逐步形成穩定的過程。按照目前學術界的一般意見，似乎《詩經》時代聯綿字就已經極為普遍。可是直到明代，朱謀㙔才動手編了部《駢雅》，算是正視了聯綿字問題。近人符定一和朱起鳳編纂了《聯綿字典》和《辭通》，儘管這兩部書存在著明顯的疏漏，但仍不失為研究聯綿字的重要參考材料。然而，迄今國內尚無一部從詞彙史角度來全面系統地研究聯綿字的專著，這不能不算是一件令人遺憾的事情。

　　國內學術界對於聯綿字的研究，自 50 年代初期有過一段爭論以來，一度歸於岑寂。從 70 年代後期開始，有的文章對舊說表示懷疑，同時就一系列根本問題提出了不同看法。現擇要評述如下。

一、聯綿字的定義

聯綿字又稱謰語，稱為聯綿詞是近幾十年來的事。古代的注家，並不像我們現在的一些學者，把聯綿字看成一個整體單位。按照傳統觀念，從形式上看，聯綿字不過是二字連屬而已。要說古人對它有什麼準確的界定，恐怕是難以說清楚的。

這樣一來，「聯綿字」就成了一個只可意會，難以傳述的「模糊概念」。各家於是根據各自的理解和主觀意見，給聯綿字下了各不相同的定義。

王念孫說：「凡謰語之字，皆上下同義，不可分訓。」〔註1〕王國維認為：「聯綿字，合二字而成一語，其實猶一字也。」〔註2〕王力先生主編的《古代漢語》（修訂本第 88 頁）說：「連綿字中的兩個字僅僅代表單純複音詞的兩個音節。」照王念孫的說法，即是「上下同義」之字。古漢語中二字同義並用的例子很多，「恭敬」、「飢饉」、「園圃」，能算聯綿字嗎？要說「合二字而成一語」，那除非是「不律」、「扶搖」、「窟窿」之類才夠格。《古代漢語》強調聯綿字的雙聲疊韻關係，同時又認為「玄黃」、「剛強」等「非常接近連綿字。」〔註3〕什麼叫做「非常接近連綿字」？王力先生沒有講劃分的標準。王念孫和王國維的意見更不能認為是科學的定義。

在定義問題上的混亂和不嚴密，給聯綿字的研究帶來不少麻煩。近年出版的語言學著作已經注意到這一點，並且給出了比較精確的定義。黃伯榮、廖序東先生主編的《現代漢語》這樣說：「聯綿詞指兩個音節連綴成義而不能拆開來講的詞。其中有雙聲的，有疊韻的，有非雙聲疊韻的。」〔註4〕《古漢語通論》說：「用兩個音節表示一個整體意義的雙音詞，其中只包含一個詞素，不能分拆為兩個詞素的，古人管這種詞叫做謰語或連綿字。簡單地說，謰語是單純性的雙音詞。」〔註5〕這反映了當前學術界較為普遍的看法，但他們並沒把某些疊音詞包括進去。1979 年版《辭海》（縮印本）第 1818 頁「聯綿字」條下是這樣說的：「也作『連綿字』。指由兩個音節聯綴成義而不能分割的詞。或有雙聲、疊韻的關係，如『玲瓏』（雙聲）、『徘徊』（疊韻）。或沒有雙聲、疊

〔註1〕《讀書雜志·漢書第十六》。
〔註2〕《辭通·胡適序》。
〔註3〕修訂本第 540 頁。
〔註4〕修訂本（上）第 223 頁，甘肅人民出版社 1983 年 6 月第 3 版。
〔註5〕第 59 頁，蔣禮鴻、任銘善著，浙江教育出版社 1984 年 4 月第 1 版。

韻的關係，如『蜈蚣』、『妯娌』。或同音相重複，如『匆匆』、『津津』。」

這樣，大家公認的聯綿字的定義基本上可以歸納為兩條標準：1. 雙音節的單純詞；2. 表示一個整體意義而不容分割。應當肯定，這兩條標準是比較適合近代漢語，尤其是現代漢語書面語的一般情況的。聯綿字定義標準的確立，使問題的研究和討論有了明確的對象範圍，為進一步探討漢語詞語的結構關係準備了條件。新版《辭海》把部分疊音詞納入聯綿字範圍，從詞源學的角度看，是非常有眼力的。尤其是對於區分先秦漢語中的兩類不同性質的疊音詞，是有實際意義的。但是，先秦漢語中某些詞源不明、意義多歧的疊音詞，很難遽斷它究竟是單純疊音詞還是復合疊音詞，這就勢必給聯綿字的識別帶來困難。由於定義並沒有規定時間界域，也就容易在語言詞彙的斷代研究中發生謬誤。現代漢語普通話和各方言中疊音詞的大量湧現，也向聯綿字的這一界說提出挑戰。因此，有人並不贊成把某些疊音詞納入聯綿字的義域之內。

應當引起注意的是戚桂宴先生的意見。戚先生在《漢語研究中的問題》一文中認為：「漢語是單音節語，漢語中只有由詞組成的獨特語言成分詞語，而無複音詞。」「聯綿字的含義是兩字的字義聯綿，是同義的。」〔註6〕漢語是不是單音節語，這是一個老而又老的問題，這個問題涉及漢語性質的重新論證和整個現行語法系統的格局改造，首先是詞法格局的改造，這並非一蹴而就的易事。如果以漢字（單音節語素）為本位，則戚文所謂的詞語，實際上是語流中長度不一的大小功能結構段，而聯綿字就是由兩個同義語素結合而成的功能語段。其實，聯綿字的兩個字並不一定同義，由外來詞、象聲詞轉化的聯綿字更無所謂兩字同義不同義。不過，戚先生指出聯綿字是兩字字義的聯綿，並不認為它是一個不能分割的整體，這就給研究者提出了反思：中國古代的語文學家對所謂聯綿字進行分訓是否應予完全否定？

二、聯綿字的成因

馬真先生在《先秦複音詞初探》一文中說：「既然可以採取音節重疊的方式來造詞，自然也可以採取在音節重疊的基礎上改變其中一個音節的聲母或韻母的方式（即部分重疊）來造詞。先秦漢語中的疊音詞、雙聲疊韻的聯綿詞就都

〔註 6〕《漢語研究中的問題》，《山西大學學報》（哲社版）1984 年第 4 期。

是這種音變造詞方式在雙音詞中的推廣。」〔註7〕1982 年第 1 期《山西大學學報》（哲社版）發表白平文章《雙聲聯綿詞成因淺探》。該文認為現代漢語語音的連讀變調，造成了疊音詞兩個音節實際音值的不同，由此引起記錄符號的變化。作者列舉了元曲中「積漸」、「提條」和先秦典籍中「便蕃」、「嬰婉」的不同書面形式及有關訓詁材料，從語音上分析了聯綿字與疊音字的轉化關係，從而指出「部分雙聲聯綿詞的本質就是疊音字，這些詞和疊音詞之間只存在書寫形式上的差別，除此之外，二者是完全可以劃等號的。」（原文有著重點）程湘清先生在《先秦雙音詞研究》一文中，認為先秦複音詞經歷了三個發展階段，「這就是：1. 語音造詞階段；2. 語音造詞向語法造詞轉變的過渡階段；3. 語法造詞階段。」〔註8〕他把聯綿字歸入語音造詞階段。總之，這些文章都看到了疊音字與聯綿字的淵源關係，而且在某些具體問題的探索上也邁開了步子。但是，如果認為漢語詞彙的發展，真象主觀想像的那樣整齊劃一，那就把聯綿字的成因簡單化了。可以肯定，疊音字是聯綿字的來源之一，但絕不是唯一的來源。漢語部分雙音詞的產生源於音節的自然延長或重複，但並不僅僅依靠語音手段。殷代甲文沒有出現聯綿字，可干支名稱、職官名稱、人名地名等專名，不少是雙音節詞。我們恐怕不好刻板地認為語音造詞階段非得先於語法造詞階段不可。某些外來詞轉化成的聯綿字，恐怕也未曾利用語音重疊或部分重疊，僅僅是語音的記錄形式而已。

殷煥先先生說：「雙聲聯綿字循『同源並列構詞』的方式凝成的時間可能是很早的，早到幾乎難以被人看清其『來龍去脈』。」〔註9〕殷先生的意見是很有道理的。古代注家對後人所謂的聯綿字進行分訓，絕不是癖好單字訓詁，而恰恰是當時語言實際情況在傳注工作中的一個反映。無視這一歷史事實，拒絕借鑒歷代語文學家的研究成果，勢必使聯綿字成因的探討工作陷入迷霧。不僅雙聲聯綿字，即使疊韻聯綿字也不能過於輕信聲音的通轉關係。漢語的同音音節不少，近音音節更多，焉知兩個雙聲或疊韻音節以並列方式或其他方式構成的雙音詞，不是偶然巧合？

〔註7〕《北京大學學報》1981 年第 1 期第 77 頁。
〔註8〕載《先秦漢語研究》，山東教育出版社 1982 年 9 月第 1 版。
〔註9〕《聯綿字的性質、分類及上下兩字的分合》，載《山東大學文科論文集刊》1979 年第 2 期第 134 頁。

三、聯綿字的結構關係

這個命題很使人費解。聯綿字既是單純詞，何來結構關係？然而疑點也正出在「單純」二字上。

殷先生在前面一段話中，從詞源學的角度對聯綿字的構成方式提出了個人看法。他進而明確指出：「所以，今日在『其實猶一字也』的『單純』與否問題上也只能說存在著『可懷疑』。」〔註10〕

即使對聯綿字的單純性並不公開表示懷疑的學者，筆下也頗費躊躇。馬真先生說：「單純詞只有一個詞素，當然不存在內部的結構問題；但是從語音方面看，還有多種不同的形式。前人把這種詞叫做連綿字。」〔註11〕「聯綿詞有的用偏旁示義，如『蹣跚』（與足有關）、『蜘蛛』（屬蟲類）、叮嚀（與口有關）。」〔註12〕所謂語音的「多種不同的形式」，「有的用偏旁示義」云云，都隱藏著對單純性的不放心。

問題的關鍵不在於概念而在於語言實踐。古人口頭上的活語言後人不得而知，但書面典籍材料俱在。

殷先生用大量材料證明了聯綿字的上下字並非不容分割。它們既可分開使用，又可分別重疊，還可易位；有時其中一字還能單獨出現。所以殷先生說：「聯綿字可以單用，其在文章中施用之變化，至此可謂已極。我們如果說這種用法已經走到使聯綿字『名實相違』，也沒有什麼不可以。」〔註13〕

承認這些事實，就意味著現行有關聯綿字的一整套理論和研究框架的解體和重建。因此，相當一部分學者寧肯視而不見，置若罔聞。比較普遍的意見認為是修辭上的要求。所謂修辭，就是講話的技巧。既然聯綿字可以拆開來講，作為聯綿字構成部件的單音字有這麼大的自由度，那麼，不加時間界域，一般地強調聯綿字的單純性和整體性還有多少實際價值呢？

戚桂宴先生認為，聯綿字作為「漢語中的詞語，就其結構來說是多樣化的。」〔註14〕他在《漢語研究中的問題》一文中，以「猶豫」為例，詳細討論

〔註10〕《《聯綿字的性質、分類及上下兩字的分合》，載《山東大學文科論文集刊》1979 年第 2 期第 134 頁。

〔註11〕《北京大學學報》1980 年 第 5 期第 58 頁。

〔註12〕湖南常德師專等五校編《現代漢語》第 242 頁，1979 年 8 月版。

〔註13〕《《聯綿字的性質、分類及上下兩字的分合》，載《山東大學文科論文集刊》1979 年第 2 期第 134 頁。

〔註14〕《漢語研究中的問題》，《山西大學學報》（哲社版）1984 年第 4 期。

了古代有關的訓詁材料，以及該詞出現的不同語境，指出「猶豫」在特定語境中，既可以是並列結構，又可以是對待結構和陳述結構。而且「只有並列結構的『猶豫』才是聯綿字，至於陳述或對待結構的『猶豫』是不能看成是聯綿字的。」〔註15〕事實上，並非所有的聯綿字在所有的歷史平面上都存在結構關係。戚先生的意見是否正確還可以討論。但是，戚文指出了不同語境中同一聯綿字形的結構關係的變化，這是聯綿字研究工作的一個重要進展。以往我們對聯綿字的研究，習慣於帶著某些先驗的框架去生搬硬套，不太正視複雜的語言變化環境。至多，也只是以古聲韻為線索，注意同一意義詞語的不同書面形式。這種封閉式的帶有較強主觀色彩的研究方法和研究態度，給研究工作設置了不少人為的障礙。

這裡有必要強調時間界域和方言地域兩個要素對漢語詞語變化的影響。離開了一定的時空條件，離開了特定的語境，就無所謂聯綿字的結構關係。在現代漢語普通話裏，歷代累積下來的聯綿字，基本上完全凝成了整體的單純詞。如果強要在這些單純詞裏去尋找什麼結構，只能是緣木求魚。現行有關理論照顧到了現代漢語單純雙音詞的這一特點。如果要對不同歷史時代的聯綿字作斷代研究，這個理論框架則大有力不從心之虞。

四、方法論問題

漢晉的語文學家，對於先秦古籍中的所謂聯綿字，主要採取兩字分訓的辦法。現在的學者多不以為然。其實，分訓方法很大程度上體現了當時語言的實際情況，且能揭示文字形義關係和詞語變化發展的源流。唐宋以降，語言詞彙較之先秦發生了很大的變化，但後世的語文學家仍一味循古，把已經凝結的詞語人為地分開訓釋，甚至把「以形索義」的方法推向「望形生訓」的極端，這就窒息了訓詁學的生機。

文字形體本來是索求語義的橋樑和基本依據，但是隨著語音的不斷演化和漢字形體的進一步抽象化，造字之初所顯現的形義統一關係日益變得複雜。漢字表音的趨向越明顯，「以形索義」方法的困難就愈大。為了解決古書中同詞異形的問題，王念孫等人提出了「因聲求義」的訓詁原則。他在《廣雅疏證・序》中說：「詁訓之旨，本於聲音。故有聲同字異，聲近義同。雖或類聚群分，實亦

〔註15〕《漢語研究中的問題》，《山西大學學報》（哲社版）1984 年第 4 期。

同條共貫。」「因聲求義」方法衝破了宋人「望形生訓」的迷霧，在訓詁學上取得了空前的進展。乾嘉學者在這方面作出的成績，是學術界早就一致公認的。

事情總有它的兩面性。把「以古音求古義，引申觸類，不限形體」〔註16〕的原則引向極端，便是忽視對於文字初形的考求。認為聯綿字不過是「古代有聲語言的生動記錄，只取其音，不拘字形」，〔註17〕這實在是一個誤會。段玉裁《廣雅疏證·序》說：「聖人之製字，有義而後有音，有音而後有形。學者之考字，因形以得其音，因音以得其義。」除了少數純粹表音的聯綿字而外，大多數聯綿字應該有它的初形，不能因為同一聯綿字可以寫成數十種不同的詞形，就放棄對聯綿字詞源的考求。聯綿字成因的探求工作，目前還只是開始。而這一工作必須借助於「以形索義」和「因聲求義」兩種方法的配合運用。

無論「以形索義」還是「因聲求義」，都是傳統的靜態考察手段。目前學術界對聯綿字的研究工作，也還僅僅停留在靜態分析的平面上。我們如果不採取新的視角和新的研究方法，研究工作就很難取得突破性的進展。所以，在靜態微觀研究的同時，應當進行動態的宏觀考察。

動態分析方法是把聯綿字看成一個在舊的平衡態上由量變到質變不斷躍遷的開放系統。自系統外部而言，每一歷史發展過程中各種地域的、社會的、語言的、包括作為主體的人的種種因素，都是影響聯綿字變化發展的信息和能量輸入。自系統內部而言，即是結構成分的逐漸變異。促成這種變異固然是因為與外界信息能量產生交換，獲得了新的能量和信息，而主要原因在於系統的結構格局對於變異的容許限度。系統格局容許的成分變異，出於功能的需要，在語言實踐中會加大出現頻率。新的結構成分在舊的格局中產生並逐漸鞏固，最終會改變結構關係而形成新的系統。而在轉變的臨界點附近，一種結構往往可以作幾種語義解釋，或同一種語義解釋下可以作幾種結構分析。這就給系統的進化提供了多個選擇機會，使得聯綿字的結構和語義都變得更為豐富多彩，更能適應社會交際的需要。研究者應當善於把握這種轉化，並且善於揭示這種變化在不同歷史平面的表現形式和內在關係。

原載杭州大學《語文導報》，1987年第4期。

〔註16〕王念孫《廣雅疏證·序》。
〔註17〕載《先秦漢語研究》，山東教育出版社1982年9月第1版。

瀘州方言本字考

一、本文以瀘州市市中區的口語作為標音（寬式表音）依據。所考的字詞在瀘州市人民口語中使用頻率極大，而且絕大部分是西南官話的常用字詞。

二、文中用「～」代替字頭。例句中未考出的字用一般通用字。

三、「◇」後是引申義。

四、本文字頭按音序排列。先按聲調，次按韻母，再按聲母。次序如下：

聲調：陰平 44　陽平 21　上聲 42　去聲 13　入聲 33

韻母：a e ɚ o ɿ i u y ai ei au əu ia ie ua ue uə ye
yə iai iau iəu uai uei an ən in yn ian uan uən yan
aŋ oŋ iaŋ uaŋ yoŋ

聲母：p pʻ m f t tʻ n ts tsʻ s z tɕ tɕʻ ȵ ɕ k kʻ ŋ x
ø

【奓】tsa⁴⁴　張：～口巴（張著嘴，瞠目結舌的樣子）｜不要把腳～開。《廣韻》平聲麻韻，陟加切，「張也」。

【奓】tsʻa⁴⁴　俗寫作「叉」①撒野：瘋～野倒（裝瘋撒野）②言行放肆，缺乏教養：～巴女兒（沒教養的女孩兒）｜姑娘家不要太～巴。《廣韻》平聲麻韻，敕加切，「～，癡貌也。」《集韻》平聲麻韻，抽加切，「癡貌。」

【趖】so⁴⁴　俗寫作「踆」①溜，滑行：～～板兒（一種可供兒童坐著滑行

的斜木板，兩旁有扶手）｜躂嘍一觔斗，～下去好遠。②悄悄跑掉：會還沒開完就～嘍一半人。《集韻》平聲戈韻，蘇禾切，「《說文》，走意。」

【麼】mi⁴⁴　掰開，分開：～半邊饅頭給妹妹。｜不要搶！看碗～爛嘍。《廣韻》平聲支韻，靡為切，「散也」。《集韻》平聲支韻，忙皮切，「分也。」

【䴂】tɕʻi⁴⁴　取食、吃：各人～嘍各人飽（川諺）。｜～晌午兒（吃午飯）《廣韻》平聲支韻，居宜切，「箸取物也。《說文》曰：『持去也。』又起宜切。」按：今依起宜切。

【類】tɕʻi⁴⁴　俗寫作「欺」，不單用　◇便宜、好處：占～頭（佔便宜、得好處）《廣韻》平聲之韻，去其切，「方相。《說文》曰：『醜也，今逐疫有～頭』。」同小韻也作「倛」、「魌」。《集韻》平聲之韻，丘其切，「《說文》：『醜也，今逐疫有～頭。』～頭，方相也。或作魌，通作魌。」同小韻「魌」：「大頭也，一曰頭不正。」按：舊俗，出喪時以麵粉作鬼頭撒於道，人撿食之，謂能避邪。撿食麵製～頭，成都人謂「撿～頭」，瀘州人謂「佔～頭」，由是引申為「佔便宜」、「得好處」。

【佝】y⁴⁴　①彎、蜷曲：地勢又矮又窄，大齊家逼倒把腳～起。｜鐵絲～得成衣架子。②折：新書就～成這個樣子。③◇白賠、虧損：這筆錢簡直睄～嘍（這筆錢完全白賠了）《集韻》平聲虞韻，邕俱切，「《說文》：『股～也。』李陽冰曰，體屈曲。」

【欸】xai⁴⁴　①豪飲：一口氣～得倒三大碗酒。②吞吃：一頓飯要～半斤肉。｜～下去容易吐出來難（川諺）。③◇侵佔、貪占：公家的東西～不得。《集韻》平聲咍韻，呼來切，「飲也。」

【謟】tau⁴⁴　①嘮叨：一天～到黑（整天都在嘮叨。）②罵：不要亂～人。《廣韻》平聲豪韻，土刀切「～謟，言不節。」《集韻》平聲豪韻，他刀切，「往來言也。一曰小兒語不正。」

【諎】ȵia⁴⁴　①憋住嗓子發出尖細的聲音：～聲～氣。②兒童或女人撒嬌：慣適很嘍的娃兒愛放～（遷就過分的小孩兒老愛撒嬌）。｜弄大個家人嘍還～啥子（這麼大的人了的還撒嬌幹嗎）？《廣韻》平聲麻韻，女加切，「諎～，語貌。」「諎～，語不正也。」《集韻》平聲麻韻，女加切，「諎～，羞窮。一曰言不可解。」「《說文》，諎～，羞窮也。」

【挳】ua⁴⁴　◇用指甲抓、劃：臉上遭～嘍好幾道血印子。《集韻》平聲麻韻，烏瓜切，「手捉物。」按：另有上聲一讀，馬韻，烏瓦切，「吳俗謂手爬物曰～。」見後文。

【趬】piau⁴⁴　跑、躍、快速前進：那個運動員～得好快！｜魚在水頭一～就沒看到嘍。船在河頭直是～（船在河裏一個勁地往前沖）。《廣韻》平聲宵韻，甫遙切，「輕行。」《集韻》平聲宵韻，卑遙切，「《說文》，輕行也。」

【熮】tɕʻiəu⁴⁴　薰：～耗子｜眼睛遭煙子～得眼露水兒長流（眼睛被煙霧薰得眼淚直流）。《廣韻》平聲尤韻，自秋切，「～，燎。」《集韻》平聲尤韻，子秋切，「～，燥也。」將由切，「～，火貌。」《五方元音》：上平聲，牛韻，鵲母，「火薰。」按：《廣韻》為從母，《集韻》為精母，依《五方元音》今讀如清母。

【萎】uei⁴⁴　◇精神不振：～梭梭（精神萎靡的樣子）這個老者兒這幾年簡直～嘍（這個老頭兒這些年完全沒精神了）。《廣韻》平聲支韻，於為切，「枯死。」《集韻》平聲支韻，邕危切，「《說文》，病也。」

【罾】tsən⁴⁴　魚網：下河搬～弄魚（到河邊撒網捕魚）。《廣韻》平聲登韻，作滕切，「魚網。」《集韻》平聲登韻，諮騰切，「《說文》，魚網也。」

【裺篼】yan⁴⁴ təu⁴⁴　俗寫作「鴛篼」，一種畚形竹器：好幾個～頭都裝起灰肥在（好幾個竹筐裏都裝著草木灰肥料）。｜鄉頭的農民好多都會拿篾條編～。《方言・卷五》：「飤馬橐，自關而西謂之裺囊，或謂之～，或謂之樓篼。」裺，郭璞音鵪。」《廣韻》平聲覃韻，鵪，烏含切。平聲侯韻，篼，當侯切，「飼馬籠也。」按：今～已不作籠狀，而是闊口畚形竹器。

【躴】naŋ⁴⁴　①身材瘦長：～筋筋，瘦殼殼，一頓要幹幾缽缽（川諺）。②◇瘦弱：進來個～～子子的人（進來一個瘦瘦的人）。③◇幼小：屋頭就剩個～巴兒（家裏只剩下最小的孩子）。《廣韻》平聲唐韻，魯當切，「～躿，身長貌。」《集韻》平聲唐韻，盧當切，「長身也。」

【倲】toŋ⁴⁴　①糊塗、傻氣：～～俀俀（糊裏糊塗、傻裏傻氣）｜顛～（糊塗）②◇愚弄、作弄：不要～人家。｜謹防遭～喲（小心受人愚弄）。《集韻》平聲東韻，都籠切，「愚貌。」

【佗】tʻo²¹　俗寫作「馱」，（人）背負、負載：背上～個大包袱。｜～得太

多走不動。《集韻》平聲戈韻，唐何切，「《說文》，負何也。」按：《集韻》平聲戈韻，馱，「馬負物」，與「～」本義有別。

【矬】ts'o²¹　不單用　矮：矮～～（矮矮的樣子）《集韻》平聲戈韻，徂禾切，「《廣雅》，短也。」

【餈】ts'ŋ²¹　不單用　糯米餅：～粑～粑，白糖捊它，一口一個，不吐渣渣（兒歌）。《方言‧卷十三》：「餌謂之餈，或謂之粢。」《說文五下‧食部》：「～，稻餅。」《廣韻》平聲脂韻，疾資切，「飯餅也」《集韻》平聲脂韻，津私切，「稻餅。」按：今依《廣韻》反切。

【跍】k'u²¹　蹲：打～（一種撲克遊戲，輸者罰蹲）～倒（蹲下）！｜～久嘍腳發酸（蹲久了腳感到酸疼）。《廣韻》平聲模韻，苦胡切，「～，蹲貌。」

【礙】ŋai²¹　①磨：墨水太清嘍，～釅點（墨水太清，磨濃一些）。②◇動作遲緩、拖延：都弄晏嘍，還在～（都這麼晚了，還慢吞吞的）。｜～得過初一～不過初二（川諺）。《廣韻》平聲灰韻，五灰切，又五內切，「磨也。」《集韻》平聲咍韻，魚開切，「一曰磨也。」按：今音依《集韻》反切。

【橈】zau²¹　不單用　船槳：～片《廣韻》平聲宵韻，如招切，「楫也。」《集韻》平聲宵韻，如招切，「《方言》，楫謂之～，或從舟。」

【挼】zua²¹　①揉搓：～泥巴｜一本好好的書遭～得稀粑爛（一本好好的書被揉得很破爛）。②撫弄：一天到黑憂倒咪麼～（整天老是撫弄貓）。《集韻》平聲麻韻，儒邪切，「揉也，關中語。」

【屌】tɕ'iəu²¹　男性生殖器。《字彙》，渠尤切，「男子陰異名。」

【趨】mian²¹　①行動遲緩：老半天都出不倒門，從過弄～啊（這麼久都出不去，怎麼行動這樣遲緩）！②◇拖延：不要盡～，時間都遭～完嘍（不要老是磨磨蹭蹭的，時間都磨沒了）！《集韻》平聲元韻，模元切，「行緩也。」

【臁】nian²¹　不單用　小腿：～二杆（小腿骨）《集韻》平聲鹽韻，離鹽切，「脛～也。」

【薐】tsa⁴²　黏：稀～～（稀而黏的樣子）｜～包眼兒（紅眼病人。因其眼瞼黏乎乎的）｜～眉～眼兒（眼瞼上帶有黏液，眼睛半睜的樣子）《集韻》上聲馬韻，竹下切，「～薐，黏也。」

【搽】ts'a⁴²　①裂、開：～～褲（小孩穿的開襠的褲子）｜門～開嘍一條

縫。②◇張開：～口兒（嘴巴大而閉合不全的人，又引申指張著嘴巴到處亂講的人）不要～起個嘴巴兒亂說！《廣韻》上聲馬韻，昌者切，「裂開。」《集韻》上聲馬韻，齒者切，「裂也。」

【嚲】t'o⁴²　①拖、下垂：帶帶～到地下來嘍（帶子拖到地上了）。②◇沒著落、沒人管：～神（生活無著，無正當職業的流氓）書讀不成，工作又找不到，這下～起嘍。《廣韻》上聲哿韻，丁可切，「垂下貌。」《集韻》上聲哿韻，典可切，「垂下貌，一曰厚也，廣也。」按：依反切為端母，今讀如透母。瀘州話有相當一部分字中古全清聲母今讀送氣音。

【破】p'i⁴²　折：跟我～根椏椏來（替我折一根樹枝）。｜好生點，看把手桿～斷嘍（小心些，提防折斷手臂）！《廣韻》上聲紙韻，匹靡切，「枝折。」《集韻》上聲紙韻，普靡切，「折也。」

【撩】nau⁴²　俗寫作「㧯」①取、拿：把書～過來。｜～幾塊錢出來！②◇舉：把手～起來！｜刀～起多高（刀舉得很高）。③◇扛、以肩或背負物：一個人～一包米。｜兩百斤的包我～不起！④◇抬：兩個大漢兒～一張床。｜這砣石頭保管兩三個人都～不動。⑤◇憑藉、靠：～起張嘴巴到處哃（憑著嘴巴到處亂講）。《集韻》上聲皓韻，魯皓切，「取也。」

【哃】k'ua⁴²　亂講、說壞話：屁～朗～，牙祭不打。（俗諺，諷刺說壞話的人）｜一天到黑到處～（整天到處亂講）。《集韻》上聲馬韻，苦瓦切，「言戾也。」

【搲】ua⁴²　①◇舀：一個鍋頭～飯吃（在一口鍋裏舀飯吃）。②◇搜刮、盤剝：自家個一毛不拔，光想～人家的。《集韻》上聲馬韻，烏瓦切，「吳俗謂手爬物曰～。」按：另有平聲一讀，麻韻，烏瓜切，「手捉物。」見上文。

【撍】tsan⁴²　俗寫作「展」、「攢」①手用力、用勁：再～一把勁就提起來嘍。②◇努力：～勁讀書。③◇準備、招待：～紮（招待、款待）～滿（準備充分、豐盛）④◇盡情、儘量：放假就要～勁耍。⑤◇好、體面：這架汽車好～勁！｜花布顏色太打眼，不～勁！《廣韻》上聲感韻，子感切，「手動。」

【搟】ts'an⁴²　①抽打、揮擊：一身～得血長流（全身被袖得鮮血直流。）｜～他兩耳屎（打他兩個耳光）。｜～球（打乒乓時抽殺）②拂，拍打：～～灰｜床鋪～乾淨嘍。《集韻》上聲獮韻，醜展切，「擊也。」

【懣】mən⁴²　盈滿：水缸～嘍。｜書包塞得～～子子的（書包塞得滿滿的）。

《集韻》上聲混韻，母本切，「水盈貌。」按：讀去聲，則為「流溢」之意。如：「水～出來嘍！」

【謇】tɕian⁴² 說話結巴：說話不要～嘴夾舌的。｜～巴郎兒（說話結巴的人）《廣韻》上聲獮韻，九輦切，「吃又止言。」《集韻》上聲阮韻，紀偃切，「《方言》，吃也。」

【剸】tuan⁴² 攔截、堵擋：～倒（截住）｜水～不住嘍（水堵不了啦）！《集韻》上聲緩韻，覩緩切，「截也。」

【搡】saŋ⁴² ①打、搡：動不動就～砣子（動輒就用拳頭搡人）。②◇重話訓人：見面就～人，把別個～得睩咻咻的（見面就訓斥人，把人家訓得目瞪口呆）。《集韻》上聲蕩韻，寫朗切，「搹也。」

【搑】soŋ⁴² ①推、推擠：後頭的人把前頭的人～跮嘍（後面的人把前面的人推了一跤）。②◇大吃：～得（胃口好，能吃）｜有來一頓～，沒得吃穀種。（川諺）《集韻》上聲董韻，損動切，「推也。」

【鑼】pa¹³ 讓牛拖著帶尖齒的長方形農具把翻耕過的田地弄平整：犁田～田是考手藝的活路。《集韻》去聲禡韻，步化切，「《廣雅》，耕也。」

【胯】k'a¹³ 兩腿之間的部位：在人家～底下過日子。(廣韻)去聲禡韻，苦化切，「兩股間也。」《集韻》去聲禡韻，枯化切，「股間也。」合口讀作開口。

【砑】ŋa¹³ ①滾動壓物：把書～平。②擠壓：不要擠，東西～爛嘍！《廣韻》去聲禡韻，吾駕切，「碾～。」《集韻》去聲禡韻，魚駕切，「碾也，或從手。」

【坭】n̠i¹³ 塗塞：拿點泥巴去把牆壁上那個洞～起。《集韻》去聲霽韻，乃計切，「朽也。」

【詜】n̠i¹³ 言語遲滯不流利：～吞吞（說話生澀，欲言又止）｜那個人～嘍半天都說不倒三句話。《集韻》去聲霽韻，乃計切，「言不通也。」

【惄】n̠i¹³ 心存顧慮、有懷疑：不要～倒別個，其實人家對你沒意見。《集韻》去聲霽韻，乃計切，「心柔密也。」

【粔】n̠i¹³ 食物變質發黏：～鮓鮓（濃狀發黏的樣子）｜飯～嘍，吃不得嘍。｜弄好的菜都～臭嘍，太可惜嘍！《集韻》去聲霽韻，乃計切，「糟濃者。」

【抱】pau¹³　又作「菢」。孵蛋：～雞母（孵蛋雞）｜賴～（長時期戀著孵蛋）｜蛇～蛋（蛇孵蛋：小孩玩搶石子的遊戲）這個雞盡～不醒（這隻雞老是孵蛋不活動）。《方言·卷八》：「北燕朝鮮洌水之間謂伏雞曰～。」《廣韻》去聲號韻，薄報切，「鳥伏卵。」玄應《一切經音義》引服虔《通俗文》：「雞伏卵，北燕謂之菢。」

【癆】nau¹³　俗寫作「鬧」①毒、毒害：～耗子｜蟲都遭農藥～死嘍。｜斷腸草是～人的。②中毒：亂吃菌子謹防遭～（亂吃蘑菇小心中毒）。｜那個人自家個吃毒藥～死嘍。《方言·卷三》：「凡飲藥傅藥而毒，……北燕朝鮮之間謂之～。」《廣韻》去聲號韻，郎到切，「《說文》曰，朝鮮謂飲藥毒曰～。」

【懆】ts'au¹³　俗寫作「躁」、「糙」辦事求快不細緻：做事下細點，不要毛～。《廣韻》去聲號韻，七到切，「言行急。」

【臊】sau¹³　俗寫作「韶」不單用　切細的肉渣：～子（以肉渣為主，加有豆腐渣、蛋渣、菜渣等混合製成的羹湯）｜～子麵（加有肉渣的麵條）《廣韻》去聲嘯韻，蘇弔切，「切肉食糝。」《集韻》去聲嘯韻，先弔切，「膱也。」

【譟】sau¹³　①擾亂，言行故意不遵守規範：大家好生點幹，不要發～。②◇對異性言行不規矩：～波波（輕佻的樣子）③◇在公眾場合故意跟人過不去：～皮（讓人丟臉）《廣韻》去聲號韻，蘇到切，「群呼。」《集韻》去聲號韻，先到切，「《說文》，擾也。」

【窊】ua¹³　凹陷：～崖匡（上部突出，下部凹陷的懸崖）｜這地下～進去弄深（這地面陷下去這麼深）。《廣韻》去聲禡韻，烏吳切，「庌下處也。」《集韻》去聲禡韻，烏化切，「下地也。」《類篇》广部：「庌，低下也。」

【孱】ts'an¹³　從旁干擾、胡纏：不要～，我要做事。｜～稀稀（不嚴肅不認真的樣子）｜～鬍子（搗亂者；辦事不嚴肅的人）《集韻》去聲襉韻，初莧切，「傍入曰～。」

【酐】kan¹³　醎垢：尿～｜茅廁頭起～嘍都沒得人打整。《廣韻》去聲襉韻，古莧切，「醎也。」

【捹】pən¹³　手亂動、掙扎：～都～不脫。｜把手套倒，看他怎個～（把手捆住，看他怎能掙脫）！《集韻》去聲恨韻，蒲悶切，「手亂貌。」

【鼖】tsən¹³　俗寫作「震」　◇使物張大膨脹：太陽太大，把紙殼兒曬來～破嘍（陽光太強，把紙板曬得爆裂了）。｜不要打氣嘍，看把氣胎～爆嘍（不要

加氣了，小心氣胎脹裂了）。《廣韻》去聲映韻，豬孟切，「張皮也。」

【㷀】ɕin¹³ ①微火烘烤：飯在鍋頭再～會兒就吃得嘍。｜　衣裳都要～乾嘍。②（火的）熱氣逼人：灶烘頭的火～得人滿頭大汗。③◇影響、妨礙：走開，在這裡～倒不好做事。《廣韻》去聲㷀韻，香靳切，「火氣。」《集韻》去聲㷀韻，香靳切，「炙也。《春秋》傳，行火所～。一曰爇也。」

【釁】ɕin¹³ 因感染而腫大：耳朵底下～起撐耳寒嘍（耳朵下邊腮腺發炎腫大）。《廣韻》去聲證韻，許應切，「腫起。」《集韻》去聲證韻，許應切，「腫病。」

【㩜】in¹³ 量：～三尺｜～五升米　《集韻》去聲㷀韻，於靳切，「劑也。一曰平量。」

【㪍】ian¹³ 撒：酒米飯麵上～嘍好多白糖（糯米飯表面撒了好些白糖）。｜石灰不要一地～起（石灰不要滿地亂撒）。《集韻》去聲豔韻，以贍切，「以手散物。」

【晾】naŋ¹³ 把衣物穿在竹竿或繩索上晾曬：～衣裳　《集韻》去聲宕韻，郎宕切，「暴也。」

【摃】kaŋ¹³ 俗寫作「扛」◇用一隻肩膀負物：他～起口袋就走。｜～子（抬物用的木棒）《廣韻》去聲宕韻，古浪切，「捎、～、舁也。出《字林》。」

【憃】ts'oŋ¹³ 俗寫作「沖」①蒙昧、未省事：懞～（糊塗無知）②◇淺薄，好表現：這個人～得很。《集韻》去聲絳韻，醜降切，「未有知貌。《莊子》，～焉如新生之犢。」

【擵】ma³³ 俗寫作「抹」擦拭：桌子～乾淨嘍！｜～屋（擦洗房間）《集韻》入聲黠韻，莫八切，「拭也。」

【褡】t'a³³ 不單用　貼身單衣：汗～兒　《玉篇》衣部，丁塔切，「衣也。」錢大昕《恒言錄》：「汗～，襯衫也，京師人語。」張慎儀《蜀方言》：「帖身短衣曰汗～。」按：依反切為端母，今讀如透母。瀘州話有相當一部分字中古不送氣清輔音讀為送氣。

【毾】t'a³³ 俗寫作「塌」積壓不透氣：炭粑～起嘍燃不起（煤球壓緊了不易燃燒）｜蒸鮓肉要留空隙，～起蒸不熟。《廣韻》入聲合韻，他合切，「積厚。」

【譶】t'a³³ 不單用　誹謗，貶低：～削　《方言·卷十三》：「～，咎，謗

也。」郭璞注：「謗言諿～也，音沓。」《廣韻》入聲合韻，徒合切，兩作：「諽，諿諽，亦作沓，嗒。」「諜，妄言。」《集韻》入聲合韻，託合切，又作「䛃」、「諽」，「《說文》，語相反䛃也，或從沓。」

【湁】tsa³³（霜、雪）凍：雪水～過的菜不生蟲。｜這些草草兒都遭～死嘍（這些野草都被凍死了）。《廣韻》入聲狎韻，丈甲切，「浹～，冰凍相著。」《集韻》入聲狎韻，直甲切，「浹～，凍相著。」

【嗻】tsa³³　咬、吃：弄好的白菜遭蟲～嘍。｜弄大一塊土的秧子遭啄蜢兒～得沒得一根好的得（這麼大一塊地的秧苗被蝗蟲咬得沒剩一棵好的）。《集韻》入聲狎韻，子洽切，「啖也。」

【跋】sa³³　草草穿鞋，不套住腳後跟：～～鞋（拖鞋）｜鞋子～起走路容易穿爛（拖著鞋走路容易磨破）。《廣韻》上聲哿韻，蘇合切，「進足。」

【㪔】sa³³　撒、掉：拋～（撒掉，引申指浪費）｜吃飯不要～飯（吃飯時不要掉飯粒）。《廣韻》入聲曷韻，桑割切，「放也。若～，蔡叔是也。《說文》曰，㪔～，散之也。」

【潷】pi³³　傾出液體，使液體與渣滓分離：乾～～（乾乾的樣子）｜藥都～乾嘍（藥汁已傾完了）。《廣韻》入聲質韻，鄙密切，「去滓。」《玉篇》水部，「音筆，笮去汁也。」玄應《一切經音義》五，引《通俗文》：「去汁曰～。」

【瀝】ni³³　液體下滴：～米（把半熟的米帶汁舀進筲箕，讓米湯滲下）《廣韻》入聲錫韻，郎擊切，「滴～。」《集韻》入聲錫韻，狼狄切，「《說文》，濬也。一曰水下滴～。」

【熻】ɕi³³　①熱氣逼人：灶門前～人得很（灶口前熱氣逼人）。②烘烤：蠟燭都～化嘍。｜太陽太大，陰涼壩兒的石頭都～得發燙（陽光太強，連背陰處的石頭都烤得熱烘烘的）。《廣韻》入聲業韻，虛業切，「火氣～上。」《集韻》入聲業韻，迄業切，「火迫也。」

【豚】tu³³　不單用　①臀底部：屁股～～②◇物底部：碗～～③◇瓜果的根蒂：紅苕～～｜南瓜～～　《廣韻》入聲屋韻，丁木切，「尾下綴也。」《集韻》入聲屋韻，都木切，「《博雅》，臀也。」

【漉】nu³³　把菜放在熱水中燙，然後撈出去掉水汁：～韭菜｜～青菜《廣韻》入聲屋韻，盧谷切，「去水也。瀝也，竭也。」或作「漉」、又作「盝」。同小韻「漉，滲漉，又瀝也。《說文》，濬也。一曰水下貌。」《集韻》入聲屋韻，

盧谷切，「《爾雅》，竭也。或從水，通作漉。」

【塵】tsu³³　①塞、不通：這兩天涼嘍，鼻子～得很（這兩天受涼，鼻塞）。｜水流不通，搞半天是水溝～起嘍。②◇梗阻：好幾天沒解大手，可能吃來～起嘍（過幾天沒解大便，可能是吃的東西引起腸梗阻）。《廣韻》入聲屋韻，側六切，「塞也。」

【擉】tsu³³　①揍、打：紮實～他一頓（狠狠揍他一頓）②◇用言語諷刺打擊：說話不要弄～人（講話不要這樣打擊別人）。《集韻》入聲燭韻，朱欲切，「擊也。」

【圿】tɕia³³　不單用　人體上的污垢：～～　《廣韻》入聲黠韻，古黠切，「垢～」《集韻》入聲黠韻，訖黠切，「垢也。」

【殺】tuə³³　◇以棍棒或指頭戳物：牆壁上遭～個洞。｜指拇兒不要杵到人家臉面前，謹訪～倒眼睛（指頭不要接近別人臉部，小心戳壞眼睛）。《集韻》入聲沃韻，都毒切，「《說文》，椎擊物也。」

【桷】kuə³³　不單用　房上的椽木：～子｜～板兒《廣韻》入聲覺韻，古岳切，「椽也。」《集韻》入聲覺韻，訖岳切，「《說文》，榱也。椽方曰～。」

【㲉】kuə³³　俗寫作「磕」　擊頭：～轉兒（用指關節擊頭）｜不聽話就是幾～轉兒。《廣韻》入聲覺韻，苦角切，「～，打頭。」《集韻》入聲覺韻，克角切，「說文」，擊頭也。」

【蠚】xuə³³　①蟲刺人：毛蟲是～手的　②◇物刺人：～蔴～人痛得很（～蔴：蕁蔴）《廣韻》入聲鐸韻，火酷切，「螫也，亦作蠚。」入聲藥韻，醜略切，「蟲行毒，亦作蠚。」按：今依火酷切。

【欻】tɕyə³³　吮吸：～慢點（吸慢一點）｜一下下兒就～嘍一大瓶牛奶（一會兒就吸光了一大瓶牛奶）。《廣韻》入聲術韻，子聿切，「飲也，《玉篇》云，吮也。」《集韻》入聲術韻，即聿切，「口飲謂之～。」

【叜】tɕ'yə³³　輕輕揉搓：～眼睛｜身上～嘍好多圿圿出來（身上搓出好些污垢）。《廣韻》入聲昔韻，七役切，「小動。」

【斠】yə³³　重行稱量，檢查物與價是否相稱：菜拿到公平秤上～嘍一下，還爭二兩（爭：差欠）。《說文四上·斗部》：「相易物俱等為～。」徐鉉音易六切。

原載《語言研究》，1988 年第 2 期。

聯綿字芻議

　　殷煥先先生在 1979 年第 2 期《山東大學文科論文集刊》發表論文《聯綿字的性質、分類及上下兩字的分合》，從詞源學的角度對聯綿字的構成方式提出了非常中肯的見解，並用大量典籍材料證明古漢語中所謂的聯綿字並非不容分割，好些聯綿字的上下兩字表現出相當大的自由度。這與一般學者對聯綿字的認識很不一致，引起了學術界不少同行的注意。《中國語文》1979 年第 6 期《先秦漢語的狀態形容詞》一文，也舉出了「參差」、「滂沱」、「睍睆」、「婉孌」、「猗儺」幾個聯綿字的構成成分單用分訓的例子。《山西大學學報》（哲社版）1984 年第 4 期《漢語研究中的問題》一文更對「不可分訓」說明確表示了相反意見。對此，筆者打算就以下三個方面談談個人的管見。

一、古今聯綿字的性質

　　究竟什麼是聯綿字？聯綿字又稱謰語，也寫作「連綿字」或「連語」，稱為聯綿詞是近幾十年來的事。明代朱謀㙔撰《駢雅》七卷，專收駢聯之字。其自序說「聯而為一，駢異而同」，其中雖有一部分今天我們所謂的聯綿詞，其實大部分是現代所說的雙音詞。明末方以智《通雅》云：「謰語者雙聲相轉而語謰謱也。」他把聯綿字界定在聲母有聯繫的雙音詞範圍內。歷來提到聯綿字的學者，大都喜歡稱引王念孫《讀書雜志》的說法。但是王念孫所謂「上下同義，不可分訓」的「連語之字」，並不完全是今天我們認為的單純詞。陳瑞

衡的文章〔註1〕已經指出了這一點，並以《漢書‧嚴助傳》的「狼戾」為例，證明王念孫所說的連語，是上下同義的兩個語素構成的並列式雙音詞，這兩個語素不能分別解釋為不同的意義。王國維認為：「聯綿字，合二字而成一語，其實猶一字也」（《辭通‧胡適序》）。他在《觀堂集林‧藝林‧肅霜滌場說》一文裏進一步指出：「肅霜、滌場皆互為雙聲，乃古之聯綿字，不容分別釋之。」所謂「合二字而成一語，其實猶一字」是把聯綿字作為整體看待，所謂「不容分別釋之」則與王念孫「不可分訓」的意思相近。王國維繼承了方以智注意聲母系聯的觀點，但他把方以智的「雙聲相轉」改變為上下兩字的雙聲關係，這就大大縮小了古聯綿字的義域，而把那些可以「分別釋之」的雙音詞一律排除在外。

王力先生則更進一步認為「連綿字的兩個字僅僅代表單純複音詞的兩個音節」（《古代漢語》（修訂本）第88頁），這就不但與方以智所認為的謰語相距甚遠，而且與王念孫所說的「上下同義，不可分訓」的並列式雙音詞也迥然不同了。

蔣禮鴻、任銘善所著《古漢語通論》第59頁對聯綿字下的定義說：「用兩個音節表示一個整體意義的雙音詞，其中只包含一個詞素，不能分拆為兩個詞素的，古人管這種詞叫做謰語或聯綿字。簡單地說，謰語是單純性的雙音詞。」這種看法支持王力先生的觀點，而且表述更為詳盡。不過，他們都沒有明確地把某些疊音詞納入聯綿字的義域。1979年版《辭海》（縮印本）第1818頁「聯綿字」條下說：「也作『連綿字』。指由兩個音節聯綴成義而不能分割的詞。或有雙聲、疊韻的關係，如『玲瓏』（雙聲）、『徘徊』（疊韻）。或沒有雙聲、疊韻的關係，如『蜘蛛』、『妯娌』。或同音相重複，如『匆匆』、『津津』。」這種觀點可能代表著當今相當一部分學者的看法。

很明顯，明清兩代學者所謂的聯綿字與當代學者對聯綿字的理解差距太大。「只包含一個詞素，不能分拆為兩個詞素的」雙音詞稱為聯綿字只是蔣、任兩位先生的看法，古人並不這樣看。至於新版《辭海》的編者認為「妯娌」是聯綿字，與古代漢語的實際情況也有出入。《爾雅‧釋親》：「長婦謂稚婦為娣婦，娣婦謂長婦為姒婦。」娣、姒是意義相對的兩個單音詞。郭璞在此條下

〔註1〕陳瑞衡《當今「聯綿字」：傳統名稱的「挪用」》，《中國語文》1989年第4期第308～311頁。

注:「呼先後或云妯娌」。《漢書‧郊祀志上》:「見神於先後宛若」顏師古注:「古謂之娣姒,今關中俗呼為先後,吳楚俗呼之為妯娌。」妯娌與先後、娣姒同義並舉,顯然不符合新版《辭海》對聯綿字下的定義。

要之,古今學者對聯綿字的認識,其根本分界在於雙音詞與單純雙音詞的區別。由於古今聯綿字名同實異,而學者們又長期沒有意識到這一點,這就難免造成研究工作中的混亂認識。其表現主要有兩個方面:一是抹煞語詞演變的歷史層次,把並未凝成單純詞的古語詞或並列短語誤認為單純詞,不加分析地指責古代注家對所謂「聯綿字」的分訓;再是把音轉原則無限制地推廣,給聯綿字語源的探索工作造成人為的障礙。因此,研究聯綿字,首先得分清古今兩類聯綿字性質上的差異。一般地說,建國以前的學者所稱的聯綿字,是包括單純詞在內的雙音詞;建國後的學者所稱的聯綿字,僅指單純雙音詞。單純雙音詞的實質是兩個音節連綴運用共同充當一個語素義的物質外殼,這與兩個音節各自承擔一個語素義的並列式雙音詞語義結構關係不同,它的上下兩字並非一定得有什麼聲音上的系聯。比如,漢語中雙聲疊韻之字,並非全然是聯綿字;既非雙聲也非疊韻之字卻可能是聯綿字。因此,判斷一個雙音詞是不是今天所認為的聯綿字,不應該拿雙聲疊韻作為衡量的主要標準,而應以結構關係是否單純作為標尺。從這一點出發,才可能實事求是地考察聯綿字形成的歷史層次,進而尋根究底,探索其語源。

近年來,有的文章雖然已經舉出了先秦漢語書面語裏的一些「聯綿字」異常的材料,來反證某些學者以今例古這種做法的不合理,但還沒能進一步揭開這些「聯綿字」給人造成的假象:即語音結構逐步或正在形成並列聯繫,而語詞整體上並沒凝成一個語素義由兩個音節共同連綴承應的格局。要解決這一問題,只能針對具體對象進行歷史考察。

二、聯綿字的歷史考察

王念孫《廣雅疏證》「躊躇,猶豫也」條下批評了古代注家對「狐疑」、「猶豫」的分訓是「不求諸聲而求諸字,固宜其說之多鑿也」。其實也不宜一概而論,這裡有一個歷史時限問題。完全不考慮聲音的聯繫,只憑文字形體作孤立的考求,固然易流於穿鑿附會;完全不考慮文字在特定歷史階段的形義聯繫及言語環境,只憑聲音通轉關係,同樣不能作出符合語言事實的科學解釋。聯綿

字是漢語發展過程中產生的特殊現象，它的形成和發展是有一定的歷史階段性的。憑藉後世典籍中有些結構關係已經凝固的詞語來指責古代典籍不應把語言成分分拆使用，這不是實事求是的態度。以「猶豫」為例，《楚辭‧九章》：「壹心而不豫兮」。《老子》：「與兮若冬涉川，猶兮若畏四鄰」。《楚辭‧九歌》：「君不行兮夷猶」。《楚辭‧離騷》：「心猶豫而狐疑兮」。這些例子說明了「猶」與「豫」在先秦漢語中還是自由的語言成分，既可獨立運用，又可因義近而連文，相連出現時，相對位置或前或後也沒有固定。直到《史記‧淮陰侯列傳》：「猛虎之猶豫，不若蜂蠆之致螫；騏驥之躕躅，不如駑馬之安步。」雖然詞序大抵相對固定，還不敢遽然斷定它在西漢已經就是所謂聯綿字。因為同一言語環境中出現的「猛虎」、「蜂蠆」、「騏驥」、「駑馬」都是詞組，如果沒有其他可靠的證據，則「猶豫」、「躕躅」也不能完全排除作為詞組的可能性。因此，對先秦典籍裏出現的「猶豫」，不宜與現代漢語已經凝成聯綿詞的「猶豫」等同視之。

再看「屯邅」和「蹇連」。

《易‧屯‧六二》：「屯如邅如，乘馬班如」。疏云：「屯是屯難，是邅迴。」《莊子‧外物》：「慰睯沈屯。」《經典釋文‧莊子音義》：「司馬云：『……屯，難也』。」《楚辭‧離騷》：「邅吾道夫崑崙兮」王逸注：「邅，轉也。楚人名轉曰邅。」，這是「屯」、「邅」單獨使用各具意義的例子。它們還可以與其他意義相近的語言成分並列連文，如「屯」可與「否」、「剝」、「蒙」、「蹇」、「難」並列運用。王粲《初征賦》：「逢屯否而底滯兮」；庾信《和張侍中述懷》詩：「世季誠屯剝」；錢起《同鄔戴關中旅寓》詩：「何路出屯蒙」；曹植《神龜賦》：「嗟祿運之屯蹇」；《宋書‧謝靈運傳‧撰征賦》：「國屯難而思撫」。「邅」可與「回」、「迴」並用。《淮南子‧原道》：「邅回川谷之間，而滔騰大荒之野」。劉禹錫《洛中酬陳判官見贈》詩：「一生多故苦邅迴」。「屯」與「邅」同樣以義近而連用。班固《幽通賦》：「紛屯邅與蹇連兮，何艱多而智寡。」蔡邕《述行賦》：「塗迤邅其蹇連，潦污滯而為災。」但直到宋代它們的詞序也還可互易，並沒有固定。《太平廣記》四四五引《傳奇‧孫恪》：「某一生邅迤，久處凍餒。」可見至少在宋代以前，「屯」和「邅」仍是兩個比較自由的語言成分，在這個歷史下限內，「屯」、「邅」分訓不應受到責難，其義籠統地釋為「艱難」則會減弱特定語句意義的精確性和獨具的語言特色。

　　《易·蹇·六四》：「往蹇來連」。王弼注：「往則無應，來則乘剛，往來皆難，故曰往蹇來連」。《易·蹇》：「蹇，難也」。《說文二下·足部》：「蹇，跛也。」足跛則行難。《說文二下·走部》：「連，員連也。《說文繫傳》「連」下徐鍇云：「若車之相連也，會意。」「車之相連」引申指困難接連不斷，可見「連」是一個狀態形容詞，能單獨使用，也能迭用。《周禮·地官·鄉師》：「大軍旅，會同，正治其徒役，與其輂輦」。鄭玄注：「故書『輦』作『連』」。「輦」、「連」聲義皆通，「輦連」意為「馬車接連不斷」。「連」加「氵」孳乳為「漣」，重疊作狀態形容詞，《詩·衛風·氓》：「不見復關，泣涕漣漣。」「蹇」也可以迭用。《易·蹇·六二》「王臣蹇蹇，匪躬之故。」王弼注云：「處難之時，履當其位。」《廣雅·釋訓》：「蹇蹇，難也。」《說文》「蹇」下徐鉉云：「臣鉉等案，《易》：『王臣蹇蹇，今俗作『謇』，非。」《辭源》（1983 年修訂本）以為「蹇蹇」通「謇謇」，訓為「忠直貌」，誤。「蹇」可與義近的語言成分連文。白居易《草堂記》：「一旦蹇剝，來佐江郡。」《夢上山》詩：「晝行雖蹇澀，夜步頗安逸。」李咸用《投知》詩：「自是遠人多蹇滯。」「蹇」與「連」連文，組成陳述結構，意為「困難重重」。班固《幽通賦》：「紛屯邅與蹇連兮」，蔡邕《述行賦》：「塗屯邅其蹇連兮」。

　　「連」音轉為「產」。《楚辭·哀郢》：「思蹇產而不釋」。王逸注：「蹇產，詰屈也」。意為「愁思縈繞不斷」。司馬相如《上林賦》：「蹇產溝瀆」張注云：「蹇產，詰曲也。」思難則詘，形難亦曲，其義均與「連」義一脈相承。「蹇產」又作「蹇滻」、「蹇嵼」，《玉篇》作「巏嵼」。左思《蜀都賦》：「徑三峽之崢嶸，躡五屼之蹇滻」，韓愈《贈張籍》詩：「開祛露毫末，自得高巏嵼」。由「詰曲」義轉為「狀貌不平常」之意。「蹇產」的字形之所以後來或從「水」或從「山」，亦是因其意義由狀行難引申狀思難，再狀自然物象之難，表現在文字形式上就是添加意符來強調它的意義類型的分化。「蹇連」或「蹇產」今天已作為單純詞運用，但不可否認它在一定歷史階段是可以分析為陳述結構的雙音詞，它的不同書寫形體，也不能說與它的意義類型毫無關係。

三、聯綿字的語源探索

　　對聯綿字進行歷史考察為探索其語源提供了條件。除外來語的直接記音或轉寫而外，現代漢語裏不少聯綿詞是由古漢語的單音近義詞長期並列使用凝固

形成，而古漢語裏的聯綿字至少來源於以下三個方面。

1. 遠古漢語複輔音聲母分化的遺跡

遠古漢語是否有複輔音聲母，這是一個有爭議的問題。只要承認漢語是漢藏語系中的一種語言，那麼，如果能有親屬語言的材料作證據，認為上古漢語有無複輔音聲母的觀點分歧就不那麼重要了，因為語言學第一重要的證據就是語言事實。聯綿字語源的探索就是對語言事實的發掘，學術觀點的分歧不能改變從事實得出的結論。

嚴學宭先生曾經指出〔註2〕，有一部分聯綿字是由上古漢語音節的複輔音聲母變換產生的。這樣的聯綿字大致有兩類，一類是「合二字為一詞，兩聲共一韻」的。如：靉*ʔəd 靆*dəd，透*ʔ^{w}jeg 迤*djeg，菡*ɣam 萏*dam，傀*kh^{w}eg 儡*l^{w}eg。另一類是合同義、反義詞而成的謎語，其特色是「一義所涵，輒兼兩語」，如：貪*thəm 婪*ləm，斑*pan 斕*lan，躠*sjap 蹀*djap，依*ʔjəd 違*x^{w}jad。認為上古漢語無複輔音聲母的學者盡可不必勉強同意上邊的構擬，但至少應當承認漢語裏存在這類言語現象。單純雙音詞可不可能從上古時代一直保留到今天？我們且看下面一組語義核心為「分離」，聲母格局為 [p- / l-] 的聯綿詞〔註3〕：

古代書面語詞例：《詩·王風·中谷有蓷》：「仳離」；《爾雅》郭璞注：「敷蓲」；宋玉《風賦》：「披離」；《漢書·禮樂志》：「敷與」；《廣韻·曷韻》：「撥捌」。

親屬語言對應詞例：藏語：nbral—ba（被分開），hphro（分散）；緬語：pra（分成幾部）；巴興語：bra（分散）；克欽語：bra（分散）；卡瑙俚語：bra（路的分叉，鋪展）；景頗語：bra（分散）；羌語：da-pala（解散）；苗語：phlua'（分開）、pha5（劈破）；瑤語：phla2（扒拉，散開）、pha5（劈破）；剝隘壯語：pa3（分破）；榕江侗語：rha5（分；破）；泰語：pha5（分破）；水語：pha5（分、破）。

現代漢語晉中方言詞例：跋跁 paʔ$_2$ la^ɔ（叉開腿）、跋躐 pa$_2$、la$_2$（妨礙）；薄臘 paʔ$_2$ la$_ʔ2$（撥往一邊）、薄撈 pəʔ$_2$ $_c$lau（把堆放的顆粒分散開）。

〔註2〕嚴學宭《論漢語同族詞內部屈折的變換模式》，《中國語文》1979 年第 2 期第 85~92 頁。

〔註3〕董為光《漢語「異聲聯綿詞」初探》，《語言研究》1986 年第 2 期第 163~174 頁。

這樣，聯綿詞「佗離」的語源就顯得比較清楚，可以相信它是漢藏語分家後上古漢語複輔音聲母分化而成的〔p-／l-〕式雙音單純詞在書面語裏的記錄。這種研究方法很適用於那些聲母比較強化穩固且相互之間有一定聯繫模式的單純雙音詞。

2. 由疊音詞音節間的矛盾運動產生

儘管荒古的時代漢語裏可能就已有了單純雙音詞，但就先秦漢語的基本情況看，聯綿詞畢竟是少數，應當承認先秦漢語是以單音節為主的語言。在那些少數聯綿字中，有相當數量的聯綿字並非複輔音聲母分化的遺跡，而是單音詞或疊音詞派生的。由疊音詞派生的聯綿字《詩經》裏最為常見，這與《詩》大量運用疊音詞直接相關。漢語語音史的研究表明，漢語在漫長的歷史演變過程中，音節內部存在著強弱不同的矛盾運動。人們在發音時總是輕重不平衡的，或側重於聲，或側重於韻。長期側重的音素必然逐漸強化，而被忽略的音素則相對弱化。當兩個音節經常連續發音時，這種矛盾便很容易擴展到音節之間，進而改變相鄰音節的某個音素的音值。不過，這種音變，並未導致語詞結構關係的改變，這樣造成的聯綿字與疊音詞並沒有本質的區別。從詞源學的角度看，新版《辭海》把非複合式疊音詞納入聯綿字義域是有眼力的。因此，我們原則上同意「部分雙聲聯綿詞的本質就是疊音詞」這種看法〔註4〕。下面討論「便蕃」與「栗烈」的語源。

《左傳・襄公十一年》引《詩》曰：「樂只君子，殿天子之邦。樂只君子，福祿攸同。便蕃左右，亦是帥從。」而毛《詩》《小雅・采菽》作：「樂只君子，萬福攸同。平平左右，亦是率從」。《經典釋文・毛詩音義》「平平」條下云：「韓詩作便便，云閒雅之貌」。「平」與「便」上古同是並母平聲字，「平」屬青部，「便」屬寒部，這就是古人所謂的「一聲之轉」。毛亨是魯地人，韓嬰是燕地人，「平平」與「便便」這種聲轉關係體現了同一語詞在不同地域的方言差異。字形書寫不同很可能是受傳詩者的方音影響所致。但《左傳》的作者左丘明與漢朝人毛亨同是魯地人，為什麼《左傳》引《詩》與毛《詩》不同呢？是否存在這兩種可能：一是毛亨據歷史資料傳抄，則春秋時代這個詞的規範讀

〔註 4〕白平《雙聲聯綿詞成因淺探》，《山西大學學報》（哲社版）1982 年第 1 期第 97 頁轉92 頁。下文有關「便蕃」的主要材料也依據該文。

音應是［b-／b-］。《左傳》是散文體裁，更接近口語，而口語裏［b-／b-］的讀音在當時已發生了強弱不同的變化，左丘明根據實際語音改動了詞的字形；另一種可能是毛亨按漢代魯地的讀音將「便蕃」改寫成「平平」，這種可能性很小，因為韓《詩》也作疊音形式，可以相信疊音形式是較古老的寫法。商代甲文及西周金文裏未發現聯綿字，《詩經》裏一下子出現那麼多聯綿字，這很難說是偶然的。照漢語運用的習慣，單音詞往往自然重疊，而疊音詞又很容易分化為異音詞。因此，從社會言語習慣和音理上講，從《詩經》善用疊音詞的言語特色來看，可以相信《左傳》的「便蕃」是從疊音詞演化而來。「便便」或「平平」［b-／b-］演化為「便蕃」［b-／p-］也符合漢語濁音清化的發展趨勢。不過，儘管「便蕃」的實際讀音和書寫形式都與「便便」或「平平」拉開了距離，但它的實質即結構的單純性和「閒雅」的含義並沒有改變。

　　《詩·豳風·七月》：「一之日觱發，二之日栗烈。」《小雅·蓼莪》：「南山烈烈，飄風發發。」《小雅·四月》：「冬日烈烈，飄風發發。」鄭玄箋：「烈烈，猶栗烈也。」程俊英《詩經譯注》第415頁：「烈烈，魯《詩》作栗栗，亦作栗烈。」《經典釋文·毛詩音義·豳·七月》「栗烈」條下云：「並如字，栗烈，寒氣也。《說文》作颲颲。」《說文》徐鉉注：「颲，力質切；颲，良薛切。」栗、颲，質部來母字；烈、颲，月部來母字。月部字上古擬音為［-at］，質部字上古擬音為［-et］〔註5〕。我們認為，同一意義的疊音詞寫作不同的書面字形，反映了不同方域的人們發音上存在的差異。書面字形的不同，體現了實際語音的微妙變化。雙聲聯綿字「栗烈」的來源，有這樣兩種可能：讀「栗栗」的人們在連續的語流中發第二個音節力量相對減弱，韻母主元音變鬆，音值由［-et］變為［-at］，為適應語音的實際變化，字形相應寫作「栗烈」；讀「烈烈」的人們，比較著力於第一個音節，其韻母主元音逐漸高化，為照顧實際讀音，字形也就寫作「栗烈」。至於《說文》寫作「颲颲」，那是進一步在書面形式上強調詞的意義類型所造成的結果。

　　疊字重言是人們為了適應社會文明發展的需要有意識地加強言語表達能力所採取的一種基本手段。而字形的改變不過是書面符號相對於實際語音的協調措施，詞語本身的性質並未改變。由此可見，由疊字演化而成的聯綿字，其意

〔註5〕王力《漢語語音史》，中國社會科學出版社，1985年5月第1版第57、58頁。

義與結構關係都與疊音詞等價，不存在所謂分訓問題。

3. 由單音詞派生

古代書面語裏「不律」、「扶搖」、「疾藜」、「壺盧」一類單純雙音詞，它們習慣上被認為是「筆」、「猋」、「薺」、「瓠」的緩言的書面形式。倘若這種意見不錯的話，就等於承認它們是由單音詞派生的。但是完全可以提出這樣的疑問：為什麼不能認為相應的單音形式是雙音語詞急言的記錄符號呢？從殷墟卜辭看，當時的漢語由於距漢藏語分家的時代已經非常遙遠，複音語詞已經減少到可以忽略的地步，但由於社會的發展進步，語詞為適應日益紛繁的社會交際需要，雙音化的勢頭正在萌動。因此，漢語從商周以來，單音向雙音方向發展是基本趨勢。認為「不律」等詞是「筆」等單音詞的緩言符號，承認先有「筆」然後有「不律」，比較符合漢語的發展趨勢；認為「筆」是「不律」的急言符號，即認為先有「不律」，然後有「筆」，就與語詞發展的大趨勢相矛盾了。當然不能說絕對沒有逆反的情況，然而單音變雙音總是主流。

單音詞變雙音單純詞，李瑾先生舉過一個例子〔註6〕。他認為古漢語裏的「鷿鷉」就是由「匹」變來的。《禮記·曲禮下》：「庶人之摯，匹。」鄭玄注：「說者以匹為鶩。」孔穎達疏：「匹，鶩也。野鴨曰鳧，家鴨曰鶩。鶩不能飛騰，如庶人但守耕稼而已。故鄭注《宗伯》云：『鶩取其不飛遷』。」《廣雅·釋鳥》記作「鴄」，《玉篇·鳥部》釋曰：「鴄，音匹，鴨也。」而《方言·卷八》卻作「鷿鷉」：「野鳧，其小而好沒水中者，南楚之外謂之『鷿鷉』」，亦作『鸊鷉』，又作『鷿鴨』。此兩字在古漢語中不能分拆，有《廣韻》的記載為證。《廣韻·錫韻》：「鷿，鷿鷉，似鳧而小，足近尾，或作鸊。扶歷切」。《廣韻·齊韻》：「鷉，鸊鷉，似鳧而小。土雞切。」

中原的「匹」音，在南楚之外可能發生了強尾弱聲的音變，其韻尾 [-t] 強化而派生出一個以 [tʻ-] 為聲母的附加音節，而聲母 [pʻ-] 則弱化為 [b-]。由於前一音節的韻尾 [-t] 與後一音節的聲母 [tʻ-] 的異化作用，[-t] 進一步變為 [-k]，這樣就造成了「鷿鷉」這個不能分訓的單純雙音詞。下面的親屬語言材料表明「鷿鷉」的本原應是個單音詞。怒語：pit；景頗語：pet；金平泰語：pet；龍州壯

〔註6〕李瑾《「冥」字與「黽勉」詞兩者音義關係分析》，《華中師範大學學報》（哲社版）1987年第3期第102～106頁。

語：pit；三江侗語：pət；安順布依語：piot；海南島黎語：bet；金秀瑤語：pĕt。這樣也就沒有理由認為「匹」是由「鷺鸍」演變而來。

由此可見，古代漢語裏所謂的聯綿字，與當代學者對聯綿字下的定義不完全是一回事。不同的聯綿字有其特定的歷史背景，其發生和發展的情況也各有不同。好些聯綿字的成因至今未能作深入細緻的考究，要作出系統性的總結為時尚早。不探求具體對象的發生和發展情況，不考慮歷史時代的先後和方言因素的影響，不注意所謂「聯綿字」內部構成成分之間結構關係的變化，忽視字形與詞的音義之間的相互聯繫，對聯綿字採取「一刀切」的簡單做法，那是無補於研究工作的。

原載《廈門大學學報》（哲學社會科學版），1990 年第 2 期。

反訓芻議

　　古代漢語書面語裏有一種特殊的現象，按詞語通常意義去理解不行，從與通常意義相對或相反的角度去理解，文意才能通暢。例如《尚書‧虞書‧皋陶謨》：「願而恭，亂而敬」，這句話裏的「亂」，就不能理解為「混亂」，而應訓為「治」。以治訓亂，歷來被當作反訓的典型例子。什麼叫反訓？反訓的實質是什麼？這是本文試圖探討的問題。

一、反訓的定義

　　什麼是反訓的定義？這不是一下子就能說清楚的問題。歷來提到反訓，都認為東晉郭璞是反訓的首倡者。郭璞在《爾雅‧釋詁》「徂、在，存也」條下加注說：「以徂為存，猶以亂為治，以曩為曏，以故為今，此皆詁訓義有反覆旁通，美惡不嫌同名。」看來，郭璞認為詁訓義有反覆旁通的理論依據，正是《春秋》「美惡不嫌同名」的文化意識。自郭璞以降，唐代孔穎達的《尚書》正義、宋代洪邁的《容齋隨筆》、明代楊慎的《丹鉛雜錄》、焦竑的《焦氏筆乘》都提到這類現象，但都沒有作出理論上的辨析，也沒有明確使用反訓這個術語。清代學者普遍注意到這種現象，但大都沿用郭璞成說，只是提法不盡相同，如郝懿行稱為「義訓之反覆相通」，段玉裁稱為「正反兩義」，王念孫稱為「義相反而實相因」，鄧廷楨、章炳麟稱為「相反為義」，陳玉澍稱為「相反為訓」，而錢大昕在《潛研堂‧答問》裏則明確地說：「窒本塞，反訓為空，猶亂之訓

治，徂之訓存也。」可見，反訓作為訓詁學的術語，是比較晚近的說法。

當代學者對郭璞所提的這類現象，一般都稱為「反訓」，有的學術著作還明確地給反訓下了定義。例如，周大璞《訓詁學初稿》第 165 頁說：「反義相訓，即以反義詞互相解釋」，「反義相訓，訓詁學習慣稱為反訓」。張永言《訓詁學簡論》第 137 頁說：「反訓，即用反義詞來作訓釋。」蔣紹愚《古漢語詞彙綱要》第 140 頁說：「所謂『反訓』，簡單地說，就是一個詞具有兩種相反的意義。」《漢語大辭典》第二卷第 863 頁說：「反訓，訓詁學術語。用反義詞解釋詞義。……古人所謂『反訓』，兩義相違而亦相仇。」以上各家的定義，總括起來有四點看法：1. 認為反訓就是用反義詞互相解釋；2. 認為反訓就是一個詞具有兩種相反的意義；3. 認為反訓就是兩義相違而亦相仇；4. 認為用反義詞來解釋詞義就是反訓。關於第一種看法，郭沫若在《屈原研究》第 49 頁裏說：「古書上，也每每有訓亂為治的。其實，這已經就是一件怪事體，治亂音既不同，義又正反，那裡會有相反的東西來相訓的呢？假使可以訓治訓理，那嗎理和治不也可以訓亂嗎？」郭先生認為反訓是可疑的，而且誤以為反訓就是用反義詞互相解釋。但這種認識並不完全符合古書注釋的實際情況。《十三經注疏》中以治訓亂比比皆是，唯獨找不到以亂訓治的例子。可見反訓不能片面定義為「互相解釋」。第二種看法把反訓當作兩種相反的意義。語義與訓詁有密切聯繫，但也有明顯區別，解釋詞義並不等於詞義本身。第三種看法的缺陷，仍然是把方式當成了詞義。不過，這一看法與眾不同的是，不但指出了「兩義相違」的情況，而且還指出了兩義「相仇」的情況，這是值得注意的。第四種看法認為反訓僅指用反義詞來解釋詞義，這就不免偏執之嫌。在訓詁實踐中，不管兩義「相仇」的情況是說不過去的。這樣看來，學術界至今尚未得出一個比較符合古書注釋實際情況的比較公允的定義。

以上四種看法雖各有偏頗，但都具有一定的合理性，而且，各種定義實質上都是推衍郭璞成說。所以，要得出一個比較公允的定義，除了參照古書注釋的實際情況而外，應當對郭璞提到的有關材料作一個全面的比較。茲將郭注《爾雅》和《方言》涉及反訓的全部材料臚列如下：

《爾雅‧釋詁》有四條：

一、「詔、相、導、左、右、助，勸也」注：「勱謂贊勉。」「亮、介、尚，右也」注：「詔、介、勸、尚，皆相佑助。」「左、右，亮也」注：「反覆相訓，

以盡其義。」

二、「治、肆、古，故也」注：「治未詳。肆、古，見《詩》、《書》。」「肆、故，今也」注：「肆既為故，又為今，今亦為故，故亦為今，此義相反而兼通者。事例在下，而皆見《詩》。」

三、「乂、亂、靖、神、弗、淈，治也」注：「《論語》曰：予有亂臣十人。『淈』，《書》序作『汩』，音同耳。『神』未詳。余並見《詩》、《書》。」

四、「徂、在，存也」注：「以徂為存，猶以亂為治，以曩為曏，以故為今，此皆詁訓義有反覆旁通，美惡不嫌同名。」

《釋言》有一條：「曩，曏也」注：「《國語》曰：曩而言戲也。」

《方言》有三條：

一、卷二：「逞、苦、了，快也。自山而東或曰逞，楚曰苦，秦曰了」注：「苦而為快者，猶以臭為香，亂為治，徂為存，此訓義之反覆用之是也。」

二、卷十二：「壽、蒙，復也。壽，戴也」注：「此義之反覆兩通者。」

三、卷十三：「祐，亂也」注：「亂當訓治。」

按郭璞的說法，反訓應當包含如下內容：1. 反覆相訓；2. 義相反而兼通；3. 詁訓義有反覆旁通；4. 訓義之反覆用之；5. 義之反覆兩通。其中只有一次提到「義相反而兼通」，卻有四次提到「反覆」二字，可見弄清「反覆」兩字的含義是理解反訓的關鍵。根據郭璞所注的材料，「左、右，亮也」被認為是「反覆相訓」。按《爾雅》體例，「左」、「右」、「亮」是一組近義詞，用「亮」去解釋「左」、「右」，不可能是「反覆相訓」。那麼，郭璞所說的「反覆」，應是針對「左」與「右」而言的了。甲骨文「左」與「右」單獨運用時，字形正反沒有區別，寫成ㄎ或ㄟ都可以，但「左」、「右」同時對舉時，則ㄎ表示「左」，ㄟ表示「右」。「左」與「右」是相對的方位名稱。《爾雅・釋詁》的「左」、「右」，已經由方位名詞用作動詞，都是「幫助」的意思。因此，郭璞所說的「反覆」，是指「左」、「右」作為方位名詞時是相對的概念，而當用作動詞時卻可以「相訓」。簡言之，這裡的「反覆」，就是指兩個詞在特定條件下意義相對。「詁訓義有反覆旁通」之「反覆」，可能包括兩種情況：一是意義相反，如「以亂為治」；二是意義相對，如「以曩為曏」。「訓義之反覆用之」所舉「苦而為快」、「以臭為香」頗多失當，前者錢繹《方言箋疏》已證其非，後者誤以上古之「臭」（氣味）為後世之「臭」（惡臭）。又舉「亂為治」，義相反；「徂為存」，義相

對。故此「反覆」亦指相對相反兩種情形。「義之反覆兩通」所舉例證是「幬、蒙，覆也。幬，戴也。」《廣雅》：「幬、幬，覆也。」《說文》：「幬，禪帳也。」「幬」是「幬」的假借字。錢繹《方言箋疏》認為，幬為下覆之義，故訓為覆。《中庸》「譬如天地之無不覆幬」鄭注：「幬亦復也。」故「幬」有覆蓋之義。《釋名》：「戴，載之於頭也」，《小爾雅》：「戴，覆也」。「幬」既訓為「覆」，又訓為「戴」，而「覆」與「戴」又是同義詞，按理這應當是同義相訓，何以郭璞稱為「義之反覆兩通」呢？筆者認為，這句話的「反覆」，指的是事物相對的兩個方面，從施動的方面看，是覆蓋，從受動的方面看，卻是承載。如果以上分析能夠成立，那麼郭璞所說的「反覆」，應包括意義相反和相對兩種情況。其次，郭璞提到的「相訓」、「詁訓義」、「訓義」，都是指解釋意義。解釋意義是訓詁方法，而不是意義本身。郭璞還提到「訓義之反覆用之」，所謂「用之」，正是方法論問題。不能把釋義的方式或方法當成意義本身。

綜上所述，反訓應當定義為：在古代漢語書面語中，從與一個詞義相對或相反的角度，去揭示或說明另一個詞義的方法。這個定義有三個要點：一是運用的範圍；二是運用的角度；三是運用的方式。

二、反訓的實質

清代以前，雖然有的學者涉及這一問題，但基本上沒有深究。清代學者把對反訓的研究推進了一步，有的學者對郭璞的成說提出了不同意見。王引之《經義述聞》卷二十六說：

> 「治、肆、古，故也。」「治」讀若「始」。「始」、「古」為久故之「故」，「故」、「肆」為語詞之「故」。「肆、古，今也」，則皆為語詞。郭謂「今」與「故」義相反而兼通，非也。

王引之的意見是對的。《爾雅》「治」、「肆」、「古」、「故」皆是久故之「故」，而「肆、古，今也」皆是連接詞，相當於現代漢語的「所以」。「久故」的「故」不能與連接詞「今」捆綁在一起作為反訓的例子。古書中找不到把「久故」的「故」解釋為「如今」的「今」，或把「如今」的「今」解釋為「久故」的「故」的例子。而《尚書》、《詩經》把「肆」、「今」用作連接詞「故」的卻不只一例（限於篇幅省去例句）。

錢繹《方言箋疏》指出，郭璞把「逞、苦、了，快也」裏的「苦」當作「痛

苦」，把「快」當成「快意」，其實，這裡的「苦」、「快」都只有「快急」意，是同義詞。以苦為快作為反訓的例證顯然是不恰當的。王、錢二人雖然對郭璞所舉的某些例子有不同看法，但並沒有把郭璞所舉的全部反訓例子逐一加以甄別，更沒有從根本上否定反訓。

齊珮瑢《訓詁學概論》對反訓持否定態度。該書第 155 頁說：「嚴格地講，反訓這個名詞根本就不能成立，訓詁是解釋古字古言，基於相反的原則而去訓釋古語，才可以叫作反訓；現在既知這些例子不過是語義演變現象中的一少部分，那麼，就不應再名為反訓而認為訓詁原則了。」齊氏的論點有欠公允。其一，他並沒有對郭璞所舉全部反訓例子逐一分析；其二，反訓並非訓詁原則，只是說明詞義的一種方式；其三、反訓並非僅僅基於相反的原則。因此，對反訓實質的探究，需要實事求是的態度。

八十年代以來，國內研究反訓具有代表性的論著是：徐世榮先生的《反訓探原》、徐朝華先生的《郭璞反訓例證試析》、蔣紹愚先生的《古漢語詞彙綱要》。徐世榮先生搜集了約五百個反訓字，歸納為十類。這十種類型的反訓實際上是探討反訓形成的十種原因。該文系統研究反訓的成因，標誌著反訓研究已經進入語源研究階段。徐先生所提出的十類，究其成因，不外兩種：一是語言內部詞義演變而成，即內含和引申反訓；再是語言外部因素影響所致，即破讀、互換、適應、方俗、省語、隱諱、假借和訛誤反訓。後者又可分為兩種情況：一是社會因素造成，再是人為因素使然。有的類型是否可以單獨立類，似可商權，如「破讀反訓」，究竟是意義分化之後才改變讀音，還是讀音分化然後各屬一義？如果是意義分化之後才用讀音去區別意義，那麼破讀並非造成意義分化的原因，因此不宜單獨立類。就具體例子來看，有的也還可斟酌，如認為「仰」既有「下託上」，又有「上委下」的意義。其實，無論「下託上」還是「上委下」，「仰」本身的意義並沒改變，都是「希望」、「依靠」的意思，只不過運用詞語的人的社會地位和身份不同罷了。「仰」並沒有因社會身份不同的人使用它而產生相對或相反的意義。徐先生文章儘管不無可商之處，但對反訓詞語進行較有系統的語源考索，無疑有助於對反訓實質的認識。

為了弄清反訓實質，對郭璞提出的例證進行全面檢查勢在必行。徐朝華先生的《郭璞反訓例證試析》一文，是近年來研究這個問題的力作。除《方言》卷十二「鞷、蒙，覆也。鞷，戴也」以及《爾雅·釋詁》「左、右，亮也」而

外，該文列舉了郭注「以徂為存」、「以亂為治」、「以曩為曏」、「以故為今」、「苦而為快」和「以臭為香」等六個例證逐一進行考究。文章指出，《毛詩》中「徂」字共出現二十五次，都不作「存」解，其他先秦典籍也未發現「徂」有「存」義。其他各例都不能成立，因此「郭璞所說的意義相反的詞可以互相訓釋的觀點是不能成立的。用反義詞來解釋詞義的訓詁方法，從理論上說是不能成立的」。應當肯定，徐文的分析大部分是可信的，但由此引出的結論卻是可以商榷的。這是因為：一、郭璞無論在《方言》注還是《爾雅》注裏都從來沒有說過「意義相反的詞可以互相訓釋」；二、反訓是非常晚近的說法，後人對反訓的認識雖源於郭璞，但都未必合於郭璞本意。所以，輕易論定反訓不能成立似嫌武斷。

採取比較謹慎的態度，從語義學角度來系統研究反訓的論著，當推蔣紹愚先生的《古漢語詞彙綱要》。蔣先生在該書的第五章第二節用了長達二十頁的篇幅來討論反訓問題。他首先把反訓的意義嚴格限定為「一個詞具有兩種相反意義」，然後分七類情況加以討論，指出其中有三類是反訓。所舉例證不侷限於郭璞成例，分析細緻，材料充實，結論客觀。對反訓的定義雖未必合於郭璞原意，但從語義學角度分析反訓，有助於弄清反訓的實質。

筆者認為，應當弄清反用與反訓的聯繫與區別。反用是修辭手段，是為加強文章表達效果而運用的技巧。反訓是注釋手段，是對特殊語詞的說明方式。但是由於反用賦予了語詞臨時的新義，也需要揭示或說明，這就與反訓攪在了一起。考慮到自郭璞以來傳統習慣未把反用納入反訓範疇，古代漢語，尤其是先秦漢語裏的反訓，實際上只是一種注釋字詞意義的手段，所以，探討反訓的實質不宜考慮修辭的因素。

綜合各家的研究，可以認為，如同運用同訓、歧訓、互訓、遞訓等方式清理近義詞系統一樣，反訓實質上是古代注釋家清理語義系統的一種方式。用這種方式歸納出來的語義，往往相對或相反，它們在歷史或字源上往往有或多或少的聯繫，這同一般的在歷史或字源上毫不相干的反義詞不一樣。反訓是揭示或說明相對或相反兩個意義的歷史聯繫的一種方式。

三、反訓探賾

說一個語詞具有相對的兩個意義，反對的人不會太多。說一個語詞具有相

反的兩個意義，情況就不一樣了。一個語詞能否具有相反的兩個意義呢？下文通過對「亂」的考察可以作出回答，同時也可以回答「以亂為治」究竟是「同義相訓」還是「反訓」的問題。

《說文‧乙部》的「亂」和《𤔔部》的「𤔔」音義皆同，都是「治」的意思，徐鉉音郎段切，折合今音讀[luan⁵¹]。目前已公布的甲骨文材料中，亂、𤔔兩種形體都還沒有單獨出現。但徐中舒主編的《甲骨文字典》第 231 頁收有 字。[解字] 云：「從辛從 ，所會意不明。」[釋義] 云：「義不明」。此字右半部偏旁與第一期甲文 （人七〇〇）相似，隸定為辛。《說文‧辛部》：「辛，辠也。」郭沫若在《甲骨文字研究‧釋干支》中指出，《說文》的辛、辛、𡴌俱為一字之異構，音義雖有別，語源實相同。左半部偏旁的 ，從爪、從H、從8，金文在下部增添符號，作 、 、 、 、 、 等形。偶也有保持初形的，如大司樂鉼 字的左偏旁，又卣 字的右偏旁，都基本上保持了甲文字形。這樣，不難斷定 即「辭」字。《說文‧辛部》：「辭，訟也。從𤔔，𤔔猶理辜也。𤔔，理也。」《辛部》又云：「辜，辠也。」可見，辛、辜、辠是近義詞，都有「罪」義。辭從𤔔從辛，在造字之初本義當為「治罪」，後來義域擴大為「治理」諸事，並不僅限於治罪。「辭」之所以具有「治理」義，顯見是由𤔔影響所致。𤔔，《說文》訓「治」訓「理」是其本義，這從它的初文 可以看出來。此字從爪從H從8。8即絲的初文，學術界看法比較一致，惟H的解釋分歧較大，楊樹達釋為收絲之互。我在《說「亂」》（將刊）一文中考出H是木架， 表示用手把絲掛於架上。其本義應當是「治絲」，廣而言之，無論治理何物都叫 。

西周中期，「𤔔」開始出現「不治」義，懿王時牧簋銘：「今余唯或𢓭改，令女辟百僚。有叵吏包，迺多𤔔，不用先王乍井，亦多虐庶民。」此「𤔔」猶今言「亂子」，學術界並無異議。這個「不治」義從何而來呢？這與𤔔的初文 有直接聯繫。造字之初， 表示以手把絲置於架上，意為治絲。「治」與「絲」之間存在施受關係，側重於施的方面， 表示「治」義；側重於受的方面，則包含「紊亂」之義，絲就因為易亂才須治。從同一行為的不同方面，可以引出相反的意義，這是先秦漢語語義演變的客觀事實。但是，音同而義不同卻由同一字形來表示，對書面交際有弊無利，因此，同一語詞兼有相對立的兩個意義勢必引起形音兩個方面的分化。

　　戰國晚期，出現了「亂」字。亂從矞從乚，《說文》訓為「治」，這是什麼原因呢？這是因為，亂本是嗣的簡體，而矞又是嗣的初文。甲骨文的「司」，已有「管理」之義，在兩周金文中，「司」與「矞」組合為嗣，義為「治」。嗣多簡作𤔲，進一步就簡為亂。《汗簡》引古《孝經》「治」作[古字]、[古字]，這兩個古字其實也是嗣的簡體。治，《說文·水部》云：「水出東萊曲城陽丘山南入海，從水台聲。」這個從水台聲的「治」只是河流的專名，與「治理」義毫無關係，但因為它與嗣上古同屬之部定紐，嗣的「治理」義也就借給了它，借而不還，嗣（亂）的「治」義式微也就成定局了。

　　與嗣的簡化相反，它的初文[古字]卻不斷繁化，除在下部增添乀、彐、土、丄、巾、止而外，還在左右增添符號，如毛公鼎銘作「[古字]」。到戰國後期，[古字]的各種字形變體逐漸廢而不用，它的「不治」義就交給已失掉「治」義的「亂」去承擔了。詛楚文《湫淵》：「今楚王熊相康回無道，淫失（佚）甚亂」，這個「亂」就表示「不治」之義。「矞」、「亂」兩字徐鉉皆音郎段切，「亂」從矞從乚（司），此字既然不讀司聲，當然就應讀矞聲，但矞音郎段切是非常可疑的。南南一·一八二片甲骨的[古字]，即金文䛒（辭）的初文，《說文》把辭作為嗣的籀文，徐鉉音似茲切。辭從矞從辛，屬上古之部定紐，此字既然不讀辛聲，則必為矞聲，那麼矞的上古音韻地位應是之部定紐才合理，為何讀郎段切呢？

　　由矞派生出的亂《汗簡》作[古字]，《古文四聲韻》引古《孝經》作[古字]，引古《尚書》作[古字]，引《道德經》作[古字]，《三體石經·無逸》亂字作[古字]，這些字體都是矞訛變所致，它們與變的古文字形非常相似。《汗簡》戀作[古字]，《古文四聲韻》引《石經》戀作[古字]。由於亂與戀古字形混同，音義也發生混同現象。亂的「治」與「不治」兩義長期滲透的結果，使戀也具有了這兩個意義。《說文·言部》：「變，亂也。一曰治也。一不絕也。從言絲。[古字]，古文變。」這三個意義裏只有「不絕」才是變的本義。而變徐鉉音呂員切，這個音被亂借去破讀為郎段切，這樣，表示「治」義的亂與表示「不治」義的亂，就不再是同一個詞的兩個相反的意義，而是音義都不同的反義詞了。

　　表示「治理」義的亂，在古書中只有少量保留，大多數情況都用它的假借字治來表達「治理」義，而亂則主要用來表示「不治」義了。徐朝華先生在《郭璞反訓例證試析》一文中，對《尚書》、《左傳》等十二部先秦典籍統計的結果，亂字共出現一二七五次，表「不治」義者一二五一次，表「治理」義者僅二十一次。

　　通過以上考察，可見古代漢語中確實存在一個語詞具有兩種相反意義的情況。不過這種情況很難持久，最終很容易分化成意義相反的兩個各自獨立的語詞。古代典籍不可避免地殘留著這類特殊語詞，這給讀古書增添了困難。古代注釋家從與某個常用詞義相對或相反的角度，揭示或說明語詞的另一歷史詞義，這就是反訓。所謂「以亂為治」，就是從與「混亂」這個常用詞義相反的角度，去揭示它的另一歷史詞義「治理」。「同義相訓」是用同義詞解釋詞義，它並不需要從與語詞相對或相反的角度去揭示語詞的歷史詞義。有一種意見認為，亂既然有「治」與「不治」兩義，用「治」去解釋亂的實質就是用「治」解釋治，這不就是「同義相訓」嗎？但是，「同義相訓」既然指用同義詞解釋詞義，為什麼不選取一個治的同義詞，而要用治本身去解釋自己？這種以「治」訓治實質上是什麼也沒有訓，並不符合「同義相訓」的原則。反訓既是一種特殊的歸納古漢語語義系統的方式，又是揭示或說明語義的歷史聯繫的一種方法，在訓詁學上自應有它的地位，不能輕易否定。

原載《廈門大學學報》（哲學社會科學版），1993 年第 2 期。

「燒」、「烤」和「烤麩」

　　《現代漢語詞典》「燒」字條義（4）「烹調方法，就是烤：叉~｜~雞。」編者以「烤」釋「燒雞」之「燒」，確如任繼昉先生所指出的，是因為不瞭解燒雞的製作方法而致誤。任先生認為「燒雞」之「燒」應屬義（3）「烹調方法，先用油炸，再加湯汁來炒或燉，或先煮熟再用油炸：~茄子｜紅~鯉魚｜~羊肉。」姚德懷先生引《漢語大辭典》證明任先生的看法無誤。但是，「燒」作為一種烹調方法，《現代漢語詞典》和《漢語大辭典》的解釋並不全面。這一點任先生可能已經有所覺察，他在「燒雞」條裏說：「『燒』在這裡是近似於『紅燒』的烹調方法，故稱『燒雞』。」查《現代漢語詞典》「紅燒」條，照錄如下：

　　　　[紅燒]一種烹調方法，把肉、魚等加油、糖略炒，並加醬油等

　　作料，燜熟使成黑紅色：~肉｜~鯉魚。

　　依照《現代漢語詞典》對「紅燒」的解釋，「燒雞」之「燒」恐怕難說與「紅燒」近似。無論先油炸後燉或先煮熟再油炸，都缺乏「加油、糖略炒」這一程序。筆者 1967 年曾在重慶解放碑街頭買過一隻「燒雞」，此雞沒有用油炸，只是用鹽和其他一些作料煮熟瀝乾，雞肉呈本色，並非黑紅色，看來也不能算「紅燒」。這樣看來，《現代漢語詞典》和《漢語大辭典》對「燒雞」之「燒」的解釋，也還有補充的必要。

　　重慶的「燒雞」與任先生所舉「燒雞」的製作方法不一樣，它只不過是用鹽和其他一些作料煮熟後瀝乾的雞，因此，其中「燒」字的含義就是「用鹽和

其他一些作料來煮熟食物」。這個概念不僅適用於重慶地區，而且適用於西南的大部分地區。案頭恰好有一本劉建成等三人編寫的《大眾川菜》（四川人民出版社 1979 年 12 月成都版），隨手摘引數條臚列於下：

腌肉燒菜頭

做法：鍋內豬油燒至六成熱時，下薑片、蔥節，炒出香味後摻湯，湯開一陣後撈去蔥薑，放入菜頭（湯以剛剛淹過菜頭為度），加鹽、胡椒等，在中火上燒約十分鐘，再將腌肉加入同燒，待菜頭熟透，鈎水豆粉收濃（臨起鍋時下味精）起鍋即成。（第 90 頁）

苤藍燒牛肉

做法：鋁鍋內盛清水燒開，放入宰好的牛肉（水以淹沒牛肉一寸左右為宜），水再開時撇去浮沫，放入蔥、薑、花椒、香料、鹽、醬油等調料，將蓋蓋好，放在小火上「㸆」至七成「㸆」時，另用炒鍋放油，炒豆瓣，炒至豆瓣現紅油時，在鍋內摻湯燒開，稍煮即瀝去豆瓣渣不用，只將豆瓣汁水倒入煮牛肉的鋁鍋內。

鋁鍋內牛肉「㸆」至快「㸆」時，放入苤藍，同燒，一直燒到牛肉「㸆」爛即成（第 107～108 頁）

燒鴨血

做法：炒鍋置火中，下菜油燒至六成熱時，下豆瓣、薑、蒜米及蔥花（只用一半）入鍋「煵」炒。「煵」出香味，油現紅色時摻湯，加醬油、鹽，最後下鴨血，約燒五分鐘，下水豆粉，將汁收濃亮油，下味精、蔥花合勻，起鍋入碗。吃時菜麵上撒花椒麵即可。（第 159～160 頁）

以上三種菜餚的烹調製作，既沒有先將主要原料油炸後再煮，也沒有待主要原料煮熟後再油炸。可見，這裡的「燒」，是《現代漢語詞典》、《漢語大辭典》「燒」字條未載的一種烹調方法。

或許有人會問：「燒」的這種含義恐怕是方言詞義吧？不錯，「用鹽和其他一些作料來煮熟食物」確是「燒」這個詞在西南方言中特有的意義。鑒於運用西南方言的人口有數億之眾，且西南方言又屬北方話系統，詞典或「詞源庫」在「燒」字條下宜收錄此義並注明是方言詞義為妥。

西南方言的「燒」，作為烹調方法，雖指「用鹽和其他一些作料來煮熟食物」，但它的中心意義實際上就是「煮」，只不過有特定條件，與一般不加作料的「煮」不同。這與寧波方言的「烤」義有近似之處。朱彰年等編著的《阿拉寧波話》（華東師範大學出版社 1991 年 8 月上海版）第 138 頁云：

烤：煮；燒：～毛豆｜芋芳～～其｜飯～了一大鑊｜河鯽魚～蔥｜俗
語:運道來了推弗開，～熟毛蟹爬進來。

筆者不懂寧波話，據該書引例，「烤毛豆」似應理解為「煮毛豆」，「河鯽魚烤蔥」猶「河鯽魚燒蔥」，這個「燒」，顯然不是「先用油炸河鯽魚，然後再煮熟」，似應理解為「河鯽魚煮蔥」，是否加鹽和其他作料則不得而知，須請教寧波籍的朋友。

姚德懷先生認為「烤麩」之「烤」也就是「先用油炸再煮」的意思，似有可商。閔家驥等編著的《簡明吳方言詞典》（上海辭書出版社 1986 年 5 月版）第 249 頁云：

烤麩，名詞。一種用麵筋蒸熟製成的豆製品。

《阿拉寧波話》第 57 頁云：

烤麩　油燜麩：四鮮麩。

按前者的解釋，「烤麩」之「烤」有「蒸」的意思。據後者的解釋，「烤麩」之「烤」有「燜」的意思。兩種解釋雖不一致，似乎都沒有「先用油炸再煮」的意思。「燜」是什麼意思呢？《現代漢語詞典》第 777 頁「燜」字條說：

緊蓋鍋蓋，用微火把食物煮熟或燉熟：～飯｜油～筍｜～一鍋肉。

看來，「燜」的中心意義也就是「煮」或「燉」。姚先生所舉「烤」字單獨用的例子：「放在小火上燜烤一小時左右，將烤麩烤透，湯汁收濃，即可出鍋。」句中「烤」與「燜」同義並舉，可證「將烤麩烤透」之「烤」義為「燜」，而「燜」與「煮」義近。為此，筆者特地詢問了敝校中文系 93 級上海籍學生衛燕。據衛燕講，上海人通常都是將烤麩煮食，未將其先油炸再煮熟。倘衛說可信，則「烤」與「燒」在不同的方言中都有「煮」義。以上看法當否，祈方家指教。

原載香港中國語文學會《詞庫建設通訊》，1995 年 4 月總第 6 期。

詞義教學的書面形式誘導法

　　語文教學中，詞彙教學是一個難點。難在一是要求掌握的常用詞數量多，二是詞的義項多不容易記憶。筆者通過多年的課堂講授，總結出詞義教學的書面形式誘導方法。所謂書面形式，是指漢字的古代形體和漢字在書面文句中的排列方式。漢字是由基本筆劃或基本單元構成的，而文句又由漢字按一定規則排列而成。這些基本的書面形式都含有一定的信息，這些信息或多或少與詞的意義有所聯繫，抓住漢字構成單元與單音詞義的信息聯繫，就可以從字形上或句式上提示單音詞的意義。教學效果表明，這種以書面形式標誌為誘導的教學方法，便於聯想詞本義並由詞本義出發聯繫其他引申義。這就大大提高了常用詞記憶的效率，為課文的講解鋪平了道路。本文僅限於討論古代漢語詞義教學的書面形式誘導法，主要包括以下四個方面的內容。

一、原始字形誘導

　　常用的單音詞有獨體字與合體字兩種書面形式。有的單音詞雖然字形結構並不複雜，但在古代文獻裏的常用義與現代漢語差別很大。這就可以借助它們的原始字形瞭解其本義，根據本義再清理引申義就比較容易了。如《左傳·僖公三十三年》「狄人歸其元」裏的「元」字，就是「腦袋」的意思，但「元」在現代漢語裏沒有「腦袋」的含義。為了讓學生記牢「元」的這一意義，寫出它的金文字形，像人的側面形而頭部渾圓突出，這樣「元」的「腦袋」義給學生

留下深刻印象。又如古漢語的「戶」，相當於現代漢語的「門」，可是有的學生誤會為「窗」，大概是受現代漢語雙音詞「窗戶」誤導。寫出「戶」的甲骨文字形，正像半扇門的形狀，以「半門」指「門」是以部分代整體，這樣學生再也不會把「窗」與「戶」混為一談了。

　　有的獨體字的本義學術界存在不同看法，這就需要利用考古研究成果作出實事求是的說明。例如，《史記‧魯周公世家》「馬牛其風，臣妾逋逃」這句話裏的「臣」指男奴隸，與「妾」指女奴隸相對應。但「臣」為什麼有這一意義呢？郭錫良等先生編的《古代漢語》教材第 94 頁採用郭沫若的說法，因為「臣」像豎目。人首俯則目豎，所以臣像屈服之形。但是據甲骨文，「目」的獨體字一律橫寫，早期「臣」字則全都豎寫，「目」與「臣」界限分明，絕不相混。甲骨文「臣」像一人手足對縛，中部圈狀物象繞繩之形。有的圈中加一短劃，特別指明束縛部位，侯馬盟書的「臣」更為形象，側面的人形頭部為圓點突出，膝部彎曲，像被束縛的人形明白無疑。但晚期有的「臣」橫寫，致使「目」與「臣」相混，故《說文》裏有些從「臣」的字實際上是從「目」，如「望」（朢）、「監」和「臨」裏的「臣」就是「目」。由於「臣」的本義從字形上看是一個被捆綁起來的人，這就是「臣」有「男奴隸」意義的原因。「臣」的上部加「宀」為「宦」，「宦」也有「男奴隸」的意義。由於「臣」的字形象人被捆綁，所以「臣」又有「牽」、「繫」之義。《說文》認為臥「取其伏也」，人伏臥身體必彎曲，可見「臥」的意義與「臣」的意義有一定聯繫。這樣，不僅可以幫助學生記憶「臣」的本義和引申義，還使學生對同一楷書字形可能具有不同歷史來源有了進一步的認識。

　　借助甲骨文字形能夠形象準確地說明相當一部分合體字的意義來源。《詩‧周南‧卷耳》「陟彼高岡」，這個「陟」為什麼有「登」義呢？甲骨文字形從「阜」從兩「止」，「阜」像土坡上鑿坎，「止」即「腳」，會兩腳沿坎上行之意，所以有「登上」的意義。而甲骨文字形「降」也從「阜」從兩「止」，不過兩「止」不朝上而朝下，會兩腳沿坎下行之意。「陟」與「降」在古代漢語裏是一對反義詞，這樣兩相比較，「陟」的「登」義就記得更牢了。《詩‧大雅‧蕩》「殷鑒不遠，在夏后之世」，東漢學者鄭玄釋「鑒」為「明鏡」，「鑒」為什麼有「鏡子」這一意義呢？「鑒」的甲骨文字形象一人探目視皿，上古沒有銅鏡，就用盆盛水當鏡子用，所以「鑒」有「鏡」義；因為人目朝下，所以「鑒」又有「臨下」

義；目朝下是便於察看水中面影，所以「鑒」又有「照看」、「察看」等意義。從甲骨文字形提供的線索，可以瞭解到「鑒」的各個意義的歷史來源，這對於掌握單音詞的多個意義有明顯的引導作用。

二、形聲字意符誘導

甲骨文裏形聲字數量不多，但秦漢以來形聲字數量激增，在漢字裏佔的比重很大。形聲字的意符標示該字最初的意義範疇，利用意符的形式特徵引導學生分類掌握常用詞，與孤立死記詞義效果不一樣。例如「頁」，從「首」從「人」，本義就是「人頭」，所以，甲骨文為一個蹲伏的人形，特別突出頭部形狀。這樣，凡是以「頁」為意符的形聲字，它們的本義都跟「頭」有關係。《楚辭·招魂》「彫題黑齒」的「題」就是「額」，額是頭的一個部位，所以「題」字以「頁」為意符。《詩·秦風·車鄰》「有馬白顛」，「顛」就是「頭頂」，頭頂也是頭的一個部位，所以「顛」以「頁」為意符。《莊子·秋水》「莊子持竿而不顧」，「不顧」並非「不理睬」，而是「不回頭看」。「回頭看」是與頭有關的行為，所以「顧」字從「頁」。這樣從意符表示的意義範疇著眼，可以有聯繫地記憶一組同意符的常用詞。

有的意符在古代意義很接近，所以可以通用。如「足」、「止」、「走」、「辵」、「彳」這五個意符，它們的本義就有較密切的聯繫。甲骨文「足」像包括小腿在內的人腳形狀，甲骨文「止」則像腳底的形狀，「走」的金文字形上部像人揮動雙臂，下部加「止」表示用腳奔跑。甲骨文「辵」從「行」從「止」，表示用腳在路上行走。「行」的甲骨文像兩條道路相交，去掉右半部剩下左半部仍然表示道路。所以，凡是以它們為意符的漢字，其本義必定與行走有關。這樣，現代漢語裏有些字的本義雖已不用了，但一看意符就可以聯想到它的本義。如「趨」，現代指「趣味」、「興趣」，本義卻是「快跑」。「徒」，現在用為「徒弟」，似乎跟「步行」無關，可是它從辵土聲，一看意符就知道本義與「步行」有關；「徐」，現代多用為姓，看它從彳，本義必與行走有關，《說文·彳部》：「徐，安行也。從彳余聲。」古代文獻裏有時出現一些異體字，如「迹」寫作「跡」，「後」寫作「逡」等，都是由於意符表示的意義範疇重疊而相通的緣故。

三、形聲字聲符誘導

形聲字有的聲符兼有表意功能，宋代王聖美指出：「戔」作為聲符兼有「小」義，如水之小者曰「淺」，金之小者曰「錢」，歹而小者曰「殘」，貝之小者曰「賤」。但利用聲符誘導學生掌握詞義必須格外小心，因為具體到某個聲符與意義究竟有無聯繫，有怎樣的聯繫，是一個十分複雜的問題。沈兼士先生著《右文說在訓詁學上之沿革及其推闡》一文，全面總結了前人研究聲符表意的成果，並指出了利用聲符求索意義產生的偏頗。所以在古代漢語詞義教學中必須嚴格掌握分寸，以學術界公認的研究成果誘導學生利用聲符分類掌握詞義。

形聲字聲符有三大類。一類是純粹表音的，沒有標示意義的功能。如淇、琪、棋、祺、基、騏的聲符「其」，蛾、峨、娥、俄、餓、鵝的聲符「我」，都是標示讀音類型的符號，不能隨意說它們有什麼意義。

另一類聲符不僅標示讀音類型，還有標示意義範疇的作用。如：甲骨文「並」像二人立的形狀，本義為二人相合。以「並」為聲符的併、餅、骿、胼、駢、姘都有「相合」義。甲骨文「共」像兩手供奉之形，以「共」為聲符的供、拱、栱、恭都有「供奉」義。這是聲符標示的意義範疇與本義直接有關的例子。有的聲符標示的意義範疇與本義無直接關係，但有引申聯繫。如「亢」，《說文》解釋為「人頸也，从大省，象頸脈形」。由於頸項在人體上部而引申出「高」義，故以「亢」為聲符的阬、坑、犺都有「高」義。又如「皮」，《說文》釋為「剝取獸革者謂之皮」，由「剝取」引申出「分析」義，以「皮」為聲符的詖、破、簸都有此義；由「分析」引申出「傾斜」義，以「皮」為聲符的坡、陂、波、披、跛、頗都有此義；由獸革引申出「加」、「被」義，以皮為聲符的鞁、貱、帔、被都有此義。

第三類聲符在一些形聲字裏標示一定的意義範疇，在另一些形聲字裏則純粹表音。如鰕、騢、瑕裏的聲符「叚」都有「紅」義，而葭、暇、假等字的聲符「叚」只標示讀音類型，沒有「紅」義。

四、文句形式誘導

瞭解文句的形式特徵，就可以根據文句形式推斷某些詞語的意義範疇，這對於學生掌握古代漢語的詞義體系有直接幫助。具備明顯形式特徵的文句常見

的有兩大類。

一是連文。兩個單音詞義近而連文。如：

1.《左傳‧僖公四年》：「五侯九伯，女實征之，以夾輔周室。」

2.《左傳‧僖公五年》：「親以寵偪，猶尚害之，況以國乎？」

第 1 例的「夾」，古字形是人的正面形象，左右各有一人，會左右相持之意，故有「支持」、「幫助」義。「輔」是附於車輻的直木，起加固作用，因而也有「支持」、「幫助」義。根據二字近義連文的形式特徵，只要知道其中一個單音詞的意義，就可以類推另一個單音詞的意義。這樣，就可以毫不費力地確定第 2 例的「猶尚」相當於現代漢語的「還」。有時兩個雙音詞也可能因義近而連文。如《莊子‧逍遙遊》：「摶扶搖羊角而上者九萬里。」鄒陽《獄中上梁王書》：「蟠木根柢，輪囷離奇。」「扶搖」、「羊角」皆義為「旋風」；「輪囷」、「離奇」都是形容盤繞屈折的樣子。知其一可推知其二。

三個單音詞義近而連文。如：

1.《尚書‧周書‧牧誓》：「王朝至於商郊牧野乃誓。」

2.《楚辭‧離騷》：「覽相觀於四極兮，周流乎天余乃下。」

第 1 例據《爾雅‧釋地》的解釋：「邑外謂之郊，郊外謂之牧，牧外謂之野。」可見「郊」、「牧」、「野」都指的是城邑之外的地區，只是與城邑距離遠近有別而已。第 2 例，《說文》解釋說：「覽，觀也，」「觀，諦視也，」「諦，審也，」「覽」與「觀」都是「仔細看」的意思。相，《說文》解釋為「省視也」，可見這三個單音詞義近。實際上，如果瞭解文句特徵，三詞之中已知任一詞義，就可以推知其他兩個詞的意義。

四個單音詞義近而連文。如：

1.《楚辭‧九章‧抽思》：「好誇佳麗兮，胖獨處此異域。」

2. 司馬遷《報任安書》：「見主上慘愴怛悼，誠欲效其款款之愚。」

按一般學生水平，「好誇佳麗」四詞中除「誇」義不甚瞭解外，其餘三詞是能理解的，這就可推知「誇」在此句中的意義範疇。「慘」、「愴」的意義可能理解，「怛」、「悼」就不一定知道，這也可根據文句的形式特徵推斷「怛」、「悼」與「慘」、「愴」義近。

二是對文。在語法結構相似的文句中，處於相對應地位的詞，它們的意義相近、相同或者相對、相反。意義相近或相同的例子如：

1. 《史記‧淮陰侯列傳》:「假令韓信學道謙讓,不伐已功,不矜其能,則庶幾哉!」

2. 鮑照《蕪城賦》:「孤蓬自振,驚沙坐飛。」

如果知道「矜」是「誇耀」的意思,就不會誤「伐」為「攻擊」。知道了「自」是「自然」的意思,就可以推斷「坐」與「自」近義。這樣,唐人李善的注釋說「無故而飛曰坐」,張相《詩詞曲語辭彙釋》卷四說「無故而飛,猶云自然飛也」,就能夠理解了。意義相對或相反的如:

1. 《尚書‧虞書‧大禹謨》:「滿招損,謙受益。」

2. 杜荀鶴《途中春》:「牧童向日眠春草,漁父隈岩避晚風。」

第 1 例,「損」義為「減少」,則可推知「益」義為「增加」,不會誤為「利益」、「好處」。第 2 例,據蔣禮鴻先生《敦煌變文字義通釋》新版第 282 頁,「隈」義為「背」,與「向」義正相反。在文獻閱讀中,義相對或相反的對文較少,義相近或相同的對文較多,有時以排比的形式出現。如枚乘《上書諫吳王》:「今欲極天命之上壽,弊無窮之極樂,究萬乘之勢,不出反掌之易……」,句中「極」、「究」都有「盡」義,「弊」與「極」、「究」排比為文,故也有「盡」義。

運用字形與文句形式特徵進行誘導,大部分常用詞義能夠在教學過程中加深理解,掌握起來就比孤立死背容易多了。某些非常用的詞義由於有形式標誌提示,學生也能大致理解,這就明顯提高了古代漢語詞義教學的質量。

原載南京師範大學《文教資料》,1996 年第 1 期。

古代文化詞同義辨析的新創獲──
評黃金貴著《古代文化詞義集類辨考》

　　十餘年來，文化語言學這塊園地經過不少學者的辛勤耕耘，在理論上已初具規模，在實踐上也不乏成果。但是，毋庸諱言，這門新興學科在理論和實踐兩方面都還處於比較幼稚的階段，亟待提高和加強。特別是在當前理論研究停留於皮相之談，實踐研究未有突破性進展的情況下，文化語言學尤其應當腳踏實地解決漢語研究中的某些關鍵問題，以取得經驗，總結規律，把研究工作向前推進一步。最近由上海教育出版社隆重推出的杭州大學博士生導師黃金貴教授用十年時間撰寫的力作《古代文化詞義集類辨考》一書，[註1] 以突破性的豐碩成果和精湛的理論見解，對學術界關心的若干重要問題作出了回答。

　　首先是研究對象問題。文化語言學必須借鑒文化學的成果來研究語言，但並非一切語言成分都具有同等重要的文化意義，這就有必要確定文化語言學的研究對象。該書認為：「在語義訓詁領域，文化語言學必須以文化詞語為研究對象，它的發展與文化詞語訓釋的成績互為因果。」[註2] 什麼是文化詞語？就是負載有文化意義的詞語。這樣看來，相對的另一部分就是沒有特定文化意義的通義詞語。漢語詞彙分為文化詞語和通義詞語兩大類，這是作者從文化學

〔註 1〕全書 1594 頁，圖版 8 頁，116 萬餘字，由上海教育出版社 1995 年 5 月出版。
〔註 2〕見該書《自序》。

角度提出的新的分類法。根據研究對象的不同特徵或不同的研究角度，有不同的分類法。傳統對於詞彙的二分法，一是根據詞語的穩定性、全民性等等特徵分為基本詞彙和一般詞彙；再是根據詞彙意義的有無和語法特徵分為實詞和虛詞。現在作者把漢語詞彙分為新的兩大類，是根據詞語意義性質的文化歸屬劃分範疇，這就跳出了純語言學的框架，從文化學的宏觀角度對漢語詞彙作出了全新的科學分類。這種分類法不僅在實質上繼承了《爾雅》分漢語詞彙為通行詞和專科詞兩大類（當然不能等量齊觀）的傳統，而且鮮明地突出了語言反映文化特徵的重點所在。漢語反映文化最薄弱的方面是語音，關係最密切的是詞彙，詞彙之中的文化詞語作為文化語言學研究的主要對象自然是題中之義。這是該書在詞語類型研究方面作出的創造性貢獻。這種新的二分法既防止了誇大語言反映文化的絕對化傾向，也打破了長期囿於純語言研究的封閉格局，為文化語言學的深入發展，開闢了一條康莊大道。作者進一步提出，文化詞語有古今之別，文化成分積澱最為豐富之所在，是古代文化詞語。因此，從理論和實踐兩方面切實加強古代文化詞語的研究工作，就等於抓住了漢語文化詞語的根，從而有助於從整體上把握文化詞語。作者還指出，古代文化詞語具有名物性、系統性、民族性三個特徵，又可以分為體物與抽象詞語，純文化和交叉詞語等類型。統計數字表明，文化詞語在漢語整個詞彙中佔有至為重要的地位，因此，它們應當是語義訓詁的主要對象，也是文化語言學在詞彙語義領域的唯一對象。這些卓越的見解為豐富和發展文化語言學的理論體系提供了寶貴的借鑒。

作者認為，古代文化詞語作為文化語言學的主要研究對象，現狀不容樂觀。語言學界對古代詞語的訓釋，由於缺乏明確的理論指導，文化義失訓的缺陷是明顯的，如「主」的「主祭」義，「方」的「國家」義，大型詞典缺載。有部權威性的《古代漢語》教材，收常用詞 1086 個，詞義 2500 條，而其中文化義不及十分之一。〔註3〕至於文化義與通用義互誤，渾訓而未揭示文化特點，沿用舊注食古不化，脫離文化詞義的歷時變異等各個方面的失誤，都是因為囿於純語言研究而缺乏文化史觀念所造成的弊端。更值得警惕的是，有的學者竟然以不訓或少訓文化詞語的迴避辦法來從事研究，這樣勢必削弱學者的科學責

〔註3〕見該書 1468 頁。

任感，降低研究水準，帶來不良的社會效果。近十年來，我國文化史領域的研究工作已達到空前的繁榮，大量的出土文物和文獻資料為文化史的深入研究提供了實證材料。自 80 年代以來，農史、醫史和民族史的研究成果尤為突出，為文化詞語訓釋工作的開展準備了條件。文化詞語訓釋的成果，反過來又推動了文化史各個部門研究工作的深化。為此，作者強調必須克服語言學家囿於專業不敢越雷池一步，不關心語言學以外其他專業研究情況的不良傾向。否則，語言學界就不能積極利用多門學科的研究成果來加強文化語詞的訓釋。有的學者甚至認為傳統訓詁從毛傳到清儒注疏，從鄭玄到段、王，訓詁成果已達頂峰，今人難以望其項背，目前的任務僅僅是繼承和總結前人的方法和經驗而已。這一具有普遍性的傾向是學科發展的嚴重障礙。事實是，傳統訓詁重書面語，輕口語俗詞以及對文化語詞語焉不詳的重大缺陷，表明古代學者無論是思維角度和研究方法都遠未達到當代科學的發展水平。當代學者對文化詞語的研究，必須更新思維角度，採用科學手段，才能取得超邁前人的突破性進展。由於該書作者獨具打通各門學科的戰略眼光，遂使訓詁這門古老學科如何繼承與發展的老大難問題迎刃而解。這就為大幅度破釋文化語詞開拓了廣闊的天地，為新型的現代訓詁學的建立奠定了基礎。

其次是研究方法。方法問題是文化詞語訓釋能否取得超越前人成果的關鍵。傳統訓詁學的研究手段帶有較大的經驗性和零散性，長期缺乏理論上的系統總結與提高。陸宗達、王寧兩先生的《訓詁方法論》是總結訓詁方法的代表作，但也僅停留於對歷史經驗的歸納。該書在方法論上提出了六個方面的問題，這就是：一、堅持語言環境與文化環境的統一；二、掌握名與物的對應規律；三、進行同義、類義的系統辨考；四、運用多種求義法；五、審鑒傳統訓詁的是非得失；六、廣求文獻證、文化史證、考古文物證、今語證、方言證等相合證。這六個方面的問題既包含了對傳統研究方法的科學總結，又體現了作者嶄新的學術觀和方法論。作者認為：「文化詞語，無論什麼狀態，都是詞語的個體環境與所屬的某一文化環境的統一體。堅持這種統一觀，是訓釋文化詞語的總原則。」〔註4〕這一深刻見解的提出，意味著傳統封閉狀態下詞語研究混沌階段的結束，同時標誌著在語言與文化環境交相融合下全面考察詞語的新

〔註 4〕見該書 1486 頁。

時期的來臨。在這種學術觀指導下，歷史上正確的研究方法得到提高和推廣，不足的部分不難加以充實和補苴，遺留的疑難問題能夠找到解決的鑰匙。這無疑從根本上改變了自清儒以來詞義研究徘徊不前的被動局面，為文化詞語的深入研究畫出了前進的路標。這種新的學術觀的提出，標誌著文化語言學的發展已步入了一個新階段。與新學術觀相適應的是「系統辨考」的新方法，這種新方法縱向基於詞語本義引申義網絡，橫向基於同義、類義詞群，縱橫兩種系統交叉的座標點，就是要求的義解。對文化詞語的訓釋，還需要考慮文化因素對詞義的影響，這就必須借鑒文化史的研究成果以及地下出土的文物實證材料。「系統辨考」繼承了傳統同義詞辨析的成功經驗，並把它上升為訓詁方法，在詞義訓釋的實踐中獲得了豐碩成果。事實證明這一方法是成功的，是現代訓詁學在新學術觀指導下的創新發展。

此書最豐富最具說服力的成果是詞義訓釋部分的精彩考證。這部分辨釋1306個詞，構成262個同義詞組，每組成為一篇辨考文章。若干意義相關的篇章匯成一個物類，全書共有八大類。故每組既自成系統，又是某個文化類系統的有機部分。這是作者遵循文化語言學原則運用系統辨考方法的成功實踐。全書考正詞義400餘條，每辨考一義，無證不言，言必有據。文獻之不足，或取證於文化史研究成果，或求勘於地下出土文物，或文獻、文化史、考古發現互為印證。所辨考語義，證據確鑿，不能不令人折服。例如「豚」，古今皆釋為「小豬」。但這種解釋明顯與《孟子》、《墨子》等先秦文獻的某些用例不合。考諸畜牧史，始知閹豬技術殷商已見。專供肉食的豬，生下一二月便閹。再考察「豚」與「腞」的詞義分化關係，完全可以確詁「豚」即「閹豬」而非「小豬」。又如《爾雅‧釋宮》稱「觀謂之闕」，古今皆以為「觀」、「闕」同物而異名。然出土漢代畫像磚表明：「觀」是上古朝廷門前建於高臺的小型獨立建築物，可登觀或懸布文告；「闕」是漢代建於高臺上的小型獨立建築物，設置地點和功能都與「觀」有別，兩者決非同物。他如「胡麻」之「胡」非指西域，乃取喻於戈戟；「面縛」並非「背縛」，乃為「首縛」即是「縛頸」等精彩論證，全書可謂俯拾皆是，充分顯示了作者的深厚學養以及運用新方法辨考詞義遊刃有餘的強大生命力。

總之，此書在理論上為文化語言學的進一步發展指明了方向，在實踐上以

大量創獲作出了成功的表率。它不但繼承和總結了傳統訓詁學的成功經驗和研究方法，而且進一步開拓了現代訓詁學的新天地。正如作者在《自序》中所言：「它將使語言研究中實現語言與文化相結合，語言內部規律與外部規律相結合，語言與多學科交叉，為文化史和社會科學諸學科研究服務，不再是紙上的宣言，渺茫的展望，而是活生生的現實。」因此，可以毫不誇大地說，《古代文化詞義集類辨考》一書的問世，開始了現代訓詁學的新時代，文化語言學由童年已經進入了成長時期。

原載河北師範學院《高校社科信息》，1996 年第 1 期，原標題：文化語言學研究的新收穫。

漢字功能的文化底蘊
——評蘇新春《漢字語言功能論》

　　三千年來盛行不衰的漢字，在本世紀初西學東漸的背景下，有的學者對它能否繼續作為中國人的書面交際工具發生了懷疑。從國語羅馬字運動直到今天的漢語拼音化運動，就幫助中國人學習漢字而言，確實起了一定作用，但如果認為可以用拼音方案或拼音文字代替漢字，恐怕就值得慎重考慮了。世界上任何文字，無論音素文字、音節文字還是語素文字，都不可避免地存在不足之處，如果一套文字體系十全十美，毫無缺點，那它也就不可能再發展了。事實上，社會在發展，語言在變化，作為負載語言信息的符號體系，文字總是滯後的，它必須隨著語言的軌跡而不斷調整變化，以適應傳播語言信息的社會需要。因為漢字有所謂「難記、難寫、難認」的缺點而主張以拼音文字取代漢字，就如同因為拼音文字用相同音節表示若干不同的詞義而放棄拼音文字一樣不科學。很明顯，僅僅侷限於文字本身來討論文字，不可能得到正確的答案。

　　蘇新春先生的近著《漢字語言功能論》與一般研究漢字的著作不同之處在於：作者以敏銳的學術眼光和深刻的洞察力，把漢字直接與漢語聯繫起來評價漢字的得失，這就一下子抓住了問題的根蒂。討論漢字而不考慮漢語的特點，必然陷於主觀臆斷。正確估量漢字的歷史價值以及在當前社會主義現代化建設

中的地位和作用，是我國語言文字工作者義不容辭的責任。蘇先生的著作對漢字的性質、特點、功能和前景進行了系統的探討，新見迭出，振聾發聵，令人有耳目一新之感。這部著作不僅抓住了漢字的根蒂——漢語，而且進一步開掘了孕育和滋沃漢語和漢字成長的宏富背景——民族文化。這樣，不難看出蘇著的優點集中體現在以下三個方面。

一、漢字性質的癥結——語義

80 年代以來，對漢字性質的探討成為眾所矚目的學術論題。有的學者按照傳統「六書」在漢字中所佔的比例來論定漢字的性質；有的學者以古文字為對象討論漢字性質；有的從發生學角度出發，有的從類型學著眼。沸沸揚揚，歧見紛出，見仁見智，難分高下。面對這樣複雜紛紜的學術爭論，蘇著首先對不同代表性的學術觀點進行了恰如其分的評價。如認為表音文字說不符合漢字的現實情況；認為意音文字說屬穩妥之見等等，持論公允，實事求是，體現了作者的學者風範。其次，蘇著指出對漢字性質的考察不能籠而統之，不分層次。認識漢字的性質，「首先必須把漢字本身表達語言的手段，和所表達的是什麼樣的語言對象這樣二者分別區分開來。應該說這點認識是在討論中最大的收穫之一」（89 頁）。其實，啟示還不止此，蘇著更重要的貢獻在於：「本書所談的任何文字問題，如果脫離了漢語，脫離了漢語詞義，都將落空。這也是我對漢字問題研究的一個基本觀點。」「研究漢字這個符號系統，也必須聯繫字義，才能真正對漢字的本質有所瞭解。」（164 頁）蘇先生的這段話雖然沒有提到當代信息論，實際上已經是從信息論的科學觀點來觀照漢字體系，這是難能可貴的。眾所周知，語言是為了傳播社會信息而產生發展的，文字體系則是語言發展到一定階段的產物。有了文字，人們的手臂伸得更長，能夠貫穿古今，打通南北東西。為什麼呢？因為文字傳送的信息衝破了時空侷限。文字傳送的信息內容是什麼呢？語義！這就是漢字性質的癥結所在。討論漢字的性質而置語義於不顧，必然是緣木求魚。蘇先生的灼見為漢字性質的深入探討指出了一條光明之路。

二、漢字功能的歸結——辨義

語言是耳治的符號系統，這就決定了語音的載義功能；文字是目治的符號

系統，這也就決定了字形的載義功能。拼音文字靠字母的組合來提示語義，漢字的表現形式與拼音文字不同，因此漢字具有多方面的功能。粗淺地說，第一是載義，看到特定漢字就可以與特定語義相聯繫。這一點不僅漢字如此，任何文字符號都有這一功能。第二是辨義，這是漢字所特有的功能。zhāng 這個音節，用拼音字母寫出來，誰也沒辦法辨別它表示的是「章」、「漳」、「樟」、「璋」、「彰」，還是「張」。口頭交際時，人們不得不用「立早章」、「弓長張」來區別不同的姓氏。但書面上用漢字交際就不存在這個麻煩。第三是標音功能，相當一部分形聲字的聲符具有提示音類的作用。第四是審美，這是漢字字形本身負載的美學信息所具有的功能。拼音文字為了美觀也有花體、變體的寫法，但它與漢字形體的書法美學價值相比，功能的差距是明顯的。

從社會交際的角度看，漢字作為書面符號系統，其最重要的功能是辨義。聲符提示音類並不是目的，因為語音說到底也是同語義聯繫在一起的，區別音類的實質仍然是辨義。漢字書法雖然以審美為目的，但形式審美也很難完全迴避語義，況且審美基本上是個人的精神意識活動，不是嚴格意義上的社會交際過程。因此審美功能不是漢字的主要功能。

作者正是基於對漢字功能的這一深刻認識，指出「用拼音文字記錄漢語，就意味著要拋棄能夠有效地從字形上來區分同音詞的漢字，這樣做顯然是揚短棄長了。」不僅如此，作者還提醒大家，如果利用複合詞的組合來避免同音帶來的麻煩，那就等於犧牲了閱讀詞句的速度，拉長了語句的幾何長度。韓國把文字改革作為一種政治行為加以推廣，其直接後果就是大大增加了諺文的同音異義詞，使文字本身的辨義功能大打折扣。這作為一種歷史經驗，也是值得漢字學者深長思之的。

三、漢字前途的歸繫──民族文化

漢字的辨義功能標示著字形與意義的直接聯繫，越是保持原初狀態的字形，這一點就越表現得突出。實際上，現行的漢字體系已經是非常成熟，高度抽象的符號系統，僅僅憑藉字形就能說出它的本義的漢字，在整個漢字體系中，實在微乎其微。東漢許慎提出的「六書」，象形字舉「日」、「月」為例，中國人一看就能接受，認為這兩個字形很像客觀事物。但在對外漢語教學中，外國留學生並不認為它們跟太陽和月亮有什麼相似之處。客觀地說，「日」、

「月」就字形看，確實與太陽、月亮的形象並不相似，為什麼中國人能很快心領神會而外國人卻記起來比較費事呢？對此，作者認為：漢字「在字形顯義上保留了漢字體系原有的、漢民族對此久已習慣了的一種內在聯繫規律，即形與義之間的一種類化能力。長期以來，這種形與義之間天然聯繫的這種類化力已經早已不再停留在文字符號上，而是與民族文化的觀念、思維、美感凝聚在一起」（117頁），這就一針見血地點出了漢字與民族文化的血肉聯繫。如果單純把漢字作為文字問題看待，就容易脫離歷史，脫離現實；如果深入體察漢字作為民族文化的不可分割的一部分，就會採取科學態度去認真研究，審慎從事。事實上，漢字的辨義功能並非僅僅憑字形就能完全實現，它還需要運用它的人具備審視它的修養和適合其表現形式的思維方式。一個不瞭解中華民族傳統文化的人孤立地記憶漢字顯然不是一件愉快的事。漢字辨義功能是歷史形成的，它所標示的語義有特定的民族文化內涵。掌握一個民族的文字，必須熟悉這個民族的文化；改造一個民族的文字，也不能不考慮民族文化能夠容忍的極限。漢字前途的歸繫，最終不可能由文字學家，更不可能由行政命令來決定。民族文化的興衰，影響著漢字發展的榮枯。「漢字由於獨特的表意方式，它與一個社會、一個民族之所以能構成的基本因素之間發生了默契的對應關係，它在古今曠遠、南北迥異的中國國度明顯起到了在一般的文字社會中難以看到的、附加在文字身上的超文字功能」（68頁），這的確是作者對漢字語言功能的精闢之論。

原載《漢字文化》，1996年第1期。

同義詞研究的新視角
——評馮蒸《說文同義詞研究》

　　語詞同義是一切語言共有的現象，中國古代學者很早就注意到漢語中的同義詞問題，中國最早的詞典《爾雅》就是按語詞的同義關係分組編排的。東漢學者許慎編撰的《說文解字》，收羅的同義詞比《爾雅》更為豐富，編排、解說的體例也更為科學，更為系統。清代學者對同義詞的考釋和辨析成果豐碩，其中以段玉裁的《說文解字注》和王念孫的《廣雅疏證》尤為突出。當代學者對同義詞的研究雖不乏其人，但在古代漢語同義詞體系的研究方面涉足者並不多，對重要訓詁專書的同義詞進行全面系統研究的學者就更少了。究其原因，一是同義詞的微觀研究清儒已做了不少工作，要作更進一步的研究難度較大；二是傳統研究方法帶有較大的經驗性，長期缺乏理論上的總結和提高，從理論到實踐都還存在不少問題需要探討；三是治學觀點與研究角度需要更新，否則難以提高同義詞研究隊伍的整體水平，從而取得超邁前人的新進展。由於上述方面存在的主客觀原因，相當一部分學者還沒有意識到古漢語同義詞的研究對漢語史，尤其是詞彙史的重要意義，忽略了對同義詞的斷代研究，因而對代表性訓詁專書在詞義研究上的重要價值也就缺乏應有的重視。要把同義詞研究工作向前推進一步，首先必須在研究視角和研究方向上要有全新的觀念，其次在研究手段上也應當力求革新，避免以偏概全。首都師範大學出版社

最近出版的馮蒸先生《說文同義詞研究》一書,以嶄新的視角和謹嚴的科學方法,在古漢語同義詞的系統研究方面作出了表率。該書在理論上提出的新觀點和實踐上作出的成功嘗試,為推動古漢語同義詞研究工作向縱深發展奠定了堅實的基礎。

作者的研究視野涵蓋整個先秦兩漢詞彙,但選取的研究對象只是《說文》和《說文》段注中的同義詞,這表明作者具有敏睿的學術眼光。眾所周知,《說文》「敘篆文合以古籀,博採通人,至於小大,信而有證,稽譔其說,將以理群類,解謬誤,曉學者,達神恉。」〔註1〕其中包含有極為豐富的語言學資料。古今學者研究《說文》的著作可謂汗牛充棟,但尚未有人對《說文》同義詞進行全面系統的研究。《說文》雖成書於東漢,而其中收集的單音詞絕大多數是先秦時期的詞彙。對這一時期詞彙的分析考察,是漢語詞彙史研究中最為艱巨的任務,而且是一個浩大的工程,非一人一時所能完成。馮蒸先生選取同義詞研究作為突破口,是卓有見地的。這是因為:一、對先秦漢語同義詞的深入考察,有助於漢藏語系諸語言之間的比較研究。漢藏語系諸語言裏詞義相同或相近的詞語不一定有同源關係,其中關涉到文化、音韻等等其他複雜的因素,而同義詞研究的成果可以為詞彙比較提供有力的證據。二、先秦詞語是漢語詞彙發展的源頭,對同義詞的深入考察,有助於弄清漢語詞義分合交叉的種種變化,並在此基礎上建立具有科學體系的漢語詞彙發展史。三、先秦漢語同義詞研究的實踐成果,可以總結為若干理論原則,這對建立科學的漢語詞彙理論體系具有重要意義。就先秦詞彙的研究素材而言,既有浩瀚的傳世典籍,又有豐富的出土文獻。僅僅是第一手材料——甲骨文和金文中蘊含的漢語詞彙,就是一個不容忽視的數量。但是,這些早期文字材料中的同義詞並不發達。既然同義詞是公認的衡量語言發展程度的一種標誌,選取《說文》同義詞作為研究對象就理所當然是建立漢語詞彙科學體系必不可缺的第一步,而且也只能以《說文》同義詞為研究對象,才能反映漢語詞彙在先秦兩漢時期所達到的水平。

該書對《說文》和段注同義詞的研究,主要有兩個方面的貢獻。

〔註1〕許慎《說文解字・敘》,中華書局,1963年12月第1版,第316頁。

一、首先是實踐方面

作者以兩年多的時間，翻閱了二百多萬字的資料，做了一萬餘張卡片，經過對大徐本《說文》和段玉裁《說文解字注》的仔細鑑別和統計，共輯錄了下列五種學術資料：一、大徐本《說文》及《說文》段注互訓字表；二、《說文》所引方言和民族語字目統計表；三、《說文》段注「渾言／析言」字目統計表；四、《說文》段注「義同／義近」字目統計表；五、《說文》段注「音義同／音義近」字目統計表。五種字表均有凡例，使用方便，這給希望瞭解《說文》的一般讀者和專門研究《說文》的專家學者都提供了全面系統的可靠資料。這些資料不但對先秦兩漢同義詞的研究具有永久性的參考價值，而且對漢語詞語的斷代研究和整個漢語詞彙史的建設，提供了有益的借鑑。前人對《說文》互訓字雖已做過一些工作，但存在明顯疏漏，經作者精心考究甄別，統計出大徐本《說文》互訓字354組，段玉裁改字為訓的互訓字75組。這一成果是同義詞研究所依據的最典型的材料。從晉代郭璞到近人馬宗霍，歷代不少學者對《說文》裏的方言材料都進行了不同程度的研究，其中以馬宗霍的《說文解字引方言考》較為全面。作者的統計結果與馬氏基本吻合，《說文》方言詞與外族語詞174條，段注增補一條，共175條。其中有160餘個方言詞分屬64個方言區域，沒有標明方域，只注明「俗語」或「方語」的有5條，分別涉及4個外族語的有7條。段玉裁使用「渾言／析言」等十多種術語辨析同義詞的資料共260條；以「義同／義近」等術語表明詞義有聯繫的資料257條；以「音義同／音義近」等術語表明音義有聯繫的詞語共372組。顯然，這些經過系統整理的材料，不僅對《說文》同義詞的深入研究具有永久性參考價值，而且對先秦詞義的演變，斷代詞彙的研究，漢藏語系諸語言的詞彙比較研究，詞源的探索，詞義的系統特徵，先秦兩漢詞彙史，古代漢語詞彙學史等等領域的研究工作，都具有積極的推動作用。

二、其次是理論方面

作者認為：「同義詞之間意義的異同，是一個十分複雜的詞義現象。形成同義詞的客觀基礎也十分複雜。而且同義詞還是在長期發展中歷史形成的語言。構成同義詞的語言本身的因素也十分複雜。」〔註2〕鑑於存在以上困難，學術界

───────────────

〔註2〕馮蒸，《說文同義詞研究》，首都師範大學出版社，1995年12月第1版，第139頁。

長期以來在同義詞的理論研究方面舉步維艱。要推進此項工作，必須對「同義詞」這一術語限定的範疇作出科學的說明，並在此基礎上對漢語同義詞進行科學的分類，否則就會使研究工作因缺乏科學的理論指導而陷入盲目混亂。作者指出，同義詞這一概念包括兩層意思，一是等義詞，二是近義詞。在一個語言或方言系統中，等義詞很少，近義詞則詞義有同有異，義同部分是確定同義詞的依據，義異部分是辨析的重點。同義詞並不是說此詞與彼詞所有的意義都相同，而是指此詞與彼詞的某一意義相同。因此，承認詞的多義性是研究同義詞的一個重要前提。這是現階段對同義詞概念所作出的最新的科學界定。作者在評述了目前較為流行的幾種同義詞類型劃分法之後，明確提出對古漢語同義詞（當然包括《說文》中的同義詞）應當按上古語音條件這一標準，把同義詞分為非同源詞與同源詞兩大類。這種新的二分法不只是因為與《說文》中的有關訓詁方式以及段注用語類型有相當密切的對應關係，更重要的是抓住上古漢語語音這條線索，就等於抓住了漢語詞語的根。詞義與語音本來沒有必然的聯繫，但音義關係約定俗成之後，新詞的孳乳發展就不容迴避語音關係。作者正是準確地把握住上古漢語詞族的這種特殊關係，進行了合乎科學原則的新分類。按照這樣的分類，首先把《說文》及段注中的同義詞分為同源與非同源兩大類，其次，兩大類再各分為同源同義、同源非同義與非同源同義、非同源非同義等小類。同源同義詞包括《說文》的互訓同源詞、方言同源詞、聲訓與通訓同義詞和段注的「渾言／析言」同源詞、「義同／義近」同源詞、「音義同／音義近」同源詞。同源非同義詞包括義相關同源詞和義相反同源詞。非同源同義詞又分為等義詞與近義詞。等義詞即《說文》中方言和非漢語的同義詞，近義詞包括《說文》互訓詞、段注的「渾言／析言」詞及「義同／義近」詞。這樣的分類條理清晰，井然有序，是進行全面系統研究的科學基礎。作者對以上各類經過篩選集中的材料進行了細緻的描寫和考究，這是迄今為止對《說文》同義詞所進行的窮盡性的最合於科學性的處理工作。這一工作為《說文》語詞的深入研究，奠定了永久性的可靠基礎，必將在學術界產生深遠的影響。

該書對《說文》同義詞的形成作了很有啟發意義的理論探索。同義詞存在的根本原因是客觀事物的同異通過人的思維系統形成概念，然後憑藉語音物質形式作為表達概念的符號。具體說來，《說文》有因形制不同、因形體或範圍大小不一、因用途各異、因位置不同、因所指對象不同等等因素而形成的

同義詞。作者還進一步指出，「探索同義詞的形成時，固然首先應看到形成同義詞的客觀基礎和人們表達的需要，但同時也應該從語言本身的發展中考察同義詞的形成。」〔註3〕同義詞自身具有的詞義和語法兩重屬性，是同義詞形成的重要原因。不僅如此，漢民族歷史悠久的文化背景，方語和民族語進入全民語言，以及不同的語源，都是導致同義詞產生的不可忽視的因素。在縝密分析的基礎上，作者提出了非同源同義詞與同源同義詞形成途徑不同的觀點，這一觀點是當前同義詞研究的一個新視角，也是把同義詞按是否同源分為兩大類型的理論依據。作者之所以沒有把這兩類混在一起籠統描述，就是因為認定它們是性質完全不同的同義詞群。前人在同義詞研究方面作的實踐性工作多，理論性工作少；作的微觀性工作多，宏觀性工作少；作的抽樣性工作多，窮盡性工作少。馮蒸先生的《說文同義詞研究》兼顧宏觀和微觀，致力於理論與實踐，從一個嶄新的視角首次對《說文》同義詞進行了窮盡性的描述研究，建構了關於古代漢語同義詞的一套新的系統分類理論，並且以是否同源為標準，提出了兩類同義詞形成途徑不同的新說，這不但直接促進了古代漢語詞語研究和《說文》詞語研究工作的發展，而且為漢語同義詞理論體系的建設作出了貢獻。

原載《漢字文化》，1996 年第 3 期。

〔註 3〕見該書 134 頁。

瀘州話名詞的特殊詞綴

本文討論四川省瀘州話名詞具有方言特色的詞綴。有的詞綴不限於構成名詞，也隨文論及。

1. 些 [ɕi⁴⁴]　表示人或事物的不定數量以及人或事物的程度、狀態。它既獨立成詞，又可充當疑問代詞和名詞後綴。獨立成詞時：

a. 可以後接名詞或名詞性詞組，表示人或事物的不定數量。如：多砍些柴；來嘍些修理工。

b. 後接疑問代詞，表示事物的類型。如：幹些啥子？

c. 前接形容詞，表示人或事物的程度、狀態。如：我好些嘍；把土挖鬆些。

「些」在瀘州話裏同普通話基本一樣，下面只介紹它的不同之處。

「些」可以附加在指人或事物的名詞後面，表示複數的語法意義。但這同英語名詞後附加-s 只單純表複數的語法作用不一樣。「-s」沒有詞彙意義，而「些」具有「整體之中一部分」的實在意義。如「書些」既表示一本以上的書，又表示這些書是許多書中的一部分。而英語的 books 則只表示一本以上的書。

以「些」為後綴的名詞指人的如：人些（人們；一些人）｜大娘些（婦女們；一些婦女）｜娃兒些（小孩兒們；一些小孩兒）｜代表些（代表們；一些代表）。

指動物的如：雞些（雞群；一些雞）｜牛些（牛群；一些牛）｜耗子些（鼠群；一些老鼠）｜螞蟻些（蟻群；一些螞蟻）。

指事物的如：東西些（一些東西）｜菜些（一些菜）｜房子些（一些房子）｜毛毛些（一些毛）。

指抽象概念的如：活路些（一些事情）｜想法些（一些想法）｜條條些（一些條文）｜板眼兒些（一些花樣）。

人稱代詞表複數同普通話一樣用「們」不用「些」。「我們」、「你們」、「他們」不能說為「我些」、「你些」、「他些」，但「我們」後面可以跟「這些」或「這些人」，「你們」後面既可跟「這些人」，也可跟「那些人」，「他們」後面可以跟「那些」或「那些人」，有進一步指示範圍的強調作用。有時還有暗示身份地位等不同情況的作用。如：我們這些人不比你們那些人，你們要小心點。

以「些」為後綴的名詞可以在語句中充當定語、主語，還可以直接作賓語和作介詞的賓語。

作定語：娃兒些的耍法兒不要到處丟（孩子們的玩具不要亂扔）！

作主語：大人些在開會（大人們在開會）。

作賓語：不要打倒娃兒些（不要碰小孩子們）！

作介詞的賓語：把雞些吆出去（把雞群趕出去）！

以「些」為後綴的名詞前邊可以用指示代詞「這些」、「那些」，疑問代詞「啥些」、「哪些」，無定代詞「有些」加以限定，這樣構成的偏正詞組在語句中同樣可以作定語、主語、賓語和介詞賓語。

作定語：啥些鬼兒子些的皮子造癢（哪些小孩的皮膚發癢）？

作主語：有些人些硬是不自覺（某些人挺不自覺）。

作賓語：紮實打那些鬼崽崽些（狠狠揍那些小傢伙）！

作介詞的賓語：把這些雞些都吆出去（把這群雞都趕出去）！

「有些」作為無定代詞通常相當於普通話的「某些」。當它在語句中作謂語時，實際上是「有一些」的省略式，如「桌子上有些書」就是「桌子上有一些書」。在這個語句中，「有」是動詞，「些」是「一些」的簡式。真正的代詞「有些」是不能作謂語的。

從以上例句可以看出，一旦前邊加上表複數的限定代詞，語流中名詞後綴

「些」表複數的語法作用明顯喪失，而由表複數的代詞的語法功能所取代。這些「些」後綴實際上成為句中表示強調的語氣詞。英語的-s 不能脫落為語句成分，因為它既非一個完整的音節，也不能獨立實現其語法功能，而只能附加在名詞後才具有表複數的語法作用，這表明-s 的依附性很強，是一個純粹的語法成分，「些」本身是一個有詞彙意義的實詞素，附在名詞後詞彙意義並未完全消失，它表複數的語法功能受語境的影響較大，表複數的代詞與它配合之後，其複數的語法意義就消失，這表明它的這一語法功能還不是很穩定，「些」也就很難算是一個純粹的語法成分。

由帶「些」後綴的名詞所構成的介詞結構一般只充當謂語的修飾成分，如：盡都把這些耗子些莫得法得（大家都對這些老鼠毫無辦法）。

以「些」為後綴的名詞在它的前面一旦出現表複數的限定代詞，「些」後綴脫落之後並不影響語句的意義表達。如上述語句有時可以說成「紮實打那些鬼崽崽」、「把這些雞都吆出去」、「盡都把這些耗子莫得法得」，可見「些」確是一個不大穩定的構詞成分。

2. 家[tɕia⁴⁴]　盧州話同普通話一樣，都能在動詞或名詞後附加後綴「家」構成新名詞，如「畫家」、「文學家」等等。也能在指女人或小孩的名詞後附加詞尾「家」，如「女兒家」、「娃兒家」等等。此外，盧州話的「家」還能附加在一些名詞之後，構成表示時間的名詞。常用的有：春天家｜熱天家（夏天）｜冷天家（冬天）｜白天家｜黑夜家｜早晨家｜晌午家（中午）｜晴天家｜雨天家｜陰天家｜雪天家。

有後綴的時間名詞與無後綴的普通名詞在作定語、賓語、主語時意義完全一致。如「冷天家的稀飯容易冷（冬天的粥容易涼）」與「冷天的稀飯容易冷」意義毫無二致。但帶「家」後綴的時間名詞作狀語時，則含有「……的時候」的意義，如「黑夜家不要盡熬夜（晚上不要老是熬夜）」。作狀語的時間名詞前邊可以加介詞「在」，如可以說「在黑夜家不要盡熬夜」。作定語、賓語、主語的時間名詞前邊則不能加「在」，如不能說「在冷天家的稀飯容易冷」。

盧州話指女人或小孩的名詞後附加的「家」後綴可以重疊為「家家」，表示「這一類的人」的詞彙意義。常用的有：女兒家家、女娃子家家、姑娘兒家家、娃兒家家，這類詞在語句平面上常與語氣詞「的」連用，既可表示單數，

也可表示複數,如:娃兒家家的不要管大人的事,單獨就這句話來看,句中的「娃兒家家」既可指一個小孩,也可指幾個小孩。如果換成下面兩種說法:A. 娃兒家家的,你不要管大人的事;B. 娃兒家家的,你們不要管大人的事。那麼「娃兒家家」在 A、B 兩句中分別說明「你」和「你們」的身份是「小孩這類人」,在 A 句中語法意義為單數,在 B 句中為複數。

「家」還可以附加在數量詞後面構成多音節形容詞,常用的結構模式是,數詞素為「一」,而量詞素必須重疊,含有「接連不斷,很多的樣子」的意義,表示事物或行為的狀態。如「一筐筐家」,意為「一筐緊接一筐的樣兒」。「家」構成形容詞的這種方式是能產的,無論名量詞還是動量詞,只要重疊後與「一」搭配,後邊就可以附加「家」。如動量詞「趟」,重疊之後前接「一」後附「家」,就是「一趟趟家」,意為「走了一次又一次的樣兒」。這類形容詞太多,下面舉一些代表性例詞:一箱箱家、一籮籮家、一沓沓家、一躲躲家(一隊緊接一隊的樣兒)、一瓶瓶家、一個個家、一串串家、一道道家、一排排家、一回回家。

這類形容詞在語流中往往與結構助詞「的」連用,可以作定語:一桶桶家的水夠你喝(一桶接一桶的水夠你喝)。

作狀語:一窩窩家的湧過來(一群又一群地湧過來)。

在語句中作主語、謂語和補語,形容詞後面通常跟語氣詞「的」,也可以不用「的」。

作補語如:柴火堆得一捆捆家(的)(木柴堆得一捆又一捆)。

作謂語如:桌子上的書一沓沓家(的)(桌上的書一疊又一疊)。

作主語如:一個個家的都不是好東西。

這句話裏的「一個個家」在語流中已喪失了形容詞的功能,「家」已不再是詞綴,而是處於語句平面的語氣詞。數量詞「一個個」在意義上相當於「每一個」。「每一個」究竟指人還是指物要由具體語境和言語對象來決定。由於「家」的語氣詞性質,所以省略後無礙表意。這句話也可以說成「一個個家都不是好東西」、「一個個的都不是好東西」、「一個個都不是好東西」,不過在表達語氣上有強弱之分。

這種多音節形容詞不能直接作賓語,但與結構助詞「的」結合成為名詞性

「的」字結構之後，既可作介詞的賓語，也可作動詞的賓語。如「不要把一瓶瓶家的拿來灌我（不要把一瓶接一瓶的飲料來灌我）」，這句話也可以換一種說法：不要拿一瓶瓶家的來灌我。

此外，「家」附加在沒有疊音詞尾的不定數量詞後面構成的多音節形容詞，含有「很多的樣子」的意義，表示事物或行為的狀態。如：七八個家、四五箱家、三五撥家、兩三碗家、六七趟家。這類形容詞除具有「一＋疊音量詞＋家」的句法功能外，還能直接作動詞的賓語。如：「一次要扛兩三捆家」，但這句話裏的「兩三捆家」已喪失形容詞功能，是一個不定數量詞組，而且這種句子的末尾往往出現「的」，使數量詞組變成名詞性「的」字結構。

3. 夥[xo⁴²]　某些指人的名詞後能附加詞綴「夥」，表示「這一類的人」的詞彙意義。這類詞常用的有：娃兒夥（小孩）、姑娘夥（姑娘）、婆娘夥（老婆、妻子）、老者兒夥（老頭兒；父親）、老媽兒夥（老女人）、兄弟夥（同輩男青年）、姊妹夥（同輩女青年）。其中「娃兒夥」、「姑娘夥」、「婆娘夥」、「老者兒夥」、「老媽兒夥」在語句中既可指複數，也可指單數，數的語法意義受言語對象和語境限定。如「小毛，娃兒夥要聽大人的話」。這句話裏的「娃兒夥」指單數，因語境提供的人名只有「小毛」一人。「兄弟夥」和「姊妹夥」是產生於 60 年代後期的詞語，僅在年青人中流行。語句中出現這兩個詞必定包括說話者和受話者雙方，因而這兩個詞只表複數。如「不要冒火，兄弟夥有話好說」，這句話裏的「兄弟夥」包括說話者以及受話對象，受話對象可以是一人，也可以是一人以上任何數目的人。

4. 子[tsɿ⁴²]　瀘州話帶子尾的常用時間名詞有：札子（眼下，現在）、這下子（現在）、頭回子（上一次，從前）、二回子（下一次，以後）、後頭子（後來）、今朝子（今天）、明朝子（明天）、這陣子（這會兒，這段時間）、那陣子（那會兒，那段時間）、今年子（今年）、明年子（明年）、去年子（去年）、前年子（前年）、後年子（後年）、萬年子（大後年）、那年子（那年）、整年子（整整一年）、每年子（每年）、年年子（年年）。這類詞在語句中也可以充當定語、主語、狀語和賓語。其中「今朝子」、「明朝子」、「這陣子」、「那陣子」、「今年子」、「明年子」、「去年子」、「前年子」、「後年子」、「萬年子」、「那年子」作時間狀語可以在前面加介詞「在」，也可以不加介詞，表示時段。其餘的詞作時間狀語不能加介詞「在」，如「札子」不能說「在札子」。

5. 殼 [k'ər³³]　瀘州話以「殼」為詞素構成的詞有兩種情況，一是作為詞根詞素與其他詞素複合成詞。例如布殼兒（硬布）、紙殼兒（硬紙板）、絲殼兒（蠶繭）、臉殼兒（臉皮；面具）等即是。再是作為附加詞素附著在詞根詞素後面構成新的派生詞。這些詞在口語中絕大部分是兒化詞。兒化音節這裡寫作「殼兒」只是提示語音上與「殼」有區別。「殼」本是一個實詞素，它的常用意義是「物體表面的硬皮」，作為附加詞素，它的詞彙意義雖然虛化但並未完全消失，仍或多或少地與「外層硬物」的意義有所聯繫。如：嘴殼兒（鳥喙；嘴）、癩殼兒（癩頭）、蚌殼兒（蚌）、瘍殼兒（乾瘍的東西）。「嘴殼」本指鳥喙，引申指人的嘴，「殼」的詞彙意義明顯虛化，但與「外層硬物」的意義有聯繫；「癩殼」本指頭上的硬瘡皮，借指長有硬瘡皮的頭。「殼」的「硬瘡皮」義雖已虛化，而意義聯繫仍明晰可尋。「蚌」本有兩片硬殼，「瘍殼」寓有「乾瘍得只剩硬皮」之意。「殼」作為純粹的語法成分，在鯽殼兒（鯽魚）、小癠殼兒（小動物；小傢伙）、抱雞殼兒（孵蛋雞）等詞裏，已看不到它的詞彙意義了。

「殼」，瀘州話單獨讀 [k'uə³³]，詞尾兒化讀 [k'uər³³]。近年來越來越多的人把合口讀為開口 [k'ər³³]。例如「腦殼」（腦袋）有 [nau⁴²k'u ə³³]、[nau⁴²k'uər³³]、[nau⁴²k'ər³³] 三種讀法，最末一種讀法最普遍。

後綴「殼」可以重疊為「殼殼」，附加在形容詞或名詞後面構成新名詞，含有「⋯⋯的人」的詞彙意義。常用的有「瘦殼殼」（身體瘦弱的人），「病殼殼」（指常患病的人，與「病人」意義有區別。某人常生病，即使處於健康狀況也可稱之為「病殼殼」）。

「殼殼」獨立成詞，意為「外殼」，可以兒化為「殼殼兒」[k'uə³³k'uər³³]，但作為名詞後綴的「殼殼」不兒化。

6. 巴 [pa⁴⁴]、巴郎 [pa⁴⁴naŋ⁴⁴]　帶「巴」後綴的名詞大致有三類，它們大多是兒化詞。

第一類是指人的：啞巴兒（啞子）、齁巴兒（聲音沙啞的人）、躲巴兒（個子小的人；排行最末的人）、謇巴兒（說話結巴的人）。

第二類指人或動物軀體的某部位：嘴巴兒（嘴）、臉巴兒（臉）、角巴兒（動物頭上的角）、繭巴兒（手腳上的繭子）。

第三類是指物的：泥巴（泥土）、鹽巴（鹽）、節巴兒（植物的莖節）。

帶「巴郎」後綴的名詞可指人也可指動物。這類詞雖少卻頗具方言特色。常用的有：謇巴郎兒（說話結巴的人）、幺巴郎兒（排行最末的人）、鯰巴郎（鯰魚）等。

原載《語文研究》，1996 年第 4 期。

訓詁探賾

摘　要

　　少數漢字具有表示兩種讀音的結構成分；運用比較互證法既需甄別語言材料，更須合於歷史事實；以抽掉語義內容的意符來表示讀音是省聲字難解的重要原因；斷句標點有多種思路，應以是否切合文章整體內容和文體特徵為取捨標準。

關鍵詞：兩聲字；比較互證；省聲字；意符；聲符

　　本文擬就兩聲字、比較互證、《說文》省聲、古書標點等四個方面的問題略陳管見，以期拋磚引玉，推動古漢語基礎研究工作的深入開展。

一、兩聲字

　　《說文解字‧敘》說：「形聲者，以事為名，取譬相成，江、河是也。」由於許慎所舉形聲字的兩個例字都分別只有一個聲符，一個意符，這就造成一種印象：似乎形聲字都只有一個聲符和意符。而事實並非完全如此。《說文‧韭部》：「韰，墜也。從韭，次、ㄗ皆聲。」《米部》：「竊，盜自中出曰竊，從穴從米，禼、廿皆聲。」像這樣有兩個聲符的字，姑且稱之為兩聲字。這兩個兩聲字的特點是以兩個結構部件分別表示字的不同讀音，剩下的部件表示字義。兩周金文中也有少量兩聲字。如西周孝王時伯晨鼎銘：「王命𦀚侯伯晨曰：『飼乃且考侯於𦀚。』」此「飼」字讀司聲，假借為「繼嗣」之「嗣」。戰國

早期哀成叔鼎銘：「台事康公，勿或能飼。」此「飼」字讀台聲，假借為「懈怠」之「怠」。這個字的兩個結構部件都能表示讀音，且按不同讀音分別承擔不同的假借義。銘文裏有個出現頻率較高的「飼」字，學術界普遍認為它是「司」的繁體。但《康熙字典・爪部》卻說：「飼，《說文》辭字，又古文司字。」這是怎麼回事呢？請看以下用例：

1. 穆王時靜簋銘：「丁卯王令靜飼射學宮。」
2. 孝王時盤方尊銘：「用飼六皀王行參有飼：飼土、飼馬、飼工。」
3. 春秋時晉公觶盞銘：「□□百繇，廣飼四方，至於大廷，莫不來□。」
4. 春秋時庠壺銘：「商之台□飼衣衾車馬。」

第1、2例用為「主管」義，經典多作「司」。如《禮記・曲禮下》：「天子之五官，曰：司徒、司馬、司空、司土、司寇，典司五眾。」可見「飼」可讀「司」聲。第3、4例用為「治理」義，銘文偶作「辭」，經典多簡為「亂」，或徑改寫為「治」。如宣王時兮甲盤銘：「王令甲政辭成周四方賓至於南淮夷。」王國維認為「政辭」即「政飼」之假借，若依《說文・辛部》以「飼」為「辭」之籀文，則它們應是異體字。第3例的「飼四方」，《書・顧命》有「其能而亂四方」，偽孔傳：「其能如父祖治四方。」可見經典已簡「飼」為「亂」。《書・皋陶謨》「亂而敬」，《史記・夏本紀》徑作「治而敬」。筆者在《說「亂」》一文中已考出「鬲」、「台」上古同音，所以「飼」用為「治理」義時又可讀「鬲」聲。這個字與以上所舉兩聲字的不同之處是，構成此字的兩個結構部件都可以分別表示一音一義。因此，「鬲」、「司」並非純粹表音的聲符，而是既表音又表義，兼有雙重功能的字符。

看來，兩聲字包括四種情況：1. 構成漢字的兩個結構部件都表示相同的讀音，如悟字；2. 構成漢字的兩個結構部件分別表示不同的讀音，它們拼合起來表示這個漢字的讀音，如敫字；3. 構成漢字的兩個結構部件分別表示不同的讀音和意義，如飼字；4. 形聲字除意符而外，還有兩個表示不同讀音的聲符，如竊字。可能還有其他情況未能發現，這裡只是作為一個問題提出，有待作進一步的研究。

二、比較互證

比較互證大致有內證、外證和內外互證三種情況。下面舉例說明它們在辨

析古書注解方面的作用。

借助內證可見古注之軒輊。如《詩·秦風·無衣》第二章「豈曰無衣，與子同澤」，毛傳：「澤，潤澤也。」而鄭箋則云：「襗，褻衣。」此詩第一章和第三章的相應位置出現的語句是「與子同袍」，「與子同裳」，那麼，「澤」應當是與「袍」、「裳」相類的事物才合於事理。陸德明《經典釋文·毛詩音義》：「澤，如字。《說文》作『襗』，云：袴也。」陳昌治刻本《說文》「袴」作「絝」，釋為「脛衣」，《玉篇·衣部》：「袴，脛衣也，亦作絝」。「袴」今寫作「褲」，與「袍」、「裳」均為服裝。可見鄭箋為上。

借助內證還可訂今人注釋之誤。長沙馬王堆漢墓帛書《戰國縱橫家書》：「故韓是之兵非弱也，其民非愚蒙也。兵為秦禽，知為楚笑者，過聽於陳軫，失計韓倗。」整理者注：「過聽，盲目地聽信。」不妥。帛文「過聽」與「失計」對舉，「過」與「失」為近義詞，「過聽」意為「誤聽」，即「錯誤地聽信」。

借助外證可求確詁。如蘇軾《前赤壁賦》：「知不可乎驟得，託遺響於悲風。」句中「驟」作何解？依靠蘇文本身無法決疑，這就需要參考其他材料。《楚辭·九歌·湘夫人》「時不可兮驟得，聊逍遙兮容與」，王逸釋「驟」為「數」，蔣驥則釋為「疾」。但《湘君》有句云：「時不可兮再得，聊逍遙兮容與。」就《楚辭》而言，「再」、「驟」異文為內證，較之王逸和蔣驥的說法更為可信。就蘇文而言，《楚辭》是外證，但唐宋人多喜化用古人語句，蘇軾文風受《楚辭》影響早有定論，是蘇文之「驟」應訓為「再」。準此，《左傳·宣公二年》「宣子驟諫」之「驟」亦應訓「再」。王力先生主編的《古代漢語》第27頁訓為「多次」，不妥。

方言材料作為外證也有助於達詁。如《論語·雍也》：「一簞食，一瓢飲，在陋巷，人不堪其憂，回也不改其樂。」邢昺疏：「簞，竹器。食，飯也。瓢，瓠也。」唯於「飲」不加解釋。王力先生《古代漢語》第181頁認為「飲」用如名詞，指飲料。不確切。準確地說，「飲」就是「米湯」。「米湯」是今北方話的說法，南昌話稱「飲湯」，蘇州話稱「粥湯」、「飲湯」，廈門話稱「飲」、「飲漿」，梅縣話和廣州話都稱為「飲」。「飲」是古語詞在南方方言裏的保留。

內外互證可為選擇古注提供比較資料。《詩·邶風·靜女》「愛而不見，搔首踟躕」，鄭箋：「志往謂踟躕，行正謂愛之而不往見。」看來鄭玄認為「愛」是「喜愛」之「愛」。《詩·大雅·烝民》「維仲山甫舉之，愛莫助之」，毛傳：

「愛，隱也。」可是鄭玄不同意毛亨的解釋，他說：「愛，惜也。仲山甫能獨舉此德而行之，惜乎莫能助之者。」毛、鄭對「愛」的解釋有分歧，且「愛」於《詩》確有用為「喜愛」義者，如《小雅・隰桑》「心乎愛矣，遐不謂矣。」這樣，僅靠《詩》的內證很難確定「愛」為何義，這就得尋求《詩》以外的材料來幫助推斷「愛」的含義。《說文・人部》引《詩》「愛」作「僾」，釋曰：「彷彿也。從人愛聲。《詩》曰：『僾而不見』。」《廣雅・釋言》：「愛，僾也。」《方言》卷六「掩、蔽，薆也」，郭璞注：「謂蔽薆也。《詩》曰：『薆而不見』。」《爾雅・釋言》：「薆，隱也。」《說文・竹部》：「籆，蔽不見也。從竹愛聲。」「薆」與「籆」無論從艸還是從竹，都有隱蔽義，從人的「僾」訓為「彷彿」，亦有幽隱不明之義。僾、薆、籆、愛異文，《邶風・靜女》之「愛」釋為「隱」較妥。

　　比較互證不僅應當注意甄別語言材料，而且必須尊重歷史事實。

　　《左傳・昭公元年》「周公殺管叔而蔡蔡叔」，有的學者認為此句中第一個「蔡」字的意義也是「殺」。根據是「蔡」從「祭」得聲，而「祭」的本義是「殘殺」，由「祭」派生出的「祭」《說文》訓為「殘帛」，有「殘」義，因而由「祭」派生出的「蔡」也有「殺」義。〔註1〕這種意見似可斟酌。理由如次：

　　（一）「祭」的甲骨文像手持帶血的肉，會血祭之意。血祭雖與殺戮有關，但本義不等同於「殺」。

　　（二）即使「祭」有「殺」義，由「祭」孳乳的形聲字未必都有「殺」義。以《說文》所收用「祭」作構形部件的字來看，除「察」從宀、祭會意而外，從「祭」得聲的字共有七個：蔡，《艸部》：「艸也。從艸祭聲。」祭，《巾部》：「殘帛也。從巾祭聲。」際，《𨸏部》：「壁會也。從𨸏祭聲。」穄，《禾部》：「䵞也。從禾祭聲。」瞟，《目部》：「察也。從目祭聲。」瘵，《疒部》：「病也。從疒祭聲。」鄒，《邑部》：「周邑也。從邑祭聲。」其中除「祭」的「殘」義與聲符「祭」的意義有關而外，其餘各字的「祭」都只是純粹的聲符，並沒有「殺」義。僅據「祭」有「殘」義而推論「蔡」有「殺」義，難免偏頗之嫌。

　　（三）「蔡蔡叔」的第一個「蔡」字如訓「殺」，則與史實不符。《史記・周本紀》載：「周公奉成王命，伐誅武庚、管叔，放蔡叔。」《管蔡世家》云：「武王既崩，成王少，周公旦專王室。管叔、蔡叔疑周公之為不利於成王，乃挾武

<hr />

〔註1〕陸宗達、王寧《訓詁方法論》，中國社會科學出版社，1983年版，第160～161頁。

庚以作亂。周公旦承成王命伐誅武庚，殺管叔而放蔡叔，遷之，與車十乘，徒七十人從……蔡叔度既遷而死。」又《書·周書·蔡仲之命·序》：「蔡叔既沒，王命蔡仲踐諸侯位，作蔡仲之命。」偽孔安國傳：「以罪放而卒。」孔穎達疏：「蔡叔與管叔流言於國，謗毀周公。周公囚之郭鄰，至死不赦。蔡叔既沒，成王命蔡叔之子蔡仲踐諸侯之位，封為國君。」《蔡仲之命》云：「惟周公位冢宰，正百工。群叔流言，乃致辟管叔於商，囚蔡叔於郭鄰。」偽孔傳：「致法謂誅殺，囚謂制其出入。郭鄰，中國之外地名。」孔疏：「周公乃以王命致法殺管叔於商，就殷都殺之。囚蔡叔，遷之於郭鄰之地，惟與之從車七乘。」《左傳·昭公元年》「殺管叔而蔡蔡叔」，晉代杜預訓「蔡」為「放」，與《史記·管蔡世家》「殺管叔而放蔡叔」相符，但杜預沒有說明「蔡」訓「放」的理由。唐代陸德明《經典釋文》說：「『而蔡蔡叔』，上『蔡』字音素葛反，《說文》作『𣪏』，音同，字從殺下米，云撚𣪏，散之也。」孔穎達進一步解釋說：「《說文》云：『𣪏』散之也。『𣪏』為『放散』之義，故訓為『放』也。隸書改作已失本體，『𣪏』字不復可識，寫者全類『蔡』字，至有重為一『蔡』字重點以讀之者。」照孔說，「蔡蔡叔」實為「𣪏蔡叔」，即「流放蔡叔」，不應解為「殺死蔡叔」。

三、《說文》省聲

不少學者對《說文》省聲字多有疑竇。如段玉裁在「家」字下注：「按此字為一大疑案。『豭』省聲讀「家」，學者但見從『豕』而已，從『豕』之字多矣，安見其為『豭』省耶？何以不云『叚』聲而紆回至此耶？」〔註2〕王筠《說文釋例》云：「『家』下云『豭』省聲，『宕』下云『碭』省聲，形聲字而省之，何由知為某省？凡此類吾皆不能解，似是古義失傳矣。」〔註3〕省聲字難解原因固多，而不明體例是其一。

中華書局1963年縮印陳昌治刻本《說文解字》共有297個省聲字，這些省聲字可概括為三種類型。〔註4〕

（一）被省形的是象形字。如「余，從八，舍省聲。」「舍」是象形字，被省去「口」。這類字有24個。

〔註2〕段玉裁《說文解字注》，上海古籍出版社，1981年版，第337頁。
〔註3〕王筠《說文釋例》，北京市中國書店，1983年版，第111頁。
〔註4〕依據王實珍同志提供的統計材料。

（二）被省形的是會意字。如「薅，拔去田艸也。從蓐，好省聲。」「好」是會意字，被省去「子」。這類字有 128 個。

（三）被省形的是形聲字。如「飻，貪也。從食，殄省聲。」「殄」是形聲字，被省去「歹」。這類字有 145 個。這 145 個形聲字由於省去字形結構部件的情況不一樣，又可分為三類：

1. 省去意符，留下聲符作省聲字的聲符。如「瑑，圭璧上起兆瑑也，從玉，篆省聲。」而「篆，從竹，彖聲。「瑑」、「篆」兩字的聲符都是「彖」。

2. 省去的既非意符，也非聲符，只是字形結構的一部分。如「嚳，急告之甚也。從告，學省聲。」而「學」是篆文「斅」省。「斅，覺悟也。從教從冂，冂尚曚也，臼聲。」被省去的「子」只是「學」字結構的一部分。

3. 省去聲符，留下意符標示該字的讀音。如「茸，艸茸茸貌。從艸，聰省聲。」「聰，察也。從耳，悤聲。」「茸」的聲符「悤」被省去，留下意符「耳」標示「茸」的聲音為「悤」。

這第 3 類情況正是使段玉裁、王筠頭痛的問題。像這樣省去聲符，留下意符標示讀音的省聲字，《說文》裏共有 17 個。這 17 個省聲字和給它們標音的字在上古的聲韻情況對照如下：

（1）笁　端紐覺韻；築　端紐覺韻

（2）炭　透紐寒韻；岸　疑紐寒韻

（3）充　透紐冬韻；育　定紐覺韻

（4）宕　定紐陽韻；碭　定紐陽韻

（5）簟　定紐侵韻；咸　群紐侵韻

（6）髶　泥紐東韻；茸　泥紐東韻

（7）茸　泥紐東韻；聰　清紐東韻

（8）狨　泥紐微韻；豨　曉紐微韻

（9）量　來紐陽韻；曨　曉紐陽韻

（10）進　精紐真韻；閵　來紐真韻

（11）家　見紐魚韻；豭　見紐魚韻

（12）羔　見紐宵韻；照　端紐宵韻

（13）耿　見紐耕韻；烓　溪紐耕韻

（14）監　見紐談韻；峊　群紐談韻

（15）薪　見紐覺韻；籍　端紐覺韻

（16）貆　群紐魚韻；翩　滂紐真韻

（17）雁　影紐蒸韻；瘖　影紐侵韻

除「貆」、「翩」兩字聲韻不合而外，其餘 16 組字都聲韻相同或相近。由此可見，「家」云豭省聲而不曰叚聲，「宕」云碭省聲而不曰易聲，並非個別孤立現象，而是漢字標音的一種體例。至於段玉裁認為不可信的「哭之為獄省聲」，與薅之為好省聲是同一種類型。「獄」是會意字，被省去「狺」，以「犬」為「獄」聲的標誌，亦由體例使然。以上省聲體例揭示了漢字發展過程中的一種特殊現象，即抽掉某些現成表意符號的語義內容，以之作為純粹的表音符號。「家」不以「叚」為聲符，卻以抽掉語義內容的「豕」作為表示「叚」聲的符號，「嚳」不以「學」為聲符，卻以「學」的一部分形體「臼」作為表示「學」聲的符號，都體現了聲符的一種簡化趨勢。但是聲符簡化超過一定限度，就難以起到標示語音的作用。至於用某字的意符來標示另字的讀音，如用「碭」的意符「石」來標示「宕」字的讀音，那就極易誤「宕」為「石」聲。這正是省聲造字雖然省筆劃卻沒有發展前途的原因。

四、古書標點

斷句標點是研究古籍最基礎的工作，楊樹達先生曾作《古書句讀釋例》，專門討論斷句問題。呂叔湘先生早在 1979 年就發表過論文《〈通鑒〉標點瑣議》，1988 年又出版了專著《標點古書評議》。此書所舉例證富於啟發性，多精闢見解，為古書標點研究作出了範例。下面採錄該書所舉中華書局 1956 年版《資治通鑒》標點失當者共八例，附上筆者讀書心得，為古書的標點研究工作提供一點參考。

（一）董秦從思明寇河陽，夜，帥其眾五百，拔柵突圍，降於光弼。（中華書局 1956 年版《資治通鑒》第 7086 頁，以下各句括號內數字即該書頁碼）呂先生評議：《通鑒》書法，「夜」一字為句，必有所承。上文未說何日之事，「夜」字連下讀。「夜」字點斷，意為「到了那天夜裏」；「夜」字不斷，意為「趁夜裏」。愚謂：呂先生析「夜」精審。「五百」之後用逗號，寓趁夜先帥其眾而後拔柵突圍之意。竊以為趁夜拔柵突圍是董秦與其眾五百的集體行為，

「帥」的動作與「拔柵突圍」同時發生故「五百」之後不必用逗號。

（二）太皇太后春秋七十，數更憂傷……行道之人為之隕涕。況於陛下登高遠望，獨不慚於延陵乎？（1086頁）呂先生評議：這是楊宣諫漢哀帝的話。延陵是漢成帝陵名，哀帝是藩王入嗣成帝。太皇太后是成帝的母親，哀帝的祖母。「況於陛下」當屬上句，「隕涕」後句號改逗號，「陛下」後用問號。愚謂：「隕涕」之後改為逗號無疑。「況於陛下」後用問號可商。竊以為前文「行道之人」與後文「陛下」對照鮮明，感慨之情顯見，故「況於陛下」之後可用感歎號。

（三）荊州雖沒，常願據守漢川，保全土境。生不負於孤弱，死無愧於地下，而計不在己，以至於此，實懷悲慚，無顏早見耳！（2085頁）呂先生評議：「生不負於孤弱，死無愧於地下」，連上為義，是「常願」的內容的一部分。「土境」後當用逗號，「地下」後用句號或分號。愚謂：「土境」後用逗號，則「地下」後宜用分號。因文聘回答曹操的話語義層次是：1.「先日不能輔弼劉荊州以奉國家」，這是一層，「國家」後用分號。2.「荊州雖沒，常願據守漢川，保全土境，生不負於孤弱，死無愧於地下」，這是第二層，「地下」後用分號。上句言劉荊州在世，下句言劉荊州過世，兩句是並列關係。3.「而計不在己，以至於此」，「於此」後用句號。「而」表示轉折關係。全句標點如右：操曰：「來何遲邪？」聘曰：「先日不能輔弼劉荊州以奉國家；荊州雖沒，常願據守漢川，保全土境，生不負於孤弱，死無愧於地下；而計不在己，以至於此。實懷悲慚，無顏早見耳！」

（四）陛下亦宜自謀，以諮諏善道，察納雅言，深追先帝遺詔，臣不勝受恩感激。今當遠離，臨表涕零，不知所言。（2235頁）呂先生評議：前邊勸勉後主，後邊說到自己就要出發。「臣不勝受恩感激」跟前邊的話連起來不好講，顯然屬下句。愚謂：竊以為「遺詔」後為句號，「感激」之後也應為句號。這段話有三層意思：從「陛下」到「遺詔」為勸勉後主的話。中間是一句客套話。從「今當」到「所言」是說自己要動身的話。

（五）刑部以「反逆緣坐律兄弟沒官為輕，請改從死。」（6183頁）呂先生評議：「以」與「為」相連為義，豈可一在引號之內，一在引號之外？此句不應有引號。愚謂：呂說是。引號無此用法。若意在突出判詞，亦可在「反」字前、「官」字後用引號。

（六）濬至京師，有司奏「濬違詔，大不敬，請付廷尉科罪」。詔不許。又奏濬赦後燒賊船百三十五艘，輒敕付廷尉禁推；詔勿推。（2571 頁）呂先生評議：「有司奏」之後用引號，「又奏」之後不用引號，不知為何有此分別。皆不用引號較好。又，「詔不許」之前用句號，「詔勿推」之前用分號，亦宜改從一致。愚謂：有司所奏內容較多，似宜皆用引號。奏後尚待裁決，故「罪」字和「推」字後宜用逗號。此段文字試標點如右：濬至京師，有司奏「濬違詔，大不敬，請付廷尉科罪」，詔不許。又奏「濬赦後燒賊船百三十五艘，輒敕付廷尉禁推」，詔勿推。

（七）安妻……見家門貴盛，而安獨靜退，謂曰：「丈夫不如此也！」安掩鼻曰：「恐不免耳。」（3183 頁）呂先生評議：「丈夫不如此也」顯然是問話。《世說新語·排調》作「大丈夫不當如此乎？」《晉書》卷七九《謝安傳》引這句話，刪去「大」字、「當」字，又把「乎」字改成「也」字。如果用問號（標點本《晉書》用問號），還是可以正確理解的；一用歎號就不對了，變成否定句了，並且與謝安的回答「恐不免耳」也不合拍。愚謂：呂說是。且「貴盛」之後亦不應用逗號。前文「貴盛」與後文「靜退」恰成對照，於中自有轉折連詞「而」作為紐帶，加逗號反而中斷文意。「恐不免耳」之後應改句號為感歎號。既云「掩鼻」，自然有鄙薄功名，嫌其惡臭之意。非用感歎號不能表達此種情感。

（八）雖居暗室，恒理衣冠小坐，盛暑未嘗褰袒……（4934 頁）呂先生評議：此十六字為四句，句各四字，可皆用逗號，「小坐」與「盛暑」間加頓號。愚謂：呂先生以四字為一短語是。竊以為「衣冠」後用分號，「褰袒」後亦用分號。「小坐」後不用頓號，用頓號則意為「小坐」與「盛暑」均未嘗褰袒。愚意「小坐盛暑」即「小坐於盛暑」。盛暑小坐未嘗褰袒，久坐未必不褰袒。全句試標點如右：雖居暗室，恒理衣冠；小坐盛暑，未嘗褰袒；對內豎小臣，如遇大賓。

斷句標點有不同的角度和思路，句讀不同，文意迥異。要在以切合文章的整體內容和文體特徵為點斷標準，以求儘量減少失誤。

原載《廈門大學學報》（哲學社會科學版），1997 年第 2 期。

20 世紀漢字結構的理論研究

作為漢字結構研究兩個主要方面的理論研究與實踐考察，長期以來形成了畸輕畸重的不平衡局面。本世紀大量漢字材料的出土，大大增加了實踐考察的廣度和深度，而基礎理論研究的長期徘徊不前，已經明顯地制約了實踐考察水平的提高。漢字結構理論研究癥結何在？本文擬就本世紀的研究概況作一簡要評述，進而提出筆者的觀點，為漢字結構理論研究在世紀之交的發展走向提供新思路。

一、對各種代表性觀點的意見

作為漢字結構理論基礎的「六書」是東漢學者許慎提出來的。自漢以降，歷代學者都把「六書」視為漢字的造字原則。清代學者戴震首倡「四體二用」說，把傳統「六書」分為造字法和用字法兩個部分。不少學者相信班固在《漢書·藝文志》裏對「六書」的解釋：「《周官》保氏掌養國子，教之『六書』，謂象形、象事、象意、象聲、轉注、假借，造字之本也。」既然班固認為「六書」是「造字之本」，所以自乾嘉以來，「六書」理論分歧的焦點就集中在「轉注」、「假借」這兩個環節的研究工作中。由於對「轉注」、「假借」的研究缺乏系統的科學理論指導，各家異說紛逞，聚訟難決，有關漢字的造字條例實際上至今尚未達成一致的共識，這就嚴重地阻礙著「六書」理論邁向科學化的進程。

應當指出，「六書」理論提出伊始就不是嚴格意義上的造字理論。這是因

為，《說文解字》一書的寫作，並不是以造字法作為它的主要研究目標。從宏觀來看，整本書是為解經服務，為抵制當時解說經義「人用己私，是非無正，巧說邪辭，使天下學者疑」的歪風邪氣，因此，該書的目的就是「理群類，解謬誤，曉學者，達神旨」。〔註1〕就微觀而論，《說文·後敘》說：「同牽條屬，共理相貫，雜而不越，據形系聯，引而申之，以究萬原」，因而此書對文字的說解，力求探索文字的本源，這就不可避免地接觸到對造字方法的探索。但作者因為受到歷史條件侷限，不可能掌握今人所見的大量殷周時期的漢字材料，所以對造字法的歸納，對漢字原始意義的說解，也不可能做到系統全面。客觀地說，「六書」的確概括總結了若干造字方法，但作者本人並沒有把它視為造字理論。《說文·敘》說：「《周禮》：八歲入小學，保氏教國子先以『六書』。」顯然，作者是把「六書」作為教小孩識字的原則提出來的。有的學者看到了這一點，於是認為「六書」是以字形表意的六種不同方式。蒙童要入識字之門，得先學會分析字形，並掌握這六種表意方式。」〔註2〕

以「六種表意方式」說取代班固的「六書造字之本」說，以及戴震、王筠等人的「四體二用」說，是「六書」理論研究的倒退。這是因為，「六書」作為蒙童識字的原則，並不排斥對造字方法的總結。造字法本身也有多種取向，表意只是若干造字取向之一種。「六種表意方式」說的最大障礙是「假借」。為了牽就新說，不惜把《廣雅·釋詁》「令，君也」，《後漢書》李賢注「萬戶以上為令」這兩個「令」，說成是假借《說文》「發號」義的「令」。這樣，就不得不進而否認「一詞多義」和「詞義引申」，把同一個詞所具有的相互聯繫的若干意義，認為是各自獨立的若干個詞。〔註3〕從解經啟蒙的角度看，「六書」是識字原則；從漢字學的角度看，它又是漢字的結構和運用原則。班固把識字原則上升到造字原則，清儒在班固認為的六種造字法基礎上，區分出造字與用字兩大範疇，這是對漢字理論研究的重要貢獻。但是，清儒並沒有明確提出區分這兩大範疇的理論標準。原因是：一方面「六書」理論從一開始就不是嚴格意義上的造字理論，其中造字法與用字法雜糅，靜態結構描寫與動態結構創造

〔註1〕許慎《說文解字》，北京：中華書局，1963年12月版，第316頁。
〔註2〕戚桂宴《許慎的六書「假借」說》，太原：山西大學學報〉（哲社版），1991年第2期，第13頁。
〔註3〕戚桂宴《許慎的六書「假借」說》，太原：山西大學學報〉（哲社版），1991年第2期，第15頁。

混淆；另一方面，清儒對漢字結構的認識，受到歷史條件的限制，還不可能提出科學的系統的漢字結構理論。但是清儒的研究成果為當代學者的研究工作奠定了基礎。

30 年代，唐蘭先生在《古文字學導論》裏提出的「三書」說，摒棄了傳統「六書」的「轉注」、「假借」，但是象形文字與象意文字在理論和實踐兩方面都難以劃清界限。用字法雖被剔除出漢字結構理論框架，但漢字的動態構造與字形的靜態結構仍然混而不分，「六書」沒有概括全部造字方法的缺陷也未能得到補苴。

50 年代，陳夢家先生在《殷虛卜辭綜述》裏提出了新的「三書」說。新說把傳統的「象形」、「指事」、「會意」，視為一種造字法，在理論上邁進了一步，這表明中國學者對漢字的形義關係有了本質性的認識。但是陳先生以「假借」為一書，重新把造字法與用字法攪在一起，這就不能不說是造字理論研究的退步。

80 年代末，裘錫圭先生的《文字學概要》把陳先生的「象形」一書改稱「表意」，堅持了把傳統的「象形」、「指事」、「會意」合為一類的立場。同時也維護了「假借」在「三書」裏的地位。他說：〔註4〕

> 說假借不是造字方法，是可以的。但是因此就不把假借字看作漢字的一種基本類型，卻是不妥當的。一個表意字或形聲字在假借來表示一個同音或音近的詞的時候，是作為音符來起作用的。所以，假借字（如花錢的「花」）跟被借字（花草的「花」），在文字外形上雖然完全相同，在文字構造上卻是不同性質的（花草的「花」是由意符和音符構成的形聲字，花錢的「花」是完全使用音符的假借字）。過去有人說假借是不造字的造字，也就是這個意思。假借字不但在構造上有自己的特性，而且數量很大，作用很重要。在建立關於漢字構造的理論的時候，必須把假借字看作一種基本類型，不然就不能真正反映漢字的本質。

裘先生的這段話，給漢字結構理論研究提出了如下重要問題：

1. 造字與用字的區分原則，是建構漢字結構理論體系的基本問題。對這個

〔註4〕裘錫圭《文字學概要》，北京：商務印書館，1988 年 8 月版，第 106 頁。

問題缺乏合乎科學的共識，漢字結構理論體系就缺乏嚴密的科學性，就不能對漢字的實踐考察產生積極的指導作用。

2. 漢字的動態構造方法與靜態結構類型劃分是漢字結構理論的重要研究課題。在這一課題未取得公認的積極成果之前，關於「假借」的原則分歧還將持續下去。

90 年代初，張玉金先生在《對近百年來漢字學研究的歷史反思》一文中，對傳統六書理論的研究概況作了中肯的分析，對漢字結構理論的若干重要問題提出了發人深省的看法。他認為：「凡符合下列兩條者即屬『造字法』。一條是，活動的結果使語言中一個需要記錄的語素有了自己的書寫形式，二是在整個漢字大家庭中增加了一個新的成員。」〔註5〕這兩條原則把「假借」排斥在造字法之外，進而提出音借、形借、義借三種用字法，這就從理論上對造字、用字劃定了嚴格區分的界限。張先生還提出了漢字創造的三種方法和五種結構類型。三種造字法是：繪形表義法、形體分化法、表義擬聲法。五種結構類型是：意符字、音符字、意音字、記號字、半記號字。首次把漢字的動態構造方法與靜態結構類型劃分為兩大範疇，這是自乾嘉以來中國學者關於「六書」理論研究所獲得的重要進展。「六書」裏面造字法與用字法不分，靜態結構描寫與動態結構創造混淆的局面從理論上得到根本的清理，這就為漢字結構新理論體系的構建鋪平了道路。

但是，繪形表義法實質上就是傳統「六書」的「象形」造字法，這種造字法對指事字和會意字缺乏解釋力。上、下作為指事的代表字，甲骨文分別作 **二、二**，這兩條長短不同的線條並不是形象化的符號，只是表示相互位置關係的抽象符號。會意代表字之一的「信」，從人從言，「言」字甲骨文從辛從口，《說文》以為從口辛聲。無論哪一種情況，作為「信」字結構部件的「言」都不是形象化的符號，因而也不能歸入繪形表義的造字法範疇。很明顯，用繪形表義法來包括傳統的「象形」、「指事」、「會意」比起裘錫圭先生用「表意」來概括這三書，是一個退步。裘先生認為一、二、三、三是抽象的象形符號已經很勉強，〔註6〕且不說一切象形符號都是不同程度抽象的結果，僅僅把不像任

〔註 5〕張玉金《對近百年來漢字學研究的歷史反思》，大連：《遼寧師範大學學報》（社科版），1991 年第 3 期，第 50 頁。

〔註 6〕裘錫圭《文字學概要》，北京：商務印書館，1988 年 8 月版，第 3 頁。

何物形的數目字劃入表意字範疇，就還值得斟酌。因為這種數目字其實是用做記號的方法造出來的最古老的字形，不與任何具體物象相聯繫，段玉裁認為它們在「六書」屬指事字，〔註7〕許慎把它排在「六書」之首不是沒有道理的。張先生把繪形表義法定義為「這種方法是通過描繪形象化的符號來圖解語素的意義」，〔註8〕當然在他的造字模式裏就沒有給這些真正的記號字留下一席之地。這些字與甲骨文裏借用「千」、「百」、「萬」來表示數目在性質上是完全不一樣的。真正用做記號的辦法造出來的字並不多，但在漢字起源問題上，記號字佔有重要地位，因此，構建漢字結構理論不能不考慮到這一點。

　　古代漢語裏的所謂「兼詞」如「諸」、「旃」分別是「之於」、「之焉」的合音，現代方言和化學專業用語裏也出現了一些合音字，裘先生還舉出了一些兩聲字，如「唔」、「嗣」。〔註9〕如果深入研究，古文字裏應當還有這類兩聲字。而裘先生的「三書」沒有包括這兩類字，張先生的三種造字法也沒有考慮這兩類字的地位。

　　另外，張先生的動態結構創造法與靜態結構分類法還需要進一步協調。按照邏輯，所有的靜態結構都是動態創造的結果，因此，任何一個漢字的靜態結構原則上都應當從屬相應的造字類型。例如，靜態結構類型的意符字所舉例字是古文字「日」以及現代漢字「尖」和「凸」，古文「日」和今文「凸」是用繪形表義法創造出來的，而今文「尖」裏的「小」，既不是微粒的象形符號，「大」也不是人體正面的象形符號，既然今文「日」張先生把它歸入記號字，那麼「小」、「大」也都是必須強迫記憶的記號，由兩個記號構成新字的造字法，在張先生的文字創造法裏沒有容身之地。如果將「尖」字置於古文字系統中，「小」和「大」就不是記號，而是貨真價實的意符，那麼「尖」應是傳統「六書」裏的會意字，但在現代文字系統中，按張先生的分類則不能說是「意符字」了。又如，張先生把半記號字分為記號意符字和記號音符字，舉的例字分別為「春」和「符」。「春」的小篆從艸從日屯聲，是個會意形聲字，上部楷化為「夫」，是個音義皆無的記號，下部的「日」張先生認為是記號，那麼「春」

〔註7〕段玉裁《說文解字注》，上海：上海古籍出版社，1981 年 10 月版，第 1 頁。

〔註8〕張玉金《對近百年來漢字學研究的歷史反思》，大連：《遼寧師範大學學報》（社科版）1991 年第 3 期，第 52 頁。

〔註9〕裘錫圭《文字學概要》，北京：商務印書館，1988 年 8 月版，第 13 頁。

也是由兩個記號組合成的純粹記號字，怎麼能叫做記號意符字呢？「符」從竹付聲，張先生認為「竹」是記號，所以「符」是記號音符字，小篆「竹」是象形符號，「水」也是象形符號，「水」變為「氵」不再像眾水並流之形，而是一個純粹的記號；小篆「竹」變為楷書，雖距物象未遠，實際上也是個記號了。按張先生的分類，「符」和「河」都應為記號音符字，可是「河」卻被歸屬於意音字。看來，漢字的動態結構創造法與靜態結構分類法雖然在理論上已經分立，可是在具體環節上還需要逐步完善。

二、漢字的結構類型和造字方法

筆者原則上贊同張先生對漢字靜態結構類型的五分法，但各種類型的定義和涵蓋的內容不盡相同。粗略地說，漢字靜態結構有古文和今文兩大系統，古文是包括小篆及小篆以前的古漢字系統，今文是小篆以後的漢字系統，漢字靜態結構類型的定義和劃界必須考慮字形的歷史繼承性和時代性。現在把筆者的觀點分述如下。

1. 記號字。完全由既非意符，也非音符的字符構成的字，叫做記號字。這類字涵蓋了由傳統指事方法構造的古今漢字，如一、二、三、上、下等；也涵蓋了所有隸變後字形結構變化而隱蔽了音義來源的現代漢字，如并、年、九等；還涵蓋了《簡化漢字總表》裏取原繁體字結構一部分為記號的字，如飞、声、习、乡、业等；包括簡化字中有不同來源的記號字，如个、关、卫、龙、万、无等；以及由多個記號組合的現代簡化字，如叶、旧、圣、岁等。

2. 半記號字。由既非音符，也非意符的字符作為字形結構的一部分所構成的字，叫做半記號字。這類字涵蓋了由傳統的象形兼指事方法構造的古今漢字，如刃、亦、本、末等；也涵蓋了《說文》省聲字的古今形體，如家、奔、譽、茸等。從豕、卉、𦥑、耳的形體看不出它們代表聲符豭、賁、學、聰，所以它們實際上是記號，豕、耳作為家、茸字形結構的一部分也就不能視為意符了；還涵蓋了因字形變化而一部分結構成分隱蔽了音義來源的現代漢字，如春、唐、暴、寒；以及《簡化漢字總表》裏將原繁體字結構的一部分改換為記號的字，如币、汉、还，這裡的「又」「不」並非意符或音符，只是純粹的記號。

3. 意符字。完全由意符構成的字，叫意符字。意符的確認必須考慮字形的

歷史繼承性。裘錫圭先生認為今文「日」已經看不出太陽的樣子，所以「日」是記號而不是意符，但「晴」字裏的「日」卻不是記號而是意符。既然這類字符「已經成了沒有表意表音作用的記號」，又怎麼會在「充當字符的時候仍然能起表意或表音的作用」呢？〔註10〕如果「日」字不算意符，扌、氵、亻、忄等等更不能算意符，可是裘先生又把「日」、「月」等字列入表意字的第2類象物字，不列入記號字。實際上，今文「日」、月」完全不像其物，即使古文，離實際物體也有相當距離。但不能因為字形與物象有距離而否認它們是象形字，同樣不能抹煞它們以象形而表義的本質特點。如果把象形字視為記號，則大部分形聲字的意符都成了記號，這樣一來，「形聲」一書就喪失了依託，「三書」體系的基礎也就動搖了。裘先生說：「如果因為『日』字還有意義，就把它的字符看作表意符號，把它看作表意字，那麼根據『日』字還有讀音這一點，豈不是也可以把它的字符看作表音符號，把它看作表音字了嗎？」〔註11〕漢字體系裏所有的表音字都只標示讀音不標示意義；所有的表意字都既有讀音又有意義，但其字符只標示意義不標示讀音。這條界限是分明的，怎能因為「日」有讀音就說它是表音字呢？記號字同樣既有讀音又有意義，是否可以說它既是表音字又是表意字呢？裘先生把「日」字說成記號既不切合漢人的文化心理和歷史傳統，也不符合漢字體系的實際情況。他把「日」字劃歸「表意」一書是合理的，說是記號則是不妥的。意符字涵蓋了日、月、木、水、山這一類用傳統象形方法所造漢字的古今形體；也涵蓋了用傳統會意方法所造而意義來源未隱蔽的漢字的古今形體，如信、吠、企、遂、林、磊等。走、暴的古文是意符字、但今文是半記號字，因為今文「走」上部的「土」已看不出像雙臂擺動的人，隱蔽了它的意義來源；今文「暴」的下部也隱蔽了意義，完全不像雙手出米的樣兒。意符字還涵蓋了後起的會意字，如尖、歪、灶、体等。

　　4. 音符字。完全由音符構成的字，叫音符字。這類字涵蓋了本無其字的假借字和本有其字的假借字，如古代表示語氣的其、之以及壺（本字瓠）、麋（本字眉）等。後起的假借字也包括在內，如花錢的「花」，一出劇的「出」，干淨的「干」，后來的「后」，稻谷的「谷」等。音符字還涵蓋了聯綿字和音譯字，如猶豫、匍匐以及沙發、巧克力等。古今所有象聲字也包括在內，如嗟、

〔註10〕裘錫圭《文字學概要》，北京：商務印書館，1988年8月版，第14頁
〔註11〕裘錫圭《文字學概要》，北京：商務印書館，1988年8月版，第108頁。

嘻、哎、砰等。也包括為數很少的純粹兩聲字，如㕦。還有少量合音字，如茆、饟。

5. 意音字。完全由意符和音符構成的字，叫意音字。這類字涵蓋了用傳統形聲方法構造的古今漢字，如江、河的古今形體，今文的驚、懲、鈾、氧等。還涵蓋了為數很少的有義兩聲字。如《說文》的「竊」，從穴，從米，卤、廿皆聲；「齏」，從韭，次、朩皆聲。又如金文的「嗣」，讀「司」聲有主管義，讀「咼」聲有治理義，「司」和「咼」既是音符也是意符。〔註12〕這類兩聲字與「㕦」不同，「㕦」是由假借字「午」加注「吾」聲而構成的純粹兩聲字。

根據筆者的研究，漢字的創造方法有四種：記號造字法、意符造字法、形體分化法和字符結合造字法。為區別於傳統的「四體二用」說，這裡姑且把這四種造字法稱為「新四書」。

1. 記號造字法。把標記作為文字符號的方法，就是記號造字法。如一、二、三等形體最初是刻畫在陶器上的標記，在漢字系統形成時，它們與漢語裏特定數詞的音義關係已經約定，一、二、三就由記號變成了漢字。

2. 意符造字法。用表徵意義的符號來構造文字的方法，就是意符造字法。如甲骨文用⊟或⊙，今文用「日」表徵「太陽」義；金文用⬤，今文用「目」表徵「眼睛」義。

3. 形體分化造字法。以既有文字形體為基礎，增減筆劃或變動筆劃、字符的位置來構成新字的方法，叫形體分化造字法。如「木」增加一畫造成「本」，「刀」增加一點造成「刃」，「气」減少一畫造成「乞」，「兵」減少一點造成「乒」。「刀」，變動筆劃造成「刁」，「叛」，變動字符的位置造成異體字「翅」。甲骨文的「大」頭朝地腳朝天就造成「屰」字，甲骨文的「司」反過去就造成「后」字。

4.字符結合造字法。用意符、音符或記號相互結合構造文字的方法，叫字符結合造字法。

字符結合有如下情況：

A. 意符與意符結合。如甲骨文「宿」，由意符「宀」、「因」「人」相互結合構成，表示人睡在屋子裏的簞席上；今文「体」由意符「人」和「本」相互結

〔註12〕李國正《「亂」字探源》，廈門：《廈門大學學報》（哲社版），1995年第4期，第126～134頁。

合構成，表示身體為人之本。

B. 音符與音符結合。如古代曾借「午」音表示「背逆」，「午」只是一個純粹的音符，後來又與音符「吾」結合為「啎」。「亭」與「夜」結合為「敹」，而「亭」、「夜」都是純粹的音符。

C. 記號與記號結合。如「口」與「十」結合為「叶」，「山」與「夕」結合為「岁」，其中「口」、「十」、「山」、「夕」都不載有音義，只是純粹的記號。

D. 意符與記號結合，如「氵」與「又」結合為「汉」，「木」與「示」結合為「标」。其中「又」與「示」都是純粹的記號。

E. 音符與記號結合。如「化」與「十」結合為「华」，「尚」與「儿」結合為「党」。其中「十」與「儿」都是純粹的記號。

F. 意符與音符結合。按兩者結合的時序可分為三種情況：（1）意符與音符造字伊始就相互結合。如第一期甲骨文用意符「水」與音符「可」結合為「河」；新造簡化字用意符「心」與音符「京」結合為「惊」。不過有的音符並不純粹，這類音符除表音外還載有意義，如甲骨文「辛」是表徵意義的符號，與音符「𤔔」結合構成「辭」。其中「𤔔」除表音外，還載有「治義」。〔註13〕「𤔔」與「司」構成金文「嗣」，「𤔔」和「司」既分別表音，又各自載有意義，這種多聲多義字是很少見的。于省吾先生指出早期古文字裏有一種獨體形聲字，即象形字的某部分帶有音符。如甲骨文「乘」是表示讀來聲的禾類植物，字形下部表示該字讀音，後起字寫為「秫」。〔註14〕筆者認為，把意符與音符合為一體精簡筆劃造成的獨體形聲字與意符音符各自保持完整的合體形聲字雖然形式有異，但造字方法並無本質差別。前者雖節省了造字筆劃但音義顯示水平較低，後者雖多用一些筆劃但音義顯示水平較高。（2）先有意符後加音符。如甲骨文「雞」先有表徵意義的符號，後來加上音符「奚」而構成「雞」；金文「野」從土從林，「土」和「林」都是表徵意義的符號，《說文》古文「野」已加上音符「予」，變成從土從林予聲的意音字。（3）先有音符後加意符。這又有兩種情況：一是單純表音的假借字加意符，如表語氣的「其」，加意符氵、礻、馬、土、石，就構成淇、祺、騏、基、碁；二是把已有的表徵意義的符號

〔註13〕李國正《「亂」字探源》，廈門：《廈門大學學報》（哲社版），1995年第4期，第126～134頁。

〔註14〕于省吾《甲骨文字釋林》，北京：中華書局，1979年6月版，第438頁。

作為音符，再加意符，如「且」，加意符氵、礻、艸、犬、疒、口，就構成沮、祖、苴、狙、疽、咀。又如「取」，從又從耳，「又」和「耳」分別是表徵意義的符號，合起來構成「取」，也是一個表徵意義的符號，把「取」作為音符，再加上意符女、众，就構成「娶」、「聚」。不過，「娶」的音符「取」並不是純粹的音符，而是傳統所謂「聲兼義」的音符。

以上提出的關於漢字結構的理論模式，仍然有進一步研討的必要。漢字結構理論是一個最基本的但又是很重要的研究課題，需要更多的學者來共同完善它，便之更加科學化。可以相信，科學的漢字結構理論體系的建立，必將給 21 世紀漢字實踐考察帶來新的曙光。

原載《漢字文化》，1997 年第 3 期。

「蔡蔡叔」辨詁

　　《左傳・昭公元年》「周公殺管叔而蔡蔡叔」，又《定公四年》「王於是乎殺管叔而蔡蔡叔」，晉代杜預注「蔡，放也」。「蔡」之訓「放」，未究其原。章太炎先生《新出三體石經考》云：「蔡侯蔡作**帝**，〔註1〕蔡人同。此古文殺字。殺蔡聲通相借，如『殺三苗』，『蔡蔡叔』，並借為祭是也。孔沖遠說『蔡蔡叔』云：『隸書改作祭字，全類蔡字』，此則不然。正以古文重寫**帝**字，上**帝**借為殺，下**帝**借為蔡，隸寫者遂亦重寫蔡字而於音義分別之爾。」

　　陸宗達、王寧兩先生擯棄了「聲通相借」說，認為「『祭』的本義是『殘殺』。《大戴禮記・夏小正》、《禮記・月令》都有『獺祭魚』、『豺祭獸』。這個『祭』就是「殘殺」。……由此即可理解由『祭』派生出的『蔡』字也有『殺』義。《左傳・昭公元年》『周公殺管叔而蔡蔡叔』。『蔡』也是『殺』。同樣，由『祭』派生出的『縩』字訓『殘帛』，有『殘』義。」〔註2〕然此訓義有如下困難。

　　其一，「祭」之早期甲骨文如乙五三二一、乙五三一七、存一・一三七二等，字形都像手持帶血的肉，會血祭之意。血祭必先殺戮，所以「祭」與「殺」義有關，惟其本義並不等同於「殺」。《呂氏春秋》「孟春之月，獺祭魚」高誘

〔註1〕為減少製版困難，本文所列古文字均改用隸定字形，謹此說明。

〔註2〕陸宗達、王寧《訓詁方法論》，北京：中國社會科學出版社，1983 年 12 月第 1 版，第 160～161 頁。

注：「獺獱，水禽也。取鯉魚置水邊四面陳之，世謂之祭魚。」「孟秋之月，鷹乃祭鳥，始用行戮」注：「是月鷹摯殺鳥於大澤之中，四面陳之，世謂之祭鳥。」又「季秋之月，豺乃祭獸戮禽」注：「於是月殺獸四圍陳之，世所謂祭獸。」可見「祭」有「殺而圍陳」之義。故沈兼士先生說：「高誘以圍陳之說解祭魚祭鳥，實為得之。」〔註 3〕

其二，退一步說，「祭」有「殺」義，由「祭」孳乳的形聲字未必都有「殺」義。以《說文〉所收用「祭」作構形部件的字來看，除「察」從宀、祭會意而外，從「祭」得聲的字共有七個：《艸部》「蔡，艸也」；《巾部》「幓，殘帛也」；《𠂤部》「際，壁會也」；《禾部》「穄，糜也」；《目部》「瞭，察也」；《疒部》「瘵，病也」；《邑部》「郲，周邑也」。其中除「幓」的「殘」義與聲符「祭」的意義有關而外，其餘各字的「祭」都只是一個純粹的聲符，並沒有「殘殺」義。僅據「幓」有「殘」義而推論「蔡」有「殺」義，難免有偏頗之嫌。

作為表示草本植物的「蔡」，只取聲符「祭」之音，與「祭」的本義無關，至少在東漢是如此，但作為封國名稱的「蔡」，可與初文「祭」通用。王引之《經義述聞・國語・晉語》「惠慈二蔡」條指出：「祭與蔡古字通。《呂氏春秋・音初篇》『周昭王及蔡公抎於漢中』，僖四年《左傳正義》引此作『祭公』，《古今人表》亦作『祭公』。《墨子・所染篇》『幽王染於蔡公穀』，《呂氏春秋・當染篇》作『祭公敦』。《春秋》鄭『祭仲』，《易林》既濟之鼎作『蔡仲』，漢安平相孫根碑『祭足』作『蔡足』。……二蔡，蓋二人皆食邑於蔡者。」沈兼士進一步指出：「案《說文》：『郲，周邑也。』《春秋》經傳則凡周邑字作祭，凡陳蔡字作蔡，容陳蔡字古亦互用祭字，其後乃以祭蔡二字分別為之。」〔註 4〕

然「蔡蔡叔」前者之「蔡」既非周邑字，也非陳蔡字，若以初文「祭」破此「蔡」字，釋以「殘殺」義，文意雖暢，於史實不合。《史記・周本紀》：「周公奉成王命，伐誅武庚、管叔，放蔡叔。《管蔡世家》：「武王既崩，成王少，周公旦專王室。管叔、蔡叔疑周公之為不利於成王，乃挾武庚以作亂。周公旦承成王命伐誅武庚，殺管叔而放蔡叔，遷之，與車十乘，徒七十人從。……蔡叔度

〔註 3〕沈兼士《希、殺、祭古語同原考》，載《沈兼士學術論文集》，北京：中華書局，1986 年 12 月第 1 版，第 212～225 頁。

〔註 4〕沈兼士《希、殺、祭古語同原考》，載《沈兼士學術論文集》，北京：中華書局，1986 年 12 月第 1 版，第 212～225 頁。

既遷而死。」又《書·周書·蔡仲之命·序》:「蔡叔既沒,王命蔡仲踐諸侯位,作蔡仲之命。」偽孔安國傳:「以罪放而卒。」孔穎達疏:「蔡叔與管叔流言於國,謗毀周公。周公囚之郭鄰,至死不赦。蔡叔既沒,成王命蔡叔之子蔡仲踐諸侯之位,封為國君。」《蔡仲之命》云:「惟周公位冢宰,正百工。群叔流言,乃致辟管叔於商,囚蔡叔於郭鄰。」偽孔傳:「致法謂誅殺,因謂制其出入。郭鄰,中國之外地名。」孔穎達疏:「周公乃以王命致法殺管叔於商,就殷都殺之。囚蔡叔,遷之於郭鄰之地,惟與之從車七乘。」《史記》載「蔡叔度既遷而死」,可見周公並未殺蔡叔,蔡叔是被放逐之後死掉的,因之「蔡」訓「殘殺」與歷史事實不符。《左傳》謂「殺管叔而蔡蔡叔」,《史記》則云「殺管叔而放蔡叔」,可證杜預訓「蔡」為「放」是正確的。

但杜預沒有說明「蔡」訓「放」的理由,唐代陸德明《經典釋文》說:「『而蔡蔡叔』,上『蔡』字音素葛反,《說文》作𢿷,音同,字从殺下米,云捼𢿷,散之也。」孔穎達進一步解釋說:「《說文》云:「𢿷散之也。」『𢿷』為『放散』之義,故訓為『放』也。隸書改作已失本體,『𢿷』字不復可識,寫者全類『蔡』字,至有重為一『蔡』字重點以讀之者。」孔穎達認為「蔡」係「𢿷」之訛,本字應為「𢿷」,隸變導致「𢿷」的字形與「蔡」相似而混同。查《說文》,「蔡」與「𢿷」的小篆字形迥異,不可能相混。「𢿷」之初文「殺」,《汗簡》引古《尚書》作帋,《古文四聲韻》第四卷引《說文》作布,第五卷引崔希裕《纂古》也作布,《古文四聲韻》引《林罕集》「蔡」字作帋。「蔡」與「殺」的古文字形極為相似。睡虎地秦簡《日書》甲種第三簡正面「蔡」作「蔡」,「殺」字第四十簡正面和第九十九簡正面均作𢫾,字形略似尚不致混淆。據此,可以推斷「蔡」、「殺(𢿷)」相混非隸變所致,戰國古文形似當是「蔡」、「殺(𢿷)」相混的文字學原因。《禮記·鄉飲酒義》「愁之以時察守義者也」鄭玄注:「察或作殺。《廣韻》去聲祭韻,「𥂕」與「鎩」、「蔱」同音所例切。入聲黠韻初八切,「㩯」亦作「魁」。「杀」即「殺」之省形。從「祭」聲與從「殺」聲相通,此為「蔡」與「𢿷」相混的音韻學原因。「𢿷」的初文「殺」,不僅有「殺戮」義,且有「放散」義。「𢿷」的「放散」義直接承「殺」而來,故沈兼士云:「殺有殺戮、𢿷散二義,猶肆有肆殺、肆解二義也。」〔註5〕今試補證如下。

〔註5〕沈兼士《帋、殺、祭古語同原考》,載《沈兼士學術論文集》,北京:中華書局,1986

　　《孟子・萬章上》：「舜流共工於幽州，放驩兜於崇山，殺三苗於三危，殛鯀於羽山，四罪而天下咸服。誅不仁也。」《書・虞書・舜典》作「流共工於幽州，放驩兜於崇山，竄三苗於三危，殛鯀於羽山，四罪而天下咸服。」偽孔傳：「殛、竄、放、流、皆誅也。」孔穎達疏：「流者，移其居處，若水流然。罪之正名。故先言也。放者，使之自活。竄者，投棄之名。殛者，誅責之稱。俱是流徙。異其文，述作之體也。」《辭源》1980 年 8 月修訂版第 1685 頁引「殛鯀於羽山」訓「殛」為「殺」，誤「誅責」義為「誅殺」義，顯見與「流」、「放」、「竄」義例不合。段玉裁《說文解字注》「殛」字條下注云：「殛鯀則為極之假借，非殊殺也。……劉向曰，舜有四放之罰。屈原曰，永遏在羽山，夫何三年不施？王注：言堯長放鯀於羽山，絕在不毛之地，三年不捨其罪也。鄧志答趙商云：「鯀非誅死，鯀放居東裔，至死不得反於朝。」〔註6〕《左傳・昭公七年》「昔堯殛鯀於羽山」，《經典釋文》云：「殛，紀力反，誅也。本又作『極』。」證段說不誣。《左傳・文公十八年》「流四凶族」稱「流」而不曰「殛」。杜預注：「案四凶罪狀而流放之。」可見殛、竄、放、流文異而義同。《史記・五帝本紀》：「於是舜歸而言於帝，請流共工於幽陵，以變北狄；放驩兜於崇山，以變南蠻；遷三苗於三危，以變西戎；殛鯀於羽山，以變東夷。」證此「殛」確無「殺」義，否則何以變東夷？《孟子》「殺三苗」之「殺」，亦無「殺戮」義，當與《書》「竄三苗」，《史記》「遷三苗」之「竄」、「遷」同為「流放」義，其後起字當作「檠」。段注「殛」字條下認為「《山海經》『殺鯀於羽郊』則言之不從，不可信矣」，殊不知此「殺」字不可訓「殺戮」，若以「放散」為確詁，則文從字順，了無窒礙。

　　總之，章太炎先生認為「『殺三苗』，『蔡蔡叔』，並借為檠」之說，較「蔡」訓「殺」義說更切合古籍裏詞語運用的實際情況。《康熙字典・艸部》云：「蔡，又桑割切，音薩，放也。《左傳・昭元年》『周公殺管叔而蔡蔡叔』，《韻會》本作『檠』，言放之若散米。今作『蔡』。」古書用例和注疏材料表明，「蔡蔡叔」之前「蔡」字本作「檠」，此「檠」字及其初文「殺」都有「放散」義。由於「檠」之初文「殺」與「蔡」之古文形近聲通致誤「檠」為「蔡」，故「蔡」不可循聲符「祭」的意義訓為「殺戮」。杜預訓「蔡」為「放」，緣於本字「檠」

　　年 12 月第 1 版，第 212～225 頁。

〔註6〕段玉裁《說文解字注》，上海古籍出版社，1981 年 10 月第 1 版，第 162 頁。

的初文「殺」有「放散」義，是經得起檢驗的確詁。故「殺三苗」、「殺鯀於羽郊」之「殺」確詁為「放」，「蔡蔡叔」之前「蔡」字以本字「蔡」破之，其確詁亦為「放」。

原載《中國語文》，1997 年第 3 期。

說「亂」

　　自乾嘉迄今，研究「亂」的學者代不乏人，然觀點歧異，頭緒紛繁，要之，可歸納為五種意見。第一是反訓說，以王念孫，錢大昕等為代表，認為亂之所以有治義是反訓所致，這也是當前學術界最普遍的觀點；第二是轉注說，段玉裁《說文解字注》以為亂本訓不治，轉注之法乃訓亂為治；第三是同形說，林義光《文源》認為「治」的本字訛變與「亂」字形合，遂兼治、亂二義；第四是假借說，郝懿行《爾雅義疏》謂亂之訓治，蓋因與繺音義俱同，故兼有二義。齊珮瑢《訓詁學概論》也認為亂之訓治，本係音借，非關反訓〔註1〕；第五是同訓說，徐朝華指出「亂」在表示治理義時和「治」是同義詞，可以和「治」互相訓釋，這是同義相訓，不是反訓〔註2〕。眾多學者為探索亂的治義來源作出了不可磨滅的貢獻，但缺憾也是明顯的。研究一個詞的意義變化，僅侷限於詞義的探討，固然不能究其奧秘，或偏於字形，或重於音韻，同樣難窺其全豹。本文擬對亂字形音義的上古淵源加以全面考察，進而對學術界至感煩難的亂、繺同形問題提出一己之見，以期作為推動此項研究的引玉之磚。

〔註1〕齊珮瑢，《訓詁學概論》，北京：中華書局，1984 年 5 月版，第 156 頁。

〔註2〕徐朝華，《郭璞反訓例證試析》，載《語言文字學術論文集》，上海：知識出版社，1989 年 1 月版，第 535 頁。

一、字形淵源

《說文・乙部》的「亂」和《𠬪部》的「𤔔」，許慎均訓為「治」。徐鉉對「亂」、「𤔔」的注音也都是郎段切，兩者音義一致，且「𤔔」又是「亂」的左偏旁，故考察「亂」的字源，不能不追溯「𤔔」和「乚」的初形。

根據目前所能掌握的材料，「𤔔」最古老的獨體字形是西周懿王時牧簋銘文裏的 ，此字下部不從又而從土。稍晚一些的孝王時五年琱生簋銘文則作 ，與「𤔔」的小篆字形基本相同〔註3〕。此字作為「嗣」的構形部件時，下部除保持又而外，還有寸、止、巾、个……多種變體，而以從又為最常見。在所有由「𤔔」參與構成的合體字中，「嗣」在銘文裏的出現頻率最高，其簡體右偏旁多作 ，孝王時盨方彝銘文中同一字就用了「嗣」的繁簡兩體。毛公鼎銘的「亂」字也有繁簡兩體，其簡體的左偏旁作 ，沒有下部的「又」。丁佛言《說文古籀補補》引大嗣樂璽文「嗣」作 ，左偏旁「𤔔」作 ；吳大澂《說文古籀補》引又卣銘「嗣」作 ，右偏旁「𤔔」作 ，都沒有下部的構件。這個「𤔔」還與「攴」組成合體字，如西周中期貉子卣銘的「𣀤」。由於「𤔔」的下部通常都有又、寸等構件，以致「」被認為是「𤔔」省略了下部構件的簡體，但事實並非如此。《甲骨文編》卷三收了 字。徐中舒主編的《甲骨文字典》云：「從辛從 ，所會意不明。」卜辭用例僅一見：「……申卜疒 ……」（南南一・一八二）。徐氏定此字為第四期，高明《古文字類編》定為第二期，時限雖未有定論，較牧簋銘的 為早則是毫無疑問的。據此完全可以論定甲骨文 的左偏旁 就是 、 等字的初文。「」不是 、 省略下部構件所致，恰好相反，「𤔔」和其他金文變體都是以初文「」為基礎，或增減筆劃，或移位變形而造成的。

「」在卜辭中還未發現單用的例子，它只是作為構形部件充當了合體字 的左偏旁。要破釋 字，必須分別弄清它的兩個結構成分 和 的造字本義。 從爪從 8 從 H，8，小篆作 8，隸定為幺。甲骨文幺、糸無別，作 8（粹八一六）、8（甲三五七六）、8（燕四四六）、8（乙一〇五）等形。《說文・糸部》所云「糸，細絲也，象束絲之形」與甲骨文相合，故幺亦為束絲之象形。

〔註3〕本文為統一體例，銅器斷代依據馬承源《商周青銅器銘文選》，北京：文物出版社，1990 年 4 月版第四冊，但並不表示筆者完全同意馬說。為減少製版困難，本文有的古文字改用隸定字形。謹此說明。

Ｈ為何物向有爭議，徐鍇以為坰界，楊樹達認為「Ｈ乃象互形」，「互可以收繩，亦可以收絲」〔註4〕。陳維稷主編的《中國紡織科學技術史》（古代部分）第51頁指出：1979年江西貴溪崖墓（距今2595±75年屬春秋戰國之間）中發掘出一批紡織工具，其中就有幾塊平面呈Ｈ形的繞紗框〔註5〕。這種工具既可繞紗，也可繞絲，絲從框上脫下即成束絲，該書附有實物圖形可資驗正。Ｈ為繞絲框證據確鑿、無可爭議。由此可知🈂的造字本義應為「治絲」，如果行為的對象不侷限於「束絲」，則可用為「治」義。

🈂的字形與第一期甲骨文（人七〇〇）相同，此字又作🈂（後下三七・六），這就是《說文》裏的辛。《說文・辛部》：「辛，辠也。从干二。二，古文上字。」許慎的說解不切合甲骨文字形。郭沫若認為，辛「象古之剞劂，即刻鏤之曲刀形，因以用於剌鑿罪人或俘虜之額，故借施黥之刑具剞劂表現罪愆之義」〔註6〕。據郭先生考訂，《說文》所收之辛、辛、啇均異構而同源，造字本義相同。🈂像曲刀之形，表示罪愆之義，這個結論是可信的。🈂從🈂從🈂，造字本義應為「治罪」。卜辭用為「治」義。《甲骨文編》卷三認為此字《說文》所無，誤。《說文・辛部》有個「辤」字。從𤔔從辛。🈂是𤔔的初文，🈂是辛的初文，卜辭的🈂正是《說文》之「辤」的初文，可見《說文》訓「訟」並非「辤」的造字本義。兮甲盤銘「王令甲政𤔔成周四方𧵩至於南淮夷」。各家均把𤔔直接寫為「司」，誤。「啇」乃「辛」之繁文，王國維《毛公鼎銘考釋》早已指出這一點，可見「𤔔」就是「辤」，此字本有「治」義。

🈂之繁體🈂與「司」組合成的「嗣」在兩周銘文裏是個常用詞，它在運用過程中逐步簡化。簡化通常有三種情況：1.左右兩部分都減少筆劃。如康王時大盂鼎銘的「嗣」作🈂，右偏旁司作🈂，左偏旁Ｈ作一；2.只簡化右偏旁。如穆王時𣄧簋銘的「嗣」作🈂；3.只簡化左偏旁。如西周晚期伯郤父鼎銘的「嗣」作🈂。有的銘文甚至把「司」簡化為🈂，如司土司簋銘的🈂，左偏旁保持穩定，右偏旁簡化到極點。這種情況雖不多見，卻為「亂」的字形指明了來源。強運開《說文古籀三補》引䢒中鐘銘「肇徵亂旅」之「亂」作🈂，詛楚文

〔註4〕楊樹達，《積微居小學述林》，北京：中華書局，1983年7月新1版，第89頁。
〔註5〕此項資料承黃金貴教授提供，謹誌謝忱。
〔註6〕郭沫若，《甲骨文字研究》，北京：科學出版社，1962年11月新1版，第172～183頁。

《湫淵》「淫失甚亂」之「亂」作🔲，可證小篆🔲的右偏旁是遵循司→ᐟ→ᐟ的簡化路線所致。小篆隸定就是現在的「亂」。說到底，「亂」是「嗣」的簡體。晉公𥫖盨銘「廣嗣四方」，《書·顧命》「其能而亂四方」，偽孔傳「其能如父祖治四方」，是「亂」為「嗣」簡體之確證。

有的銘文左偏旁下部不作中而作🔲，如寧鼎銘的🔲；或作个，如無叀鼎銘的🔲。《古陶文字徵》陶文作🔲（2.4 令嗣樂作太室塃）。嗣的右偏旁如果遵循司→ᐟ→ᐟ的路線簡化，勢必產生「嗣」的另一個簡體🔲。《集韻》至韻：「治、亂，理也。古作乿。」顯然，乿就是嗣簡為🔲隸定的字形。「司」也偶有簡為🔲的，如寧鼎、胊簋銘的「嗣」，右偏旁「司」都作🔲。🔲的右偏旁如果遵循司→🔲的路線簡化，就會產生又一個簡體🔲。《古文四聲韻》引古《孝經》有🔲、🔲兩個異體字，這兩字右偏旁的🔲、🔲正是「司」的簡體。《古文四聲韻》引《道德經》「詞」作🔲，引《王庶子碑》則作🔲，「詞」的右偏旁「司」作🔲、🔲，左偏旁「口」作🔲，可證🔲、🔲是金文ᐟ、🔲的變體，它們都是「司」簡化的結果。因此，古《孝經》的「🔲」、「🔲」兩個字都源於金文「嗣」。這樣，「亂」、「乿」的字源也就眉目分明了。

二、原始音義

「亂」的初文「嗣」出現於西周早期，比🔲的時代略晚，它的音義與「𤔔」和「司」這兩個偏旁有密切關係。一般說來，絕大部分漢字都是一字一音，但也有少數例外。許慎在《說文》裏明確指出「鰲」字「次、年皆聲」。「竊」字「卨、廿皆聲」。裘錫圭先生又舉出「悟」、「眞」、「詞」等三個都是由兩個聲符組成的形聲字[註7]。應當指出，這種情況在兩周銘文裏是存在的，除裘先生指出的「詞」之外，「嗣」也是一個兩聲字。它在銘文裏既有「主管」義，讀「司」聲；又有「治理」義，讀「𤔔」聲。請看以下用例：

1.（穆王）靜簋銘：「丁卯王令靜嗣射學宮。」

2.（孝王）盠方尊銘：「用嗣六𠂤王行參有嗣：嗣土、嗣馬、嗣工。」

3.（春秋）晉公𥫖盨銘：「□□百繺，廣嗣四方」至於大廷，莫不來□。」

4.（春秋）庠壺銘：「商之台□嗣衣裘車馬。」

〔註7〕裘錫圭，《文字學概要》，北京：商務印書館，1988 年 8 月版，第 108 頁、第 157頁。

　　第 1、2 例用為「主管」義，讀司聲。經典「嗣」多作「司」。如《禮記·曲禮下》：「天子之五官，曰：司徒、司馬、司空、司土、司寇，典司五眾。」第 3、4 例用為「治理」義，讀啻聲。經典「嗣」多作「亂」，或迻改寫為「治」。如第 3 例的「嗣四方」《書·顧命》作「亂四方」，偽孔傳「治四方」。《說文·辛部》以「嗣」為「辭」的籀文，表明這兩個字迄至東漢仍是音義皆同的異體字。徐鉉給這兩字的注音是似茲切，則上古音韻地位應為定母之部平聲。如果司、辛充當聲符，則「嗣」與「辭」分別屬上古心母之部平聲與心母真部平聲，這樣兩字既不同音，且與似茲切不合。因此，「嗣」、「辭」這對異體字同音的唯一可能就是都讀啻聲，而且「啻」的上古音韻地位必為定母之部平聲。《辛部》另有一對異體字可以作證。許慎以「辝」為「辭」之籀文，「辝」的左偏旁並非「接受」之「受」，而是「啻」省略中部之8所致。雲夢睡虎地秦墓竹簡《秦律雜抄》第 35 簡「冗募歸，辭曰日已備」之「辭」作辤，《法律答問》第 95 簡「辭者辭廷」之「辭」作辤。魏代李謀墓誌的「亂」寫作亂，《篇海類編·干支類·乙部》「亂」作乿，都省略了啻中部的8，證「辝」是「辭」的簡體。徐鉉給「辝」、「辝」的注音也是似茲切，這兩個字如果從辛聲則均為上古心母真部字，與似茲切不合。唯一可能就是「辝」從受（啻）聲，「辝」從台聲。「台」是上古定母之部平聲字，則受（啻）也非此莫屬。「接受」之「受」為上古定母幽部字，與似茲切明顯不符，可見「辝」的左偏旁確是「啻」的簡體充當聲符。「嗣」在銘文裏可假為「嗣」。如恭王時師酉簋銘「嗣乃且啻官邑人」；也可假為「祠」，如昭王時令簋銘「公尹伯丁父兄於戍。戍冀嗣，乞」。而「嗣」、「祠」均為上古定母之部字，此亦可證「嗣」有「啻」聲一讀。

　　東漢時期，「嗣」的「司」聲一讀已經消亡，否則許慎不會把它僅僅作為讀「啻」聲的「辭」的籀文，卻讓「司」單獨立篆。由於「亂」和「乿」都是「嗣」的簡體，因此，從理論上說，「亂」和「乿」都是既讀「啻」聲，又讀「司」聲的兩聲字。不過，漢代「司」聲一讀既已消失，故「嗣」、「亂」、「乿」都只可能從「啻」聲。這樣一來，它們與專表水名的「治」就完全同音了。由於「治」字形簡單，較「嗣」、「亂」、「乿」更便於運用，自漢以降，以河流專名的「治」來表示「治理」義大行其道，古籍中用「辭」、「嗣」、「亂」、「乿」表示「治理」義的痕跡逐漸磨滅殆盡，它們之間的淵源關係也就幽隱難明了。

　　「亂」既是「嗣」的簡體，它的「治」義當然承「嗣」而來，《說文》「亂」

訓「治」乃是歷史事實的客觀反映。但是，戰國詛楚文《湫淵》「今楚王熊相康回無道，淫失甚亂」的「亂」為什麼有「不治」義呢？這得從它的左偏旁「圂」說起。「圂」在西周銘文中不但作為合體字的構形部件，而且還可單用。其例有四：

1. （懿王）牧簋銘：「今余唯或叡改，令女辟百僚。有巨吏包，迺多圂，不用先王乍井，亦多虐庶民。」

2. （孝王）五年琱生簋銘：「余既訊㝬我考我母令，余弗敢圂。」

3. （孝王）番生簋銘：「朱圂㐮斳。」

4. （宣王）毛公鼎銘：「朱䡆㐮斳。」

第 4 例的「䡆」與第 3 例的「圂」是異體字，而牧簋、錄伯戎簋、吳方彝、盠盨、師兌簋、師克盨等器的相同銘文「圂」皆作「虢」。對這個「圂」，各家意見不一，或釋「亂」、「巒」，或釋「鞹」、「靼」，皆扞格未安。要討論「圂」、「虢」在這段銘文中的含義，先得弄清㐮、斳為何物。較多的學者認為㐮、斳即《說文》裏的「靳」、「靳」。《說文・革部》：「靳，車軾也。」段注云：「《大雅》傳曰：『鞹，革也。靳，軾中也。』此謂以去毛之皮鞔軾中人所憑處。」〔註8〕《左傳・定公九年》「吾從子如驂之靳」孔穎達疏：「《說文》云：『靳，當膺也。』則『靳』是當胸之皮也。」〔註9〕由此可見，「靳」是裝飾軾中人所把手處的去毛之皮，而「靳」是駕轅兩馬當胸的皮套。因此，「圂」在此段銘文裏義為「治」，與造字本義接近。「朱圂㐮斳」即以朱丹所治之靳靳。「圂」又作「虢」，《說文・虎部》：「虢，虎所攫畫明文也。」「虢」本指虎爪劃的紋路，用為動詞則由「攫畫明文」引申出「裝飾加工」之義，與「治」義近。第 1、2 兩例的「圂」，學術界已有較為一致的看法。第 1 例作名詞，義為「禍害」、「亂子」。第 2 例作動詞，義為「違背」、「造反」、「作亂」。這些意義都是由「不治」義引申所致。「不治」義的產生，與「圂」的字形有關。如果側重於手的行為，就體現了「治絲」的造字本義；如果側重於被治物，則因束絲易紊亂而產生不治義。本來具有「治」義的「亂」，由於它的左偏旁產生了「不治」義，而右偏旁「司」因極度簡化而表意能力大為削弱，故「亂」也可用為「不治」義。叀中鐘之　，《湫淵》之　，湖北荊門包山楚墓第 192 號簡和睡虎地秦墓

〔註8〕段玉裁，《說文解字注》，上海：上海古籍出版社，1981 年 10 月版，第 108 頁。
〔註9〕阮元校刻，《十三經注疏》，北京：中華書局，1980 年 10 月版，第 2144 頁。

《日書》甲種第 5 號簡（正面）之🌿，都表示「不治」義。這表明戰國時期「嗣」的簡體「🌿」，「亂」與「嗣」的變體「🌿」，都已用為「不治」義。《玉篇·乙部》「亂，力貫切，理也；兵寇也。或作『嗣』也。」《又部》「嗣，力換切，理也；亦作『亂』，兵寇也。」如實反映了「亂」、「嗣」都有「治」與「不治」兩義而並用的情況，並且記錄了力貫切這一後起的讀音。

總括上文，「亂」在先秦時期理論上可有「嗣」、「司」兩讀，可具「治理」、「主管」兩義，但由於「司」形體極度簡化，聲義陵夷，「亂」實際上用為「治」義只讀「嗣」聲。戰國時期「亂」又產生「不治」義，而且獲得了新的讀音。

三、「亂」、「䜌」的分野

「亂」在理論上可讀「嗣」、「司」二聲，可是《說文·乙部》的「亂」，徐鉉卻音郎段切，與「嗣」、「司」兩讀竟毫不沾邊，是什麼原因呢？這就牽涉到「亂」、「䜌」同字的問題。

清儒早已注意到兩者的音義關係，如段玉裁在「䜌」下注云：「與《爪（應為又）部》嗣，《乙部》亂，音義皆同。」林義光《文源》進一步把「䜌」當作「亂」的古文，以為「不治之亂，古以䜌為之。」張舜徽先生在《說文解字約注》卷廿八「亂」字條下說：「此篆與《言部》『䜌』、《又部》『嗣』，實即一字。」孫德宣先生更以銘文證「亂」、「䜌」為一字，他說：「紊亂、叛亂之亂，金文多作䜌。虢季盤『錫用戉，用政䜌方』，兮甲盤『毋或納亂宄』的亂作䜌，散氏器『余有爽亂』的亂作🌿。」〔註10〕

銘文是否以「䜌」為「亂」，需要深入研究。下面抄錄與孫先生例證有關的資料，逐一討論。

（宣王）虢季子白盤銘：「王賜乘馬，是用左王。賜用弓、彤矢，其央。賜用戉，用政䜌方。」文中「䜌」借為「蠻」，是對少數民族的泛稱。「䜌方」又作「方䜌」，如牆盤銘：「方䜌亡不觌見。」或稱「䜌夏」，如秦公簋銘：「虢事䜌夏」《詩·大雅·抑》「用逷蠻方」鄭玄箋：「蠻方，蠻畿之外也。」證銘文之「䜌方」並非「亂方」，「䜌」不能等同於「紊亂」、「叛亂」之「亂」。

（宣王）兮甲盤銘：「其隹我者侯、百生、氒寅毋不即峀，毋敢或入䜌宄

〔註10〕孫德宣，《美惡同辭例釋》，載《中國語文》1983 年第 2 期，第 112～119 頁。

賓，則亦井。」孫先生所錄文字既有脫漏，且遠離原文本意。銘文「䜌」借為「蠻」。《詩・小雅・角弓》「如蠻如髦」毛亨傳：「蠻，南蠻也。」「蠻」在銘文裏指少數民族地區，與「亂」毫不相干。

（厲王）散氏盤銘：「旅誓曰：『我既付散氏田器，有爽實，余有散氏心賊，則爰千罰千，傳棄之。』迺俾西宮襄、武父誓曰：『我既付散氏濕田牆田，余有爽䜌，爰千罰千。』」「䜌」是「䜌」的異體字，西周銘文有「宀」與無「宀」兩作可證。穆王時豐尊銘「令豐殷大矩」，懿王時癲鐘銘「雩武王既䇂殷」；恭王時牆盤銘「隹辟孝友」，宣王時盟盨銘「善效乃友內辟」。「䜌」借為「變」，文中「有爽實」與「有爽䜌」同類對舉，意義相近，都有「失信」、「差錯」、「違背」的意思。容庚、張維持《殷周青銅器通論》第 92 頁，洪家義《金文選注繹》第 308 頁，都定「䜌」為「變」，可從。

「䜌」在兩周銘文中還有通「鑾」、「孌」、「欒」的實例，獨未發現「亂」義。但是據《說文》「䜌」有三義。《言部》云：「䜌，亂也。一曰治也。一曰不絕也。從言、絲。」而《龍龕手鏡・絲部》和《廣韻》桓韻只說是南䜌縣名，未指出「䜌」有何義。自東漢以降，歷代字典辭書所列「䜌」的「亂」、「治」二義，皆源於《說文》）而無任何用例資證，深為可疑。「䜌」的字形確如《說文》所云從言、絲。西周銘文「䜌」中部的「言」多作𠮷（如孝王時㣦簋）和𠮷（如宣王時虢季子白盤），戰國陶文「䜌」作[字形]（香錄三・二），其中「言」作𠮷。但是，有些以「䜌」為構形部件的古文字，「䜌」的形體與金文不一樣。《說文古籀三補》收古璽文「戀」字作[字形]，從𠬞從𢆶，不從絲。《古文四聲韻》所收「彎」、「孌」，上部的「䜌」都作[字形]，與第四期甲骨文[字形]（粹一一二）、第一期甲骨文[字形]（林二・一二・一〇）、第五期甲骨文[字形]（遺五八五）非常相似，象手持束絲之形。也有省去手的，如第一期甲骨文[字形]（合四三五），它與古璽文「戀」字上部的𢆶構形原理相同，僅有繁簡之別。顯然。《古文四聲韻》的「彎」、「孌」和古璽文的「戀」保持著「䜌」早期的形體特徵。據此可以斷言。「䜌」字的源頭就是「系」字的甲骨文形體。《說文・言部》以[字形]為「䜌」的古文，這個[字形]正是「系」的甲骨文字形的遺緒。[字形]（[字形]）下既然可以加止為[字形]（摭續一八一），同理，[字形]下當然也可以加又為[字形]。「系」，《說文》訓為「繫」，卜辭用為「繫屬」義，「繫屬」含有「繫連不絕」之義，故《說文》所釋「䜌」

的三個意義中，只有「不絕」義與其初文「系」的造字本義相關。

然而，「絲」為何有「亂」、「治」兩義呢？《古文四聲韻》引古《孝經》的「亂」與《汗簡》所引的「絲」都作「▨」。「亂」與「絲」雖古文字形完全相同，但淵源迥異。「亂」的異體發端於西周晚期宣王時毛公鼎銘的「▨」，此字是由▨的變體▨增加四「口」而成的。長沙子彈庫楚帛書、包山楚墓 192 號簡、睡虎地秦墓《日書》甲種 5 號簡（正面）的「亂」都寫作「▨」，丟掉了毛公鼎銘文中部的「一」，保留了兩旁的四「口」。魏三體石經《無逸》作▨，四「口」已變為四「∀」。《古文四聲韻》引古《尚書》「亂」作▨，引《道德經》作▨，引古《孝經》作▨，都是∀、⊠與8互訛所致。楚帛書8作▨可資參證。戰國時期，由於「亂」、「叒」同義並行混用，靠著與「絲」同形的便利，「亂」、「叒」的「治」與「不治」兩義可以輕而易舉地移加到「絲」的頭上，而「亂」、「叒」也乘便獲取了「絲」的讀音。《詩·大雅·公劉》「涉渭為亂」孔穎達疏：「正絕流曰亂，《釋水》文。孫炎曰：直橫渡也。然則水以流為順，橫度則絕其流，故為亂」。《龍龕手鏡·絲部》去聲：「㝈，音亂，絕水度。」據《說文·水部》「㝈，漏流也」，可知「㝈」的本義與「絕水度」毫無關係，這正是「亂」的「正絕流」義的移植。儘管一時未能發現「亂」、「治」二義移置到「絲」頭上的直接證據，這個例子已說明詞義的轉移確是客觀事實。從「絲」之字，平上去入四聲皆備。如《龍龕手鏡·絲部》平聲：㝈，落官反；上聲：㝈、力袞反；去聲：㝈，居願反；入聲：㝈，蘇叶反。以「絲」為聲符的「㝈」有平、去兩種讀法，《廣韻》平聲桓韻：落官切；去聲換韻：郎段切。去聲一讀與徐鉉給「亂」、「叒」的注音完全一樣，可見「亂」、「叒」與「絲」同形確實為「亂」、「叒」獲取「絲」音提供了便利。「亂」、「絲」讀音的混同，在《說文》猶有孑遺。《女部》：「嫡，順也。從女叒聲。《詩》曰：『婉兮嫡兮』。㝈，籀文嫡。」許慎以「㝈」為「嫡」的籀文，就是因為「叒」、「絲」同音。否則，「嫡」既從「叒」聲，徐鉉就應仿「辭」、「辤」成例，給「嫡」注似茲切才合理。今《說文·女部》：「㝈，慕也。從女絲聲。」音力沈切；「嫡，順也。從女叒聲。」也音力沈切，不音似茲切，足證「叒」不折不扣獲取了「絲」的讀音。

通過以上討論，揭示了「亂」字形音義的上古淵源。亂，從叒從乚，甲骨文▨的孳乳字。它直接由西周金文▨簡化後隸變而來，上古「叒」、「司」兩讀，

漢代「司」聲消亡，中古音應為似茲切，現代漢語普通話標準音應讀[ts'ɿ³⁵]。今讀[luan⁵¹]音是徐鉉據孫愐《唐韻》所注郎段切的沿襲。然此誤讀不自《唐韻》始，早在戰國時期，「亂」就靠著與「䜌」古文同形的便利，借用了「䜌」音，借而不還，本音遂至湮滅。「亂」的本義「治」承「嗣」而來，戰國時期始用為「不治」義。秦漢以降，「治」義由水名「治」表示，「亂」就僅限於表示「不治」義，它的「治」義即使在古籍裏也難以見到了。

原載《古漢語研究》，1998 年第 1 期。

漢字學與生態學結合的理論思考

　　千百年來人類為了生存而對養育自身的大自然不斷進行開發利用，但到了本世紀中葉，忽然發現高度發展的社會物質文明反而威脅著人類的生存。人類為了拯救自己，不得不重新認識並調整自身與生態環境的關係。這樣，系統生態學的原理就被廣泛應用於人類活動領域的方方面面。社會生態學、城市生態學、文藝生態學、教育生態學、經濟生態學、環境生態學等等新的交叉學科也就應運而生，生態學的原理滲透到各個學科領域，為科學研究的綜合發展開拓了廣闊的天地。

　　漢字是世界上現存文字中最富於藝術性的有很高審美價值的文字，它為中華民族古老文化的建設做出了不朽的貢獻，在當前我國的物質文明和精神文明建設中，仍然發揮著重要的作用。但是，由於現代信息傳播技術的高速發展，一部分學者認為漢字難學難寫難認，不適應現代社會的需要。對漢字在電腦時代是否能繼續作為 12 億人口使用的信息傳媒表示懷疑。這樣，漢字與社會究竟存在什麼關係，中國的文化如果沒有漢字將會是什麼前景，應該怎樣正確評價漢字的功能，就成為漢字學迫切需要研究的課題。從東漢許慎寫的《說文解字》算起，漢字的研究已有將近兩千年的歷史，專家學者燦若星雲，論文著作汗牛充棟，其成績是舉世公認的。然而，長期以來，學者們對漢字的探討，基本上是就漢字論漢字的純文字學研究。這種研究只限於探討漢字體系內部的結構和規律，至於影響漢字演變的外部環境因素，論之甚少

甚至完全被忽略。因此,傳統漢字學的研究工作是不全面的,這就勢必影響到對漢字演變規律的全面認識和對漢字功能的正確評價。80 年代的文化熱使不少學者將漢字與中國文化緊密聯繫起來,漢字被作為傳統文化的重要構成因素來研究,這就打破了純文字學研究的一統天下,給漢字的研究工作帶來一股新鮮空氣。這是一個進步,但僅僅邁出這一步是遠遠不夠的。

實際上,漢字並不是孤立存在的,它的產生和演變都與自然、社會、文化、漢語、人群等環境因素密切相關。根據系統生態學的原理,可以把漢字及其存在的環境作為一個整體來進行多層次、多角度的考察,這樣能夠比較全面深入地瞭解漢字變化發展的根本原因、方式、目的和規律,為漢字的綜合研究開拓廣闊的前景。根據生態學原理運用現代科學方法對漢字進行綜合研究的新學科,我們稱之為生態漢字學。生態漢字學理論體系由生態漢字系統理論、漢字生態位理論、漢字功能級理論和漢字進化理論等四個部分構成。

漢字系統與它所存在的環境系統共同構成生態漢字系統。生態漢字系統是在一定時空條件下存在的漢字符號體系,通過人群主體與特定環境系統進行物質、能量、信息交換,相互聯繫,相互作用而構成的動態有機系統。生態漢字系統理論探討漢字與環境相互作用的表現形態、運動方式、運動的原因、目的和規律,揭示漢字與環境互動演進的生態學意義,從漢字與環境的相互關係入手考察漢字,分析漢字,闡釋漢字,以科學手段挖掘漢字的潛能,使漢字對社會文化的發展發揮更大的作用。

生態漢字系統由處於底層的自在環境系統,處於中層的自為環境系統和處於上層的漢字系統等三個子系統構成。自在環境系統包括自然系統和非自然系統。自然系統由非生物、微生物和一般生物三個層次構成。非自然系統也有三個層次,由低到高為社會結構、文化結構和漢語結構。自為環境系統即人群系統,這是生態漢字系統中的能動結構,也是處於自在環境系統與漢字系統之間的中介層次。它一方面從自在環境系統攝取能量信息,同時自身也不斷產生新信息,而且把吸收到的各種信息進行篩選、加工、處理,輸入漢字系統;另一方面,人群系統又運用漢字系統傳播信息作功,反作用於人群自身,重新調整能量信息在人群的不同層次、不同集團中的分布,推動人群的進步。漢字系統在運動過程中,又通過人群系統對自在環境作功,使自在環境的各個層次不斷有序化,進而促進整個生態漢字系統的優化。生態漢

字系統的基本結構層次可以借助金字塔形表示（見圖）。

生態漢字系統結構示意圖

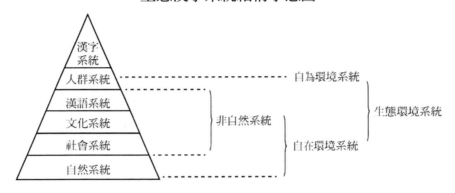

漢字系統由低到高也有三個層次：形體、規則、內容。漢字形體是最基本的層次，它是構成漢字系統的物質基礎。這個層次由字素、字符，字三個層次構成。字素是構成漢字形體的基本元素，數萬個漢字都可以分析為七大類基本元素：點、橫、豎、撇、捺、鉤、挑，它們基本上不負載內容，主要作為構成字符的材料。字符是負載有內容的符號，它既可單獨成字，也可作為字的結構部件。字可以由字素或字符單獨充當，也可由字素或字符組合構成。在字的層次上，可以按不同的特徵聚合成類，稱為字類。但字類只是字的橫向組合，不是高於字的結構層次，如按部首編排字典，按音編排韻書，就是根據相似特徵歸類的。規則也包含三個層次，這就是結構規則，書寫規則和價值規則。結構規則是漢字結構成分相互組合的條理和方法。書寫規則是漢字形體在承受材料上的空間位置按時間推移展開的秩序，包括單個漢字內各個結構部件的相對空間位置以及多個漢字相對空間位置隨時間陳設的秩序。價值規則包括區別規則，經濟規則和審美規則。漢字形體在這些規則的支配下，儘量避免雷同，節省材料，追求美觀。漢字系統的最高層次是內容，內容指的是形體負載的言語、文化、情感等多種信息。內容可以與形體毫無聯繫，這是硬性規定的無動機的內容；也有與形體相聯繫的，這是約定初始就有動機的內容。生態漢字系統中各個子系統相互聯繫，相互影響，各子系統內各個層次也相互聯繫，相互影響，同構層次之間也信息互通，相互作用。這樣一個縱橫交錯的信息網絡中，任何環節上的變化都受到其他環節的制約，而任何環節的變化也對其他環節施加影響，這就為科學闡釋漢字的演變提供了多種視角。

任何一個漢字都可與特定環境整合為一定的生態位。一個漢字與不同的環境可以整合為不同的生態位。佔有較多生態位的漢字表徵其生存能力較強，作功能力也較強。漢字與環境的關係直接與漢字的功能狀態相關聯，對特定漢字在各種不同環境條件下的功能狀態的考察，是認識漢字形體演化動因與規律的主要依據。功能狀態不同，表明漢字與環境因素的作用方式和作用力的強弱存在差異。漢字與環境的相互作用是產生生態變體的根本原因，因此，漢字生態位本質上就是具有一定時空分布的漢字生態變體與一定環境因素共同構成具有等級取向的功能整合體。確定漢字生態位重在考察漢字在一定環境條件下的時空分布狀況，具有相同時空分布的漢字處於同一生態位，因此漢字生態位可能部分重疊或完全重疊。處於同一生態位的漢字既可能相互競爭，也可能長期共存。生態漢字系統是漢字系統與特定環境系統的功能整合體，因此，生態漢字系統是一種典型的漢字生態位。生態位理論完全適用於生態漢字系統。

漢字在與環境相互試探、選擇、整合的過程中，不斷調節作用方式和生態形式，以求建立相互之間最適當的關係網絡。環境是變化發展的，它與漢字的關係也處於永恆的變化調整之中，因而漢字為著生存也不能不變化，並且在變化中總是受功能目的導引尋求與環境最大限度的適應，追求最佳生態位。漢字生態位的功能實質和運動取向為漢字功能級理論和漢字進化理論奠定了基礎。

生態位不同，功能水平固然不一致；具有相同生態位的漢字由於與環境的作用方式和作用力大小不同，功能水平也不可能相等。功能水平不一致的根本原因是不同的漢字對環境信息利用能力的強弱不同。漢字是漢語的補充系統，是中華民族對環境信息的利用向更深更廣領域開拓過程中的產物。從宏觀看，漢字系統對環境信息的利用能力也處於逐步增長的進化過程之中。漢字對能量信息的利用能力標誌著它的作功能力。一個漢字佔有能源與信息源的多少和攝取能量信息量的大小，決定其理論功能級的高低。

文字的功能級是衡量文字功能水平高低的理論標準，它與下列因素有關：

1. 文字分布的地域寬廣度；

2. 文字存在的歷時長度；

3. 以特定文字表達母語的人口數；

4. 文字的社會層次覆蓋率；

5. 使用特定文字的總人口數的空間分布。

有關數據可以通過歷史資料查閱和社會抽樣調查獲得。然後利用矩陣求出功能系數。功能系數即文字作功能力的理論標讀數。它可以標示不同性質的文字系統功能級的相對高低，也可以標示同一文字系統內各個文字的功能級的相對高低。功能級理論有助於把握文字的運動取向和合目的性特徵，便於深入揭示文字與環境的作用方式和規律，為文字預測提供理論依據。世界上的一切系統都毫無例外地存在著由低級到高級的進化過程。系統自我保持的價值要求，導致系統的合目的性運動。系統的進化過程就是價值導引的合目的性與合規律性相統一的過程，實質上，也就是系統使能量和信息盡可能大地通過系統的運動過程。因此，功能尺度是衡量系統進化水平的標準。

文字的進化有兩個方面。一是適應進化，這是文字系統在總能量大致保持穩定的情況下，與環境系統相互作用而發生的運動變化。其實質是保證系統在多變的環境中處於動態穩定地位。進化結果改善了系統與環境的相互關係，使文字在特定環境裏具有得天獨厚的適應能力，保持了在特定環境中的生態優勢，能夠抵禦其他文字系統的外來衝擊，但攝取能量和信息的能力並沒有顯著提高。由於系統穩定性增強，慣性增大，創新能力則降低，故這種達到「頂極狀態」的文字系統在整體上很難實現功能的突破性飛躍。

再是等級進化，這是文字系統不斷提高自身儲存能量信息和作功能力的運動過程。特定文字系統分布地域愈廣，使用該文字系統的人口愈多，表明該系統佔有廣泛而豐富的能源和信息源，具有較強的進化潛力。但文字系統的進化受系統內外多種因素的制約，所以具有進化潛力並不能預定進化的必然結果。能源信息源的變化及系統攝取能量信息的能力的變化，都影響到作功水平，進而影響到進化水平。從歷時看，文字系統的等級進化是一個從低級到高級發展的不可逆過程，但並不排除某些文字功能等級的退化甚至文字消亡；從共時看，並不因為高級文字系統的出現低級文字系統就自然消亡。不同等級的文字系統以不同的生態形式相互影響，相互作用，優勝劣汰，競爭求存。

漢字在形成系統之後，隨著中國社會的進步和文化的繁榮，功能不斷強化。商周時期漢字基本上只在中原地區流行，而清代就擴展到西自蔥嶺，東

至海濱，北起內蒙，南達西沙的遼闊疆域。使用漢字的人口數也在不斷增長，漢字體系從遠古的華夏民族創造運用發展到今天擁有數十個兄弟民族共同使用，目前僅僅中國境內以漢字為主要書面表達手段的人數就超過十億。漢字在漫長的演進過程中，它不但逐步成為中華民族大家庭共用的文字體系，而且對日本文、朝鮮文、越南文也產生了很大影響。本世紀 80 年代以來，由於中國經濟與文化呈現崛起勢頭，漢字是否能適應高科技時代的爭論愈來愈成為社會關注的焦點。對這個問題的回答必須符合漢字體系變化發展的規律，必須符合當代中國的國情。當前的現實情況是，到中國來學習漢語和漢字的外國朋友愈來愈多，漢字在中國人的經濟和文化生活中的地位愈來愈重要。這種現況表明漢字與社會經濟文化的確存在血肉聯繫，很有必要從系統生態學的角度來全面地加以審視，實事求是地評價漢字的功能並科學地預測漢字的發展前景，為國家語言文字政策的制訂提供科學的理論依據。

這樣，漢字與環境、生態位、功能級、進化論，有機地構成了生態漢字學的理論體系。這一新理論的建立，為開拓漢字綜合研究的新領域奠定了基礎。

原載《漢字文化》，1998 年第 2 期。

漢字的演變與文化傳播

　　漢字的產生是由於文化傳播的需要。文化的傳播以文字為載體，這就在一定程度上打破了時空的侷限，使前輩的文化積累可以留傳給後人，使少數人的思惟成果可供全社會的人分享。世界歷史上曾經出現過一些強大的國家，它們曾經擁有完備的文字體系和燦爛的文化，但是隨著國家的毀滅，社會的崩潰，它們的文字也就被埋葬了。唯有中華民族共同使用的漢字，從殷商時代算起，迄今已有三千多年，其間朝代更替，社會變化，漢字面目數易，卻一直保持到現在，原因固然是多方面的，而中國幅員遼闊，人口眾多，方言紛歧，文化交流不能沒有共同認可的符號系統，則是漢字長期存在的一個重要原因。探討文化傳播與漢字產生、演變的關係，有助於瞭解漢字在中國文化發展進程中存在的獨特方式、地位和作用。漢字是中國文化的一面鏡子，從它產生和演變的歷史，可以窺見中國文化發展的軌跡。

一、原始符號的產生與文化傳播

　　所謂原始符號，是指文字產生之前以及文字萌芽時期，人們為了文化交流而採用的書寫記號和刻畫符號。在原始符號產生之前，有相當長的一段時期人們靠實物作為傳遞或保存信息的媒介。用實物作傳媒遠遠早於用書寫符號作傳媒，但實物傳媒的不方便和傳遞信息的模糊性也是顯而易見的。繫一個小繩結記錄一件小事，繫一個大繩結記錄一件大事。在一長串繩結中哪一個繩結記錄

哪一件具體的事，除了繫結的人之外，其他人不可能知道具體內容。這樣，我們的祖先不得不千方百計創造一種既簡便而且失誤少的原始符號。

歷來中國學術界流行的觀點都認為書畫同源，換句話說，就是認為圖畫是漢字的源頭。有的學者還以史前岩畫的日、月圖形來和甲骨文比較，以此證明甲骨文是從岩畫演變而來的。漢字是個多元的複雜的體系，東漢學者許慎所說的「六書」，就包含了多種造字法，這就暗示了漢字並非只有一種來源。有的漢字確實與圖畫有關，但絕非所有漢字都從圖畫演變而來。最早出現的漢字，在邏輯上應當是比圖畫更易書寫的簡單符號。簡單記數的符號明顯地比圖畫更容易書寫，因此數字和記號字應當是世界上一切文字（包括漢字）的最早的起源。數字和記號字大大減少了結繩的麻煩，使文化傳播能在更大的範圍內擴展。

遠古陶器上的符號有的是彩繪後燒成的，有的是燒好後再刻畫的，這表明泥土曾經是書寫的材料。在仰韶文化遺址西安半坡村出土的陶符和馬家窯文化遺址青海樂都柳灣出土的陶符裏都有一定數量的記號字和數字，陶器也就成了傳播文化的媒介。陶器上的刻畫符號不易磨損，這就增加了文化傳播的可靠性和持久性。陶器上不僅可以刻畫簡單記號，而且可以刻畫較複雜的象形符號，山東莒縣陵陽河、大朱村、諸城前寨等地出土的大汶口文化晚期陶符，就有自然風景和生產工具的刻畫符號，有的學者認為大汶口文化陶符是中國最早的象形文字。戰國陶器上書寫的文字符號實際上是史前社會遺風的體現。這種在陶器上彩繪和書寫的傳統，一直保持在中國陶瓷的製作工藝裏，中國瓷器上描畫人物、山水、花卉和題寫詩句，追根溯源，即發軔於史前陶器的彩繪和書寫符號。因此，中國陶瓷文化高超的藝術性與漢字的書法藝術異體而同源，歸根結底都在於漢字本身就代表著中國文化的本質特徵。

人類進入階級社會以後，文化傳播比原始社會時期要求更迫切。對於上層統治階級來說，沒有比較完善的一套符號系統作為文化傳播的工具，就很難成功地組織大規模的政治軍事和經濟活動。河南安陽殷墟出土的大量龜甲和獸骨上刻畫的文字、表明中國奴隸制社會時期已經形成了大致完備的書面符號體系。原始符號演變為正式的文字符號，表明人們的思惟能力和文化積澱能力的增強。《尚書・多士》說：「惟殷先人，有冊有典，殷革夏命。」偽孔安國傳說：「殷先世有冊書典籍，說殷改夏王命之意。」甲骨文的「冊」字像用繩把竹片串聯

起來的樣子，「典」的字形則像雙手捧「冊」的形狀，《說文解字》解釋說：「典，五帝之書也。」傳說中的五帝時期是否有典冊未敢輕易論定，但殷商早期有冊書典籍記載湯革夏命應當是可信的。竹片容易製作，刻畫或書寫都比甲骨方便，根據現存出土甲骨上的墨書與朱書字跡，可以斷定殷人已經發明用毛筆書寫漢字。社會各階層完全可能用刻寫有字跡的竹片傳播文化。如果這種推斷不錯的話，相信將來終會有殷商簡冊出土的一天。在漢字體系形成以前，人們以有記號的實物來打破時間和空間的侷限，傳播文化。但是，這種傳播方式需要在文化轉播者之間達成默契才能進行，其他人不能破釋媒介負載的文化內容。因此，原始符號傳播文化，開始是採取半封閉形式進行的。同一個記號，認識它的人越多，它的封閉性就越小，公約性就越大，這就為漢字體系的產生準備了條件。

二、早期漢字的演變與文化傳播

儘管一些專家認為有的陶符已經是早期漢字，但畢竟還未得到學術界的公認。這裡所謂早期漢字，指小篆和小篆以前的古文字。甲骨文是比較成熟的漢字體系，商王及其智囊團之間的文化交流以及王朝統治者的歷史經驗，都以它為媒介進行傳播。然而傳播的範圍很有限，傳播形式也很特別，文句的排列有一定的程序。這些特徵的形成與當時的經濟發展水平和文化背景有密切關係。

雖然我們推斷甲骨文完全可能作為殷商時期文化傳播最常用的媒介，但奴隸既然沒有人身自由，因而他們不可能熟練掌握這套復朵的漢字體系，這就決定了甲骨文傳播文化只能侷限在社會中上層這樣一個狹小的範圍裏。奴隸主對自然災害、疾病、死亡的恐懼和對農事、戰爭結果的關心，使通過漢字表述的占卜活動成為決策的重要參考手段。為數不少的甲骨文的造字方式明顯地受巫祝文化影響，而從事巫祝文化的都是社會上層的人，這就可知甲骨文當時是一部分特殊的社會成員才能掌握的文化傳媒。占卜是商王與他的智囊團交流文化的一種特殊方式，這種方式不同於商王與謀士當面交談。因為這是借靈龜之甲向神靈請示，參與交流的人員都必須虔誠恭謹，慎重對待。神是不能用語言與人通話的，這就只能靠龜甲上的漢字和裂紋發揮文化傳播的作用。龜甲上刻的命辭，是卜人向神詢問的內容，神的答案完全根據龜甲上的裂紋來決定。灼燒龜甲的卜人在一定程度上可以把自己的意圖通過兆紋表現出來，商王在觀察兆紋後定下吉凶的判斷。這就是在巫祝文化背景下的特殊傳播方式。

漢字重意會，重形象的特徵，甲骨文表現十分突出。這是因為語言靠的是耳治，而文字靠的是目治。古代漢語以單音節詞為主，一個漢字代表一個音節，如果從字形上能夠引起意義聯想，就會大大提高文化的理解速度和傳播效率。正是出於文化傳播的要求，我們的祖先在造字時就貫徹了這一重要原則。

甲骨文有這樣一些基本類型：1. 記號字，如一、二、三等，眼睛一看就明白記號代表的數目是多少，當然易寫易記，用起來很力便；2. 指事字，如用具體的長短線來表示上，下這種抽象的概念；3. 象形字，如描繪太陽和月亮的形狀；4. 會意字，如用一根橫線象徵地平線，太陽從地平線升起，讓人體會出「旦」字表示「早晨」的意義。用太陽掉在草叢中，讓人體會出「莫」字表示「傍晚」的意義；5. 形聲字，這是一種比較高級的造字法，它不但照顧到詞義的理解，而且注意到聲音的記錄，這對於掌握運用來傳播文化更為便利。實際上，由於殷代社會生產力較原始社會有了很大發展，文化信息成倍增長，既有的文字滿足不了社會文化傳播的需要，人們於是根據語音的相同或相近借用現成的字來表示新的意義。比如「來」，本是個象形字，像麥之形，因為它與「來去」的「來」同音，於是借用「來」表示動作行為。這一類字在甲骨文裏占的比例很大。這種情況一方面透露了漢字的表音化趨向，另一方面也體現了漢字體系對社會文化信息的增長有很強的應變能力。

商周時期，青銅鑄造技術已達到很高的水平，銅器的造型和紋飾都富有藝術性，鑄刻在銅器上的銘文也變得凝重整齊，富有裝飾性。殷商銅器銘文字數不多，主要目的在於標記器主的族氏、鑄器人或用途，包含的文化信息很有限。這些銘文不過是家族器物世代相傳的標誌而已，還沒有成為社會文化的傳媒。但是，西周時期由於周王室與諸侯國之間的社會交際頻繁，銘文的字數增多，內容豐富。文化信息增長，銘文也就成為傳播文化的得力工具。像矢人盤、大盂鼎、毛公鼎等等器物上的銘文，洋洋數百字，舉凡政治、經濟、軍事、法制、禮儀、民情等各方面的社會文化信息，無所不容，豐富多彩，展現了當時社會的真實面貌。銘文由短變長，字形結構由甲骨文的參差不齊變得嚴謹工整，都是由於表達特定內容的需要，也就是為了適應文化傳播的要求而產生的變化。青銅器中的禮器是地位和權力的象徵，不同地位的貴族擁有與自己等級相稱的禮器，禮器上鑄刻的銘文，體現了周代宗法制度等內容。貴族利用禮器銘文來炫耀祖宗的功德，維護自己的權位，威懾和鎮壓奴隸的反抗。可見周代銘文不

僅在家族內部儲存文化信息，而且具有一定的傳播文化的社會功能。春秋時期，鄭國大夫公孫僑把國家法律條文鑄在鼎上，公之於眾，大家都必須遵守，這就完全體現了銘文傳播文化的社會作用。因此，銘文的產生和發展是由於生產的進步和文化的興盛，文化傳播迫切需要恒久性傳媒而推動的結果。

但是，無論甲骨、銅器還是石頭，在上面鐫刻文字都很不方便，傳播文化也有種種侷限。真正能夠自由流通的傳媒，是寫在竹片、木牘或縑帛上的文字。竹木比甲骨取材容易，更比金屬、石頭輕便，在竹木上書寫也比用刀契刻文字方便，因此簡牘理所當然地成為從商周到漢代這一千多年間的主要文化傳媒。利用竹木上書寫的漢字傳播文化，比金屬、甲骨、石頭上鐫刻的漢字操作更簡便，流通更方便。簡牘文字在字形筆劃和結構形式上變得更有利於書寫，這種變化從表面看，似乎純粹是材料不同而引起的。但進一步研究，不難發現材料的改變正是社會文化信息量激增，需要加快文化傳播的結果。從實物到原始符號，再到漢字體系的變化，實質上是人們為了適應文化的發展而不斷探索所取得的創獲。漢字的產生是中國人的一大創造。有了漢字，我們的祖先便不但可以用它記錄和傳播物質文明的成果，而且可以用它記錄和傳播精神文明的結晶。社會物質文明與精神文明的相互激發相互促進，反過來又對漢字提出了更高的要求。漢字體系為了適應社會文化的迅猛發展，它不能不調整自身的內部結構以增強系統的整體功能，這樣來提高傳播文化的效率。戰國時期人們開始用絲織品（縑帛）作為書寫材料，縑帛雖輕便但價值昂貴，不能普遍應用。從石頭、金屬到縑帛，文字載體越變越輕；從甲骨文、金文到小篆，字形越變越整齊規則。但與整個社會文化的增長相比，無論是書寫材料與書寫速度都明顯滯後。這樣，在繁重的文化傳播任務的壓力下，接連發生了兩件大事：一是在社會文化空前繁榮的漢王朝普遍運用隸書，由篆書轉變到隸書是漢字字體的重大變革。隸書利於學習，這就增大了文化傳播的社會覆蓋率；隸書書寫比篆書快速，這就提高了文化傳播的效率。再是紙的發明和普及，這是文字載體的一次革命。紙輕便經濟，這就大大提高了社會文化信息的流通率。文化傳播的社會需求是漢字體系不斷進化的主要動力。

三、漢字體式的演變與文化傳播

漢字體式的演變，受著兩種趨勢的影響。在漢字體系內部，要求結構簡單

明確而且相互區別；在漢字體系外部，要求準確地反映日益複雜的社會生活。從漢字作為文化傳媒的角度看，前者要求符號的形式儘量簡化；後者則要求符號的功能不斷強化。換句話說，漢字必須字形簡單而且能準確傳播日益增多的文化信息，否則，它就會被淘汰掉。事實是，當世界上其他古老文字都已銷聲匿跡之時，漢字依然存在，而且在當今電子時代繼續為高速發展的社會充當主要的文化傳媒，適應社會各方面的需要。漢字為什麼歷經數千年一直能保持到今天呢？一個重要的原因，就是漢字的結構和體式能夠根據文化傳播的不同需要作相應的調整。換言之，漢字結構和體式的演變，是社會文化傳播對漢字體系提出的嚴格要求。

甲骨文時代，漢字的結構雖然已基本形成由偏旁組合的體系，但偏旁以及主要結構部件的位置相當自由。一個偏旁在右邊或左邊，一個字多一些點畫或少一些點畫，甚至有些字多一個結構部件或少一個結構部件，並不影響表意。文字結構的鬆動必然使文化傳播的效果打折扣，而且甲骨文裏的合文也為數不少，兩個或兩個以上的文字符號組合成一個結構單位，給識讀帶來麻煩，進而影響文化的傳播速度和準確性。為了保證文化傳播的準確明晰，銅器銘文裏的合文明顯減少，漢字體系向著一個字形對應一個音節表達一個詞義的方向發展。這切合古代漢語單音詞為主的特點，同時也符合文化傳播的社會需求。

但是，春秋戰國時期，由於諸侯異政，文化背景不同，同一個字在不同的諸侯國寫法各異，有時一個字的不同寫法竟多達幾十種，這就給國家之間的文化傳播造成了很大困難。秦統一天下，實行書同文，廢止六國文字。雖然官方規定小篆為標準字體，而實際上隸書在戰國時期已經流行，如雲夢睡虎地出土的大量秦簡以及包山出土的楚簡，都是用的隸書字體而不是小篆。隸書為什麼能夠在社會上廣泛流行呢？一個重要的原因就是書寫方便快速。這樣看來，文字符號在具有同樣區別功能的條件下，製作比較省時省力的符號，更有利於提高文化的傳播效率。反過來說，文化傳播效率日益提高的要求是漢字體式向著省時省力方向演變的一個重要推動力。漢初文化事業的興盛為隸書成為全社會共用的文字體式奠定了基礎，而隸書的普及又推動了文化的發展。

漢朝作為統一的封建王朝，不但需要統一的文字，而且要求文字能適應文化傳播的多方面需要。正因為如此，在漢代，漢字的體式發生了分化。分化出的不同體式在社會上並存，表現了文化傳播在不同領域不同層次上對漢字演變

的不同作用。早在戰國末期和秦朝初年，由於政府機關和邊疆事務繁多，有時隸書還不能適應緊急情況，這就產生了草隸，也就是筆劃減少、字形潦草的隸書。草隸完全是「臨事從宜」、「趨急速」的產物，但由於它能及時傳播文化信息，到東漢就發展成了一種新體式──章草。章草主要特點是簡化了隸書的結構，把若干彼此分開的筆劃連成一氣，原來要用許多點畫的字，章草只用較少的線條就可以完成。在不降低漢字識別度的前提下，章草是一種比較進步的體式，因為它縮短了書寫時間，提高了文化傳播的效率。東漢崔瑗作《草書勢》，從美學角度對章草進行了理論總結，這暗示著漢字體式的分化，除了社會實用功能的作用之外，美學欣賞的價值尺度也產生了重要影響。文字形體的美學價值是對文字點畫、體勢、氣質、情感的衡量，這些因素構成的藝術境界所負載的文化信息，是一種形而上的靠人的心靈去頓悟、去領略的捉摸不定的信息，這與通常漢字負載的具有公約性的社會信息屬不同的層次。章草從實用價值起步，由章草發展而成的今草已偏重於審美價值，由今草演變成的狂草就完全以傳播藝術審美的高級文化為目的，不再作為一般的社會文化信息的傳媒了。藝術審美信息是一種高層次的精神產物，只能在少數有較高文化修養的社會成員中傳播。因此，今草和狂草是伴隨著社會精神文明高度發展的需要而出現的特殊體式。

由於草書省略了隸書的筆劃並改變了字形結構，從而降低了符號的識別度；不過，另一方面，由於筆劃精簡，書寫快速省時，有助於提高文化傳播效率。草書的優點被楷書利用來簡化了不少筆劃繁雜的字形，如：國、學、實、儉、門、單、來、傳、為、偉、湯、時、勞、帶、東、曉、孫、賢、長、書等等。而且，不少漢字草書的偏旁，還被日文借作假名。因此，草書體式有較強的藝術審美功能，也有一定的交流一般文化信息的功能，但這兩者有主次之別。

隸書筆劃多波磔，書寫仍不夠迅速；草書書寫雖省時，但筆劃連綿，識別困難。作為兩者的折衷，魏晉時期楷書興盛起來。楷書大大減少波磔，結構勻稱，保持了文字符號必要的區別特徵。在莊嚴的場合應用正楷，在應急的場合運用行楷，楷書的真、行兩體適應了社會文化傳播多方面的需要，這是漢字楷書長盛不衰的主要原因。行楷進一步發展為行書，晉代書法家王羲之的《蘭亭序》達到了行書的頂峰，它是漢字社會實用價值與藝術審美價值雙重標準的完

美結合。自東晉至今，行書一直是傳播社會文化最適用的書體。

精神文化產品隨著時代的推移日益增多，用人工書寫的方式來傳播文化已遠遠不能滿足社會需要。隋唐時期，古老的刻字技術被應用到出版事業上。印刷術的發明，使社會文化傳播的水平得到空前的提高。為使刻字工人便於操作，以及版面文字易於識別，漢字楷書逐漸形成一套點畫整齊有序的宋體。宋體字是一種適於機械操作的字體，它的產生完全是文化傳播的實用目標驅動的結果。這種字體的產生，為漢字迎接近代信息革命浪潮的到來作好了準備。

另一方面，漢字本身的藝術性也在不斷提高，這是高層次文化傳播審美目標驅動所致。從唐楷六大家、北宋四家直到當代著名書法家，都是以創造漢字的新形式來體現心靈的美學追求。中國歷史上漢字的各種書體流派，都是由於高層次審美的特殊文化需要而產生的。這是中華民族對人類精神文明建設作出的偉大貢獻。

在當今信息爆炸的時代，漢字表現了很強的生命力。目前漢字輸入電腦平均每分鐘已到 200 字，有的高達 450 字，這表明漢字完全適合當代電腦應用技術的發展，在人工智能、人機對話、激光照排、辦公管理自動化等高科技領域充當文化傳播的媒介。漢字的學習效率和輸入電腦的水平都有待進一步提高，漢字的結構和筆劃在保持必要識別度的同時，也需要科學化，因此，漢字體系絕不會停留在現有的水平上。縱觀漢字的演變歷程，漢字內部結構方式和外部表現形式的不斷優化，都是由於文化傳播的目標催動的結果。

原載《漢字文化》，1998 年第 3 期。

漢字文化功能的歷史鏡像
——評臧克和《中國文字與儒學思想》

　　廣西教育出版社 1996 年 9 月推出臧克和教授所著《中國文字與儒學思想》一書，從漢字文化入手，假字證史，以字考經，揭示了若干儒學思想發生的源頭，論述了儒家文化中若干重要觀念產生的歷史背景，勾勒出儒學精神的整合基礎和重塑過程。作者通過對漢字的結構分析和文化考釋結合對出土文物和傳世典籍的綜合研究，將儒學思想中的若干重大學術問題的研究向前推進了一大步。這是漢字與文化跨學科研究取得的一項重要成果，它標誌著中國學者對漢字文化的研究，已進入了宏觀掃描與微觀剖析密切結合的新階段。

　　此書的可貴之處，首先在於作者獨具隻眼，從漢字形體嬗變這一特殊視角來追溯儒學源流的蹤跡。這種研究視角既具有傳統基礎，又具有明顯的創新意識。歷代學者對漢字形體的分析，莫不滲透濃鬱的文化意識。而漢字研究者多重視造字本義而忽視其文化含義，甚而對歷史上具有深厚文化積澱的字形說解採取一概排斥的態度。學科之間的森嚴壁壘，限制了思想的開放和學術的發展。作者的學術眼光，不只是停留於漢字結構的解析，而且深切關注隱藏在形體結構之中的文化精神，這就使研究工作既植根於傳統文化的深厚積澱之中，又衝破了傳統學科相互封閉的樊籬，開拓了漢字學與儒學交互闡發，交互印證，共同昇華的一片學術新天地。對漢字特質的深刻認識和對中

國學術思想的本質把握，是以新視角切入漢字與儒學研究的基本出發點。作者指出，漢語作為漢民族文化歷史的載體，其內部是一種中心明確、周邊相互滲透的意象的連鎖存在，因而留給讀者一種很大的根據自身體驗去作出種種主體性解釋的可能。而漢字構形取象所具有的視覺直觀性特徵，又與中國人的思惟和重具象的特徵相輔相成，這是對漢字鞭闢入裏的卓見。由於漢字的直觀性特徵與漢人的思惟和重具象特點相一致，漢字「以形表義」的根本意旨就在於揭示了早期漢字在成體系地記錄有整體聯繫的早期漢語詞義之際，為以形與義、象與意的密切結合來婉轉表述當時所發生的歷史文化事件。因此，早期漢字成批的形與義、象與意、成系統的字本義，在它們整體貫通之中，凝結了當時特定的歷史文化背景。在這個意義上，稱漢字為中國社會歷史思想的「活化石」是不無道理的。但是，漢字以形表義的特質在許多時候並不是意義的簡單圖解，這就不僅需要對古代文化的源流有一個通盤的把握，而且需要對文化與漢字的關係有比較深刻的認識。作者認為，中國古代學術文化，其最大特徵是實證的，且又是以實涵虛的，其內容的表述是具體形象的，而其所稱引的具體形象的事物則是包蘊著深邃廣遠的情境與觀念的。這與漢字取象構形所蘊涵的整體內容，所表達的歷史文化事件，觀念思想精神是一脈相通的。傳世文獻由於種種原因難免輾轉失真，面漢字記錄的義項系統所保存的文化事象，蘊涵的觀念形態，較之文獻顯得更樸實真切。這就不僅給從漢字切入儒學思想的特殊視角提供了充足的理論依據，而且預示了這一開拓性研究工作的發展前景。

其次，此書在研究方法上也提供了有益的借鑒。「假字證史」，「以字考經」並非此書的發明，但傳統的考據往往缺乏嚴整的系統性則是個明顯的疏漏。由於從漢字這個特殊視角來追索儒學源流蹤跡是一項頭緒紛繁的工作，為了避免流於煩瑣，在具體操作上，作者採取了「以類相從，聯類生發，比類會通，互為參照」的研究方法，通過漢字取象構形、單位意象史的稽考梳理，體現出儒學單位觀念史的演進程途，補綴出儒學觀念發生的文化背景，在某種意義上還原上古三代重大歷史事件的本來面貌。作者認為，不少漢字同字異體，異構同義；體用不二，二邊一源。這表明「體用關係」的理念自戰國以來就已對漢字形體的調整產生過重要作用。而且，儒學精神直接規定制約了經本文作者以及

解經者的「說文解字」。諸如《說文》對「醉」、「琴」的說解以及《左傳》對「武」字的分析等等，均不同程度地與儒學中的哲學觀念、音樂美學思想、人道精神有著若干聯繫。因此歷代學者對漢字的解析，儘管不一定與字的構造動機或字本義相關，卻一定凝結了那一特定時代的人文精神。文化觀念不僅制約著漢字形體的構造與調整，而且規定了古代典籍中漢字在特定歷史時期的文化內涵。這就必須強調：從漢字切入儒學研究的關鍵，就是既要去偽存真，同時須具備歷史的眼光。作者在方法論上強調歷史觀點和整體會通，既為傳統考據學增添了新的活力，又為漢字與儒學的跨學科研究作出了貢獻。

對中國儒學思想的實踐考察佔據了此書的大量篇幅，這些豐富的成果為漢字的說解開闢了一條文化學方法的新路子。《說文》對「武」字的說解，文字學界多不以為然，「止戈為武」甚至被作為「望文生義」的典型例子來批評。作者以卓越的學術眼光，揭開了這一說解於深層所蘊涵的文化寶藏。他說：「我們推原有關文字取象，適發現後出並未轉精，尚粗淺皮相言之也，且只道其一邊也。將『武』字會意為『止戈息戰』，雖然經過了儒學家從人道精神、人權立場的若干重塑和轉換，而反倒是直探底蘊，跡近字源的。這種不失好運氣的『誤會』，確乎是學術史上值得深思的現象。」（第71～72頁）根據《說文》徵引《左傳》的文字，作者首先從「止」符的造字本義入手，指出「止」字同時兼具「行止」、「駐止」兩義，而「駐止」義學者們往往掉以輕心，著名古文字學家于省吾先生也只注意到「行止「義而對「武」的解釋功虧一簣。作者進而指出，「武」在上古，一體兼具「舞蹈」（儀式的層面）、「行武」（巫術的層面）、「止武」（功利的層面）三種造字本義和三重文化學意義。質之於《左傳》用例，則構成三個語義場：其用之於美稱諡號，可見儒學觀念賦予「武」以肯定的情感價值；其二，「武」原本具止戰非攻的含義，由此儒學理念賦予「武」以人道精神；其三，「武」之直接功能在於征伐，若訴諸「武德」，以征伐為後盾而可懷敵附遠，則儒學觀念賦予「武」以道德原則。至此，「武」的文字學意義和文化學內涵經作者的辛勤發掘，光芒四射，這不能不認為是迄今為止漢字與文化跨學科研究所獲成果的典型範例之一。其他如對「中」、「禾」等字系的文化學考釋，都體現了作者獨具的學術眼光和治學功力。

對這樣一部在方法論上有開拓性意義的跨學科專著，我們希望將來再版時能在若干問題上有所考慮。例如，書中以「羊」為「善」的原始佐證，並根

據文獻指出「羊」的意象應具「狠直」的品性，這是有灼見的。但在討論「羊」替換為「冥」，而文獻對「冥」有似「山牛」、似「鹿」等不同說法時，作者沒有作進一步的探索，這就從根本上動搖了「羊」這一「神判之象」的可信度，從而導致對儒家道德起源的文化失落。又如，據儒家觀物取象制度，作者認為琮之取象，原本織機上提綜開交之物，此不失為新解，然僅憑圖示而乏考古實證，亦不免一憾。因為綜在新石器時代晚期已大量發現，僅江蘇常州寺墩三號墓葬玉琮就有三十二件之多。考古學界認為，玉琮始肇於巫政結合、階級分化的時代，其時是否已有作者揣想的那種形制的織機產生，須有出土文物或可靠文獻為證。《周禮‧大宗伯》講禮神用玉，鄭玄認為玉是獻給神的食品。《山海經‧西山經》記載密山「其中多白玉……黃帝是食是污」，又說瑾瑜之玉為良，「天地鬼神，是食是污」，故《九章‧涉江》云：「登崑崙兮食玉英」。從考古實證看，《文物》1992 年第 1 期載：湖南寧鄉黃材公社發現一商卣，內有玉器 320 多件；第 4 期載：山西保德林遮峪一商墓，銅卣內置玉琮兩件。其實早在原始時代就有將玉器置於食器內隨葬的習俗，70 年代武威皇娘娘臺第四次發掘，發現一批玉石置於陶罐、尊、豆等食器中。這是中國上古一大文化奇觀，玉居然是鬼神的食品！如果考慮到這一文化因素，關於「玉」、「琮」取象的文化內涵就有可能從另一角度提出新解。

作為一部嚴肅的科學專著，在操作技術上亦應力求標準化。此書涉及大量古代文化材料和古文字，行文在必要時採用少量繁體字是合於科學原則的。例如第 146 頁「今為『應』字，在《心部》也」，「應」不作「应」，恰能說明該字在心部。但不少地方可用簡化字卻用了繁體字或異體字，如滙（汇）、鍫（銍）、歸（归）、種（种）等等。第 107 頁「鐘」、「钟」並用頗費猜疑。第76、77 頁稱「《左傳》經文」容易引起誤會，既知是左丘明的「傳」，何云「經文」？

原載《漢字文化》，1999 年第 4 期。

漢字文化的理論探索
——評蘇新春主編的《漢字文化引論》

　　漢字的文化研究在當今已發展為橫跨漢字學與文化學這兩門學科的新興交叉學科，國內出版的關於漢字文化研究的著作不下十餘種，有的著作對漢字文化的研究已達到一定的深度。但是，從整體情況看，著眼於宏觀描述的多，重視微觀挖掘的少；就某一角度出發的多，多角度綜合考察的少；因襲成說的多，提出理論體系的少；耽於浮泛之論的多，獨具隻眼的少。而某些具有本質性的基礎理論問題，還沒有得到根本的清理。漢字與當代科技發展的關係以及將來的命運，也沒有從事實上和理論上提出有力的論證。漢字與漢民族社會、歷史、風俗、文化、語言、思惟等等方面的彼此聯繫和相互作用機制，也還缺乏深層的揭示和理論闡發。因此，漢字文化研究工作的進步和發展，基礎理論的建設是當務之急。

　　有的學者已經敏銳地覺察到這一點。廣西教育出版社 1996 年 8 月出版了蘇新春教授主編的《漢字文化引論》，這部由廣州的四位語言文字學者共同撰寫的學術著作的問世，表明漢字文化的基礎理論研究已被作為重要的學術議題而提上日程。這一學術動態的實質是：對已往漢字研究工作的反思和對漢字的重新審視與評價，已成為反映當代漢語研究發展趨勢的一個重要標誌，漢字在世紀之交的重新研究正醞釀著新的突破。在這場跨世紀的學術變革中，蘇教授主編

的《漢字文化引論》，對漢字文化基礎理論的建設，起到了開創性的引導作用。

這部著作的貢獻首先是提出了一個比較系統的基礎理論框架。這一理論「擯棄了把漢字看作是一個單純的記錄符號的觀點，而把它看作是與深厚的漢民族文化有著密切聯繫並融會於其中的一種文化產物」（見緒論），在這個基本觀點指導下，漢字與漢民族社會的聯繫，漢字與漢民族精神世界的聯繫，漢字與漢語互為表裏的依存關係，這三個方面構成了研究漢字文化的基本理論體系。傳統的漢字學家從字形分析字義，聯繫社會歷史背景來探求漢字的造字理據，這並不是什麼希奇的事。但當學者們從這種單個字形字義的考求中走出來，把漢字變成窺探社會歷史情形的研究對象時，這一轉變就獲得了文化學的特殊價值。這是此書作者以漢民族社會歷史作為基本因素構建漢字文化理論體系的主要依據。應當指出，並不是任何一種文字都可以通過字形的研究發現它的文化學意義。世界現存的各種文字中，只有漢字以其特殊的性質和恒久的文化積累，才夠得上作為文化學特別關注的對象。作者正是緊緊抓住了漢字這一本質性的特徵，使此書提出的漢字文化理論一開始就建立在十分深厚的民族文化基礎之上，從而使這一理論因具有充分的事實基礎和科學價值而顯得生機勃勃。漢字與漢民族精神世界的相互聯繫，是在漢字與社會歷史關係基礎上更深一層的探索。作者從認知理論與信息論的角度指出：「文字性質、功能的差異對不同民族文化的影響，從根本上說來，是通過對認識有重大作用的思維模式和認知框架體現出來的，它們對民族文化的影響、作用是深層次的、潛意識的、極其深刻而巨大的」（44頁）。從這一具有強大穿透力的精闢見解出發，作者把漢民族的認知模式、思惟方式和中華民族傳統的精神特徵，以及哲學、宗教、文學、藝術，以漢字為中心有機地組合為一個彼此依存，相互作用的系統。在這個系統中，任一因素的變化發展，無不從其他因素反映出來。漢民族精神世界的運動變化促進了漢字的變化發展；漢字的變化發展，反過來反映了漢民族精神世界的豐富內涵。但是，「從漢字所表達的對象來看，從漢字所發揮的交流功能來看，最終影響漢字的存在和使用的仍是漢語。在後來的漢民族文化發育和文化生態環境中，漢語成為影響著漢字的一種最重要的因素」（108頁）。這一段精彩的論述恰到好處地揭示了漢字與漢語的血肉聯繫，在與漢字相關的所有因素中，漢語的存在和發展，是漢字具有頑強生命力的決定性因素。此書以整整三章的篇幅詳細論證了漢

字與漢語相互補充，協同發展的深層機制，同時也分析了兩者產生異化的原因。作者認為，「由於漢字與漢語是兩套相互依存的表達交際系統。一方面它們互為表裏，交互扭合在一起，為了共同的交際目的，在共同的動力驅動下，發揮出共同的功能；另一方面它們又具有完全不同的形式載體，作用於人們的感官，發揮功能的途徑也完全不同。這種特定的關係就決定了在它們二者之間必定會表現出一種『背離』與『互補』的特點」（168～169頁）。這是一種實事求是的科學態度。認為漢字與漢語完全吻合，毫無矛盾的觀點，既不符合歷史，也不切合現況；認為漢字與漢語互不相干，可以各行其是的觀點，更是人為地割斷了兩者之間的血肉聯繫，為漢民族語言文字的發展設置了障礙。此書以大量事實闡明的理論原則，不僅證明了以上兩種看法的片面性，而且使人們對在相當長一段時期內盛行、至今仍未絕跡的，「希冀用別的什麼符號來代替漢字的理論和行動」（110頁）所表現的混沌疑惑轉變為清醒的理論評價。因此，此書提出的這一基礎理論框架不啻為漢字文化學的理論建設舉行了一個奠基禮。在當今漢字發展的十字路口，這一理論起著方向性的引導作用；對於漢字和漢語研究新領域的繼續開拓，也將產生積極的影響。

此書的另一貢獻是對19世紀末以來的漢字改革運動進行了理論上的深刻剖析。無論研究漢字還是漢語，對這一長達百年之久並延續至今的文化運動的反思都是不容迴避的課題。對這一課題作出的答案關係到漢字的命運和前途。在當前還有不少學者對漢字和漢語抱有成見的情況下，對這一論題敢於提出獨到的學術見解是需要勇氣的。作者客觀地回顧了百年來的漢字改革史，肯定它「在觀念的開放、教育的普及、文化的推進、語言的統一、文字的規範、對外文化科技的交流等諸多方面作出了顯著貢獻，但由於在對漢字的基本認識和態度上存在著偏離，從而在實踐和理論上，都給漢字的穩定與使用帶來了程度不小的混亂和損失」（243頁）。迅速糾正對漢字的基本認識和態度上存在的偏離，盡快彌補由此造成的在理論和實踐兩方面的失誤，是漢字學者義不容辭的歷史責任。而從理論上澄清長期存在的糊塗觀念更屬燃眉之急。作者以非凡的學術眼光，一針見血地指出問題的癥結所在：「將漢字與語言本屬兩個不同領域的問題摻合在一起，將客觀性學術性很強的文字問題與社會變革的政治問題摻合在一起，將歷史悠久的漢字與保守落後的舊社會制度等同起來，將拼音文字與西方的先進科技等同起來」（243頁），這就是漢字落後論產生的理論根源。作者

以翔實的材料和縝密的分析，側重對漢字社會屬性認識的錯誤，對漢字功能評價的失誤，對漢字價值觀的偏頗，對漢字性質鑒定的紛歧等重大理論問題進行了論述。指出漢字作為漢民族社會的交流工具並不為特定的階級服務，把漢字當作特定階級使用的工具，與落後的社會制度捆綁在一起，進而把社會生產力滯後的原因歸咎於漢字，既違反科學原理，也是違背歷史事實的。否認漢字形音義之間的相互聯繫，進而否定漢字的表意功能，勢必得出西方文字優越的結論，但是，漢字電腦輸入速度超過英語，且普及到中國社會的千家萬戶，這一事實表明現行的關於漢字功能和價值的理論需要從根本上重新建構。漢字性質的探討是一個在短期內還很難統一認識的重大理論問題，作者在詳細分析各家看法的基礎上提出了自己的學術見解，對這一問題的深入研究具有明顯的推動作用。誠如作者所言：「漢字性質的討論本是一個純學術性的理論研究，可是在當時它卻具有了強烈的現實意義。它從根本上動搖了漢字拼音化的理論基礎，為漢字描繪了完全不同於前一時期所描繪出的身形和神采，漢字具有了不同於前的身價與地位」（280 頁）。為了進一步說明問題，此書還把漢字放在世界文字格局中進行了比較研究，使人們更清楚地看到漢字的特色與價值。作者通過對一系列重大問題研究所構建的理論框架，為漢字文化學大廈奠定了牢固的基石，它在漢字研究史上具有別開生面的開拓性意義是毋容置疑的。

此書在章節結構以及內容的安排上還可以斟酌。例如，有關漢字與西方拼音文字的比較似可以放在緒論部分或第一章，而有關漢字電腦輸入的內容也可以放在最後一章討論，這樣做的目的是為了使全書的研究重心更為集中緊湊，避免結構的鬆散。全書除第一章以顯著篇幅討論漢字的性質外，第六章第二節，第八章第一節，第十一章第五節都以不少篇幅討論漢字的性質，這就難免有枝蔓重複之感。對於漢字體系，不只是可以西方文字為參照系。應當考慮到，漢字作為一種文化現象並不是孤立存在的，漢字對日本文、越南文、朝鮮文的影響是舉世公認的。在中國境內，納西族文字、水族文字、彝族文字與漢字的比較研究，也是漢字文化研究不可忽視的重要方面。作為引論性的著作當然不可能要求包羅萬象，面面俱到，這裡僅是從進一步推動漢字文化研究工作出發，對今後的研究方向提出的一點建議而已。

原載《漢字文化》，2000 年第 1 期。